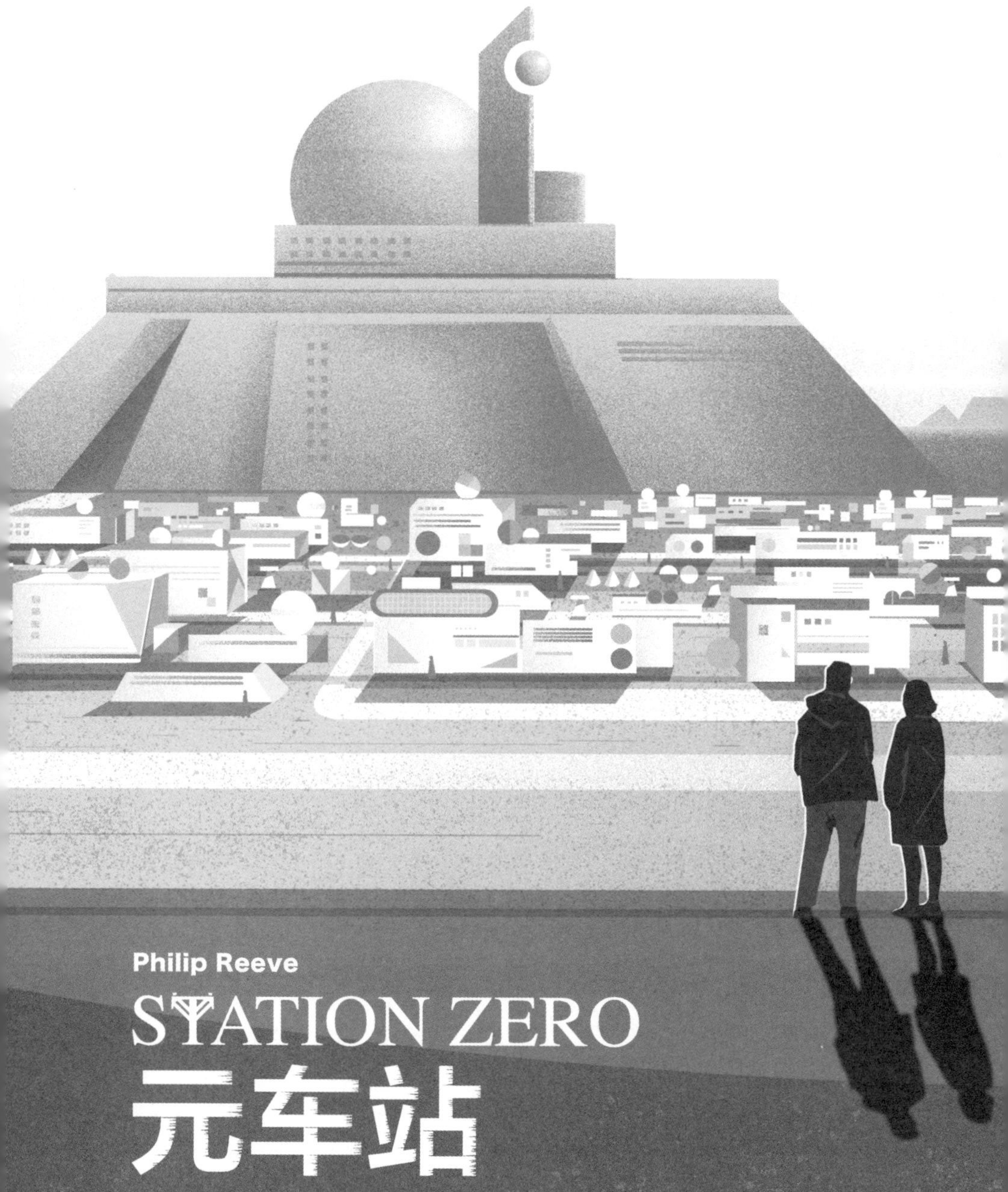

Philip Reeve

STATION ZERO

元车站

[英] 菲利普·瑞弗 著　左林 译

上海译文出版社

目 录

第一部分

新贵

1

火车带起风，经由条条隧道灌向岑候车的站台。风卷起轨道间的碎屑，吹乱岑的头发，拉扯着他周围其他候车旅客的破麻袋长袍。岑是站台上唯一的人类，但这是他见过的最拥挤的站台。

他的旅友们全是虫僧，蹒跚的昆虫群，他们给自己做了人形支架，外面裹上肮脏的长袍。简陋的白纸面罩就是他们的脸，他们正瞪着隧道口。火车的风轻轻吹拂着这些纸脸，就像温暖的呼吸。

风中充满灰尘和山体内部黑暗旅程的气息。闻起来有少许激动人心的凯门的味道，火车在凯门里只需一次心跳的时间就可以走过一千光年。这风就是火车本身的味道，而现在还捎来了火车的声音。引擎低沉的咆哮，还有奇怪的歌声，一齐随风而起，直到几束强光出现在黑暗中，火车在阴影中加速奔驰，倒影在闪闪发光的轨道上疾驰而过。

虫僧们的纸脸被吹飞，从岑身边飘走，好像大风天野餐时被刮走的纸盘子。有一阵子，那个外星火车头向他压过来：这是一条来自尼姆的巢穴的摩瓦，很像虫子，闪耀着昆虫壳一样的亮光，生物的光炽亮，长长的蟑螂传感器刺耳地刮着车站天花板。接着拖在后面的一排无窗的车厢到了，减速，停下来。

“一号站台上的火车仅供虫僧乘坐。”车站人工智能的声音说道，好像真会有人类傻到想上车。“一号站台，仅限虫僧。”

虫僧们嗡嗡响地叹息着，摇摆着。有几个本来人形就不明显，现在激动得完全没了样子，袍子垮了，散落的虫子毫无头绪地在站台上乱窜，或向上扇着翅膀，扑向灯光。剩下的从打开的门里蜂拥而上，进入闷热、黑暗、一股虫子味的车厢。

岑跟他们一起走，一直低着头，任由周围潮水般的褴褛衣衫裹挟，以期躲过车站的摄像头。车厢里没有座位，他站在虫僧们中间，头顶上落下昏暗的红光。门滑动关上了。虫僧们轻声交头接耳。岑瞪着爬满虫子的地板，等着火车开走。为什么会晚点？有人发现他了吗？门会再次打开，然后有警察上来把他拖回站台上吗？他的心怦怦猛跳，就像从前他还只是个年轻的火车浪子的时候，当年他衣服口袋里揣着偷来的小玩意儿，乘上星际火车。

但那已经是很多年前了。他不再是个火车浪子。他就是岑·斯塔灵，有钱，有名，却不快乐，他只想再偷回失去的自我。

他原本不想再次逃亡。生活总是变化得太快，这次也一样。就在二十四小时之前，他的豪华飞车还盘旋在努恩家族宫殿上空，等待降落的许可。他在车厢里慵懒地俯视着阳光下的车站城市。他穿着一件裁剪完美的凯蒂·姆巴克维的视频材质套装，和一双用外星蠕虫外壳做的靴子。他的巴克森丁耳机价值连城精致无比，看起来就像块银色的纹身，爬在他右眼旁边的棕色皮肤上。

他这时在加勒塔瓦已经住了快一年了。这是个惬意的地方，有森林、大山、大海，还有个漂亮的卫星环系统，加勒塔瓦人都说，因为卫星环系统，这里的夜空比那些只有些无聊老月亮的行星上的夜空有意思多了。这里从来不是主要车站，因为只有两道凯门，一道通向桑德尔本，另一道通向遍布火山的烤三地卫星。但当星罗帝国一分为二，加勒塔瓦突然重要起来。

帝国大多数线路和车站都在新大帝埃隆·普雷尔的控制下，但努恩家族还小心翼翼地坚守着他们在西边支线上的行星。既然他们与帝国其他部分的贸易现在都被封锁了，唯一的生存希望就寄托在烤三地。有道新的凯门打开，通向一个全新的帝国：一个叫世联网的外星网络。外星生物似乎和人类一样热衷贸易，于是努恩世界的火车纷纷通过烤三地的凯门前往世联网，再带着各种奇怪的商品和乘客满载而归。鉴于烤三地的陆地不够承载新贸易所需要的铁路调度区、仓库和货物终端，作为路线上一站的加勒塔瓦就迅速发展壮大起来。

努恩家族的宫殿坐落在一片峭壁边缘，俯瞰着公园、城市的房顶，以及远处闪闪发光的哈纳河水。以家族集团的标准，这是个微不足道的宫殿。相比努恩家族在桑德尔本的宏伟宫殿群，这里充其量只是个行宫。但就像这个城市的其他部分一样，它也在扩展，在生物可降解脚手架的笼子间长出新的侧翼和炮塔。

岑有的是时间欣赏这一切，因为宫殿的安保人工智能让他的飞车盘旋了十分钟，才批准他降落。随着飞车展开轮子，叠起翅膀，在碎卵石地面的停车港上停下来，一对正在蓝色草坪上漫步吃草的独角兽优雅地跑开了。

岑打开顶篷。他能听见音乐和一些模糊的声音从宫殿里飘来。这不能算晚会，更像是晚会之前的聚会。明天特伦诺迪·努恩要穿过烤三地的新门，去人们称之为中转站的世界，在那里庆祝与克拉尔特的战争结束，并与其他外星物种签署更多贸易协定。所有来自桑德尔本和马拉普的努恩家族的重要权贵都来参加这次加勒塔瓦的聚会，然后会登上她的火车。这聚会也是为了安抚像岑这样稍次要一点，没有接到中转站庆典邀请的人。

他走下车时，一个巨大的装甲蜘蛛蟹模样的外星机器从容走过，背上还扒着些大笑的小孩子。这是一只尼姆。尼姆是努恩家族在新网络上的主要同盟。大约有一百万只昆虫在操作那件蟹衣。尼姆被岑的飞车外观吸引，过来跟岑说话，岑能听到那些昆虫在里面疾跑翻腾。“那是纳加纳星云吗？”他用沙沙的声音问道，“新五百系列？”

“五〇二。”岑说，希望不要被这对话拖太久。尼姆对人类的技术很着迷，他们觉得越快越光亮就越好。这对交易有利，但这也意味着聊着聊着就会觉得他们是可怕的讨厌虫。

幸运的是，蟹衣背上的小孩子太喜欢骑在上面动来动去了，不让尼姆站定太久。“还要！还要！”他们大喊，手拍打着外壳。

那个尼姆说：“淘气鬼都不休息一下，嗯？”然后接着走动。

岑回头看，那个托着他车的停车港正在从草地下沉到某个地下车库。过一会又上来，清空，碎石刚耙匀，接着又一辆飞车停在上面。

岑捋了一下他漂亮的发型，暗紫色的头发，然后向房子溜达过去，试着表现得与这样的地方相衬。特伦诺迪·努恩就在这里面某处，聚会的人群中。特伦诺迪不是真正意义上的朋友，但她和岑曾在一些危险的经历中并肩作战，岑希望她能有权力赐予他想要的东西——离开加勒塔瓦的许可。特伦诺迪的人不希望她和岑·斯塔灵这样的人对话，拦截了他所有的消息，但他们不能阻止他和她面对面谈话。今天不能。他收到了邀请。他从耳机里把邀请发给把守主门的机器人侍者的大脑，从他们身边大摇大摆地进了晚会。

2

那物体不能算是个月亮。它的形状像个花生，个头像座不大不小的山。离加勒塔瓦最近的行星是气态巨行星瓦扑纳，它的最外圈卫星环由近十亿巨石构成，那物体就是其中最大的之一。

现在，这个物体没有大气的、大象灰色的表面上，正发生着令人意想不到的事。几亿年都没有被惊扰过的灰尘扬起，形成一个个小旋涡升起，仿佛有风吹过。这些旋风沙柱之上，出现一缕无色的微光，丝毫不像瓦扑纳那阴沉的硫磺色。它变得更亮了，像触角样的东西从里面扭动着伸出来。光散开，新的触角出现。触角下面的岩石在松动，开始发着微光往外冒。触角开始雕琢岩石，塑成一个奇怪的叉形拱门。随着拱门形成，光也更强了。更多触角从中伸出来。什么东西的鼻子出现了，像个巨大的鸟嘴。

如果有人一直在看，这人现在就会知道，在这个不算是月亮的世界上正在发生什么。就像去年在烤三地发生的一样：一道凯门正在打开；这是个蠕虫洞口，虫洞能穿过叫做凯空间的神秘维度，抵达某个遥远世界的另一道门。但是这块孤石上的凯门能有什么意义呢？

这个造出拱门的生物机器叫做蠕虫。这满身是刺的大块头勉强能从它造的拱门里通过。它从门里挤出去，拖着丝丝缕缕的鬼气光晕，爬过这个小卫星的表面，在身后铺下轨枕和两对亮闪闪的轨道，就像某些巨虫产卵时一样。

要是在另一个世界，它可能会进行得快得多，伸展出轨道，直到接上一条已有的线路，并把这个新门和星罗其他部分连接起来。这里，它无处可去。它在小卫星那陡峭的石质表面上爬了五百米，然后停了下来。刺和触角在没有大气的黑暗中试探，蠕虫仿佛发觉了它的错误。接着它以惊人的速度折返，从悬挂在刚刚形成的门上的光帘中遁去。

有一会光帘摇晃着，泛起涟漪，就像竖直的水面。过了一会又有东西从里面出现：一个光结，沿着新铺的轨道诡异地飘然起舞，然后像蒲公英的种子一样飞起，在瓦扑纳那平淡无奇的强光下渐渐褪去。

接着光熄灭了，只剩下嶙峋的拱门在灰色的岩石上孤独站着，好像它已经在那里站了一辈子。

3

努恩家族的宫殿里充满了其他行星的景象和气息。烤三地新门打开以来，来自世联网的香水和绸缎就风行一时。岑拨开其他参加晚会的人。空中飘过的外星气息把他带回去年和诺娃一起漫步过的世界。也有真的外星生物在场：有迪卡，身体像水母一样透明，能看见内脏在搏动；还有一对顶着长角的赫拉斯代克外交官。人类客人拥在这些充满异国情调的来访者周围，但有一些人还是注意到了岑。岑穿过各个宽敞却拥挤的房间时，感觉到他们的眼睛看着自己。他捕捉到他们做作的窃窃私语。“那就是岑·斯塔灵？对一个普通的火车浪子来说，他长得真不错。”

“有传言说他是努恩家族某个失散多年的亲戚。所以他们才容忍他。”

“真的？我听说他曾经是卡里什蒂的街头扒手。”

“其实是克利瓦。”岑说，扫了一眼正在议论他的那个女人，看着她尴尬地转身走了，而她的朋友们靠过去，以分享更多关于他的八卦。他好奇如果他们知道真实故事会说什么，他好奇如果他们知道了斯平德尔桥的灾难，知道努恩家族火车被毁都是他的错，他们会怎么看他。

房间另一侧，巨大的窗户自动叠到边上，把人们让出去，登上一片可以俯视城市风景的玻璃天台。这里放着笛子演奏的音乐，伴着和谐的小钹声。插着电子翅膀的漂亮蓝色舞者在阳光下摆出各种优雅造型。这场芭蕾的创意是说在世联网的某个地方，努恩家族找到一个这些天使居住的行星，带了一些天使回这里来为客人们跳舞。但岑亲身在这些新线路上旅行过，那里的外星生物中唯一勉强像人形的是克拉尔特。而克拉尔特一点都不像天使……

在舞者周围的人群中，他搜寻到了特伦诺迪，是围绕在她新的精致发型上的一团红蜻蜓帮他认出来的。那些蜻蜓不只是装饰，它们其实是迷你安保无人机，设置好保护她。岑猛然穿过人群走向她时，蜻蜓把复眼和微型枪都转向岑。特伦诺迪也转过来，对他报以迟疑的微笑。

努恩家族现在称特伦诺迪为他们的首长，但对岑来说，她那身闪光面料做的纱丽，和她用外星硬币做的头饰，让她还是看起来像个女皇。他更喜欢她去年的样子，彼时她还在流亡，衣衫褴褛，头发凌乱，却惊人地意志坚定。她现在看起来更漂亮，但没那么自信，仿佛加勒塔瓦的舒适生活对她来说跟对岑一样糟糕。

“我得给你提点要求。”他说。

她还没来得及回答，舞者们的表演引发一波掌声，把她的注意力引回他们身上。不等他再能跟她说上话，一只手拉住了他的胳膊。“现在不是时候，岑。”卡拉·田中说着坚定地把他拉开。

“我只是想跟特伦诺迪说话！”

“那你应该给她发条消息。”

“我一直在给她发消息。她从来不回。我觉得那些消息从来没发到她那儿。你筛选消息，对吗？你不想让她和一个普通的火车浪子讲话。”

“特伦诺迪夫人极度繁忙。她要经营整个公司。”

“确实，她很忙。公司叫努恩－斯塔灵线路。而我就是斯塔灵；它也是我的公司。”

“公司叫努恩财团，岑……‘努恩－斯塔灵线路’这个提议被家族委员会否决了。而你是一位不参与经营的合伙人，重点在于不参与经营。”

卡拉是特伦诺迪的助手，或者说是她的大管家：一个小个子，相貌平平的中年女人，她无形中成了努恩家族世界里最有权势的人之一。她很礼貌，雷厉风行，而且一心想把岑·斯塔灵这样的人隔得离特伦诺迪越远越好。

“我听说她明天要乘火车通过烤三地的新门，”岑说，“回中转站。我想知道为什么我没有被邀请。”

“那是个官方出行。”卡拉说话时微笑的样子，在别的客人看起来一定觉得她和岑是朋友，但她抓他的胳膊抓得很紧。她的声音里也透着钢铁意志。“特伦诺迪夫人要去庆祝我们对克拉尔特的胜利，并和迪卡还有赫拉斯代克签署新的贸易协约。”

“我可以帮她，”岑说，“外星人认识我。我在特伦诺迪到达之前已经在世联网旅行了几个月。我是他们认识的第一个人类。他们信任我。”

卡拉·田中叹了口气。她对一位路过的熟人弯弯腰——是一位来自某个银河工业行星的肥嘟嘟、乐呵呵的站长——接着她向右急转，把岑推赶下几级台阶，来到一个有穹顶的玻璃房子里。房子有个锁风装置，当岑进入内部密封空间，他发现自己置身于一片晶莹剔透的灌木丛和苍白的外星树木组成的森林中。圆形树叶像玩具风车一样旋转，让穹顶飘满轻柔的耳语。努恩家族热爱植物，他们从外星世界带回各种激动人心的新物种，但现在还不确定这些哈斯来的风树是否与人类所知的植物兼容，于是这些风树暂时长在封闭的生物群落里。

“外星生物也许信任你，岑，”卡拉·田中说，“但我们不信任。我们俩都清楚你想回中转站的真正原因。你想找回诺娃。”

“不，”岑说，“关于诺娃我已经全忘记了，你也说我应该忘记的。”但她知道他在说谎。要想谎话说得圆，你自己也得对谎言半信半疑，而岑根本不相信自己能忘记诺娃。她离开他进入暗光区已经快一年了，但他每天还是会一醒来就想到她，睡觉前想的也还是她。

他们在这些植物中沿着旋转通道进入生物群落的中心。卡拉松开了岑的胳膊，在水池边的长凳上坐下。岑还是站着。外星水母样的东西在水面下方漂浮，好像被丢弃的蕾丝手帕。

“我们已经好几个月毫无卫神们的消息了。”卡拉说，好像在转移话题，“新门打开之后的所有喧嚣过去以后，它们似乎回到数据海里，把我们遗忘了。”

“哦，那不是很好吗，对吧？”岑说。关于这些全知全能的人工智能，他比大多数人都更有经验，他知道不做任何吸引它们注意的事，生活会简单得多。

“它们当然没有真的忘记我们，”卡拉说，“我们的数据发掘师认为出现了某种僵局。半数卫神们希望埃隆·普雷尔碾压努恩财团，并关闭烤三地的门，再次让人类与世联网永久断绝。另一半卫神们愿意让我们继续和外星生物贸易，只要我们不试图窥探暗光区的秘密。这是个微妙的平衡。如果你要逃离这里去暗光区深处找诺娃，可能会惹是生非。”

岑猛地往池子里掷了一块鹅卵石，惊起那些像手帕的东西，说：“好吧。那就让我去别的地方。我还没见到我妈妈和姐姐。”

“去夏约？”卡拉摇摇头，“那是普雷尔的地盘，而普雷尔家族最想抓住你，盘问你，掌握你的秘密来做不利于我们的事。如果他们发现拉蒂卡和米卡是你的母亲和姐姐，他们也会威胁她们。”

她谈论着岑的家人，好像认识她们。某种程度，她确实认识，她的情报人员一直在监视她们，在她们和岑之间传递秘密消息。他曾成功给米卡报了平安，也得知她和妈妈都好，但仅此而已。他想念她们几乎跟想念诺娃一样强烈。

“所以我是被囚禁在这里？”

卡拉整理了一会她别在黑色套装肩膀上的赫拉斯代克胸针。“你多大了，岑？”她终于开口说，“十八？十九？”

岑耸耸肩。他也搞不清。在这么多世界上流浪过，每个世界的年月都不一样长，他怎么知道自己多大了？“大概十九标准岁。”他说。

“十九。看看你。你很富有！你有辆飞车，最好的衣服，自己的大房子。我们正在打造的新贸易，其产生的财富我们正与你分享！作为回报我们只要求你安静地待在加勒塔瓦，享受你刚刚创造的财富。我们正在计划不久后与帝国开启谈判。一两年后，形势也许会稳定。也许那时我们将重新考虑。”

“一两年？”岑知道自己听起来像个愤怒的小孩，但那只让他更生气。

“我知道这种感觉，”卡拉温和地说，“你怀念火车。我年轻时也跟你一样是个火车浪子。但我脱胎换骨了。我振作起来。而你知道我怎么做到的吗？”

“通过和特伦诺迪的尼莱希叔叔睡觉？”

“通过耐心，做努恩家族想要做的事，时刻准备着，等待我想要的东西。”她从长凳上走过来，一只手又放在他的胳膊上，这次很温柔，几乎充满母爱。“岑，我想你也许正在承受文化冲击。烤三地的门打开以后，就到处都是各种冲击。一年前没人知道我们的星系中还有其他文明；现在每天都有火车从外星世界到达这里。人类还没有进化到能处理这么多突如其来的变化。而你，你在那些外星线路上待了多少个月？那时其他人类甚至都不知道那些物种的存在！一个人困在那里，想着可能再也回不来了……难怪你会难过。这很自然。”

“我那时不是一个人，”岑说，“我跟诺娃在一起。”

“机器人是不能代替人类的陪伴的……”

岑抹开她的手，丢下她，生气地出去回到露台上。山上圆圆的太阳从高耸的晚霞后面刺出光芒。巨大的投影浮在城市上空，有悬浮大船和猛龙纹章。加勒塔瓦的卫星环伸展过一道又一道地平线，好像一个柔和发光的水粉彩虹。舞蹈已经结束。他在人群里没找到特伦诺迪。

他见到了一些年轻的努恩财团管理层，去年夏天他和他们一起泡过吧。他们中有一些还在岑的房子过过几次夜，并对他的财富嫉妒到恶心。他们穿着全息透光晚会礼服：变幻着一组组光，刚够遮住他们彩绘的身体。他们的嘴唇像玫瑰花瓣，眼睛是时髦的彩虹妆。岑跟他们一起走进门里，用玻璃香槟杯喝起甜甜的蓝烟。这是来自迪卡世界的毒品，它一开始好像没什么害处，但一旦你喝下五杯，就会眼前一黑，天旋地转。

其他人把岑当成明星。他们都想听他说说在外星世界的冒险故事。他告诉他们自己如何打败克拉尔特；他如何闯入柴尔德·杰克·卡耐思的洞穴救出诺娃，尼姆又如何开火打开那地方，把那儿炸得飞上天，帮他脱险……

其中一个女孩说："这个诺娃，她只是一个线偶，不是吗？她真是你在那里的女朋友？那怎么可能，一个人类和一个机器人？"

岑试着解释诺娃不仅仅是一个线偶，她比任何人都更理解他。之后，他们的笑声似乎都突然冲着他来，他知道他们会把这些发布到八卦网站上跟他们的朋友分享。"是的，岑·斯塔灵爱那个机器！"

岑突然恨他们所有人。他想告诉他们，他们昂贵的美丽外表比起他记忆中诺娃那张廉价的大众脸全都黯然失色。他想告诉他们，是他和诺娃破坏了前任大帝的火车，把他们这样穿着时髦的蠢货们的尸体炸得散布到整个斯平德尔桥。他试了，但他们已经没在听他了，音乐震得他偏头疼，蓝烟饮料让他忧郁，他站起来的动作太猛，把桌子都掀翻了，撞进一群像水床一样汩汩发声的迪卡外交官中间。一位侍者礼貌而不失坚定地过来，问是否需要帮助他离开，但他说不要，当然，他在那些喧闹的房间里拐错好几次弯，最后跌跌撞撞地出来，走进凉爽敞快的夜色里，试着回忆密码，呼叫他的飞车来接他。

4

一亿两千万公里之外，一艘真真正正的宇宙飞船正划出轨迹快速驶向气态巨行星瓦扑纳。飞船前端有些小尖尖，后端有排发着光的排气锥，中间随意覆盖着鳍、炮台和舱口，还有几百个点着灯的小窗。飞船丁几小时前从瓦扑纳一颗卫星上的基地发射出来，调查一场几乎隐藏在气态巨行星的电磁声光干扰下的奇怪的外来粒子爆发。

飞船上没有工作人员——这是幸运的事，因为飞船航行的速度能把船上任何人类的身体变成一摊烂泥。这飞船存在只是为了承载一份卫神莫当特 90 · 网络的大脑副本。某种程度上，这飞船就是莫当特 90。一个简单的侦察机本也能完成任务，但莫当特 90 对古老的科幻电影很着迷，它觉得一艘真的宇宙飞船更有趣。他——莫当特 90 这些天总以男性自居——对这艘飞船很满意。他很享受住在这个完全光滑的流线型外壳里的感觉，就像过去他经常穿着克隆身体一样受用。

他发射了几架小型无人机，让它们在飞船开始调整进入瓦扑纳周围的轨道时给他拍几张照片，因为这看起来太酷了。

气态巨行星星环外侧，飞船的探照灯扫过最大的巨石那象灰色的黯淡表面。一个槌球门的影子扫过尘埃。那奇怪的新拱门赤裸骨感地孑然站立。轨道在探照灯的照耀下，闪亮着从拱门延伸出五百米，接着戛然而止。

“噢见鬼。”莫当特 90 说。他一点都不想把这事告诉其他卫神们。

早在一千年以前，那时星系里的所有人类都一起挤在一个叫古老地球的小行星上，卫神们发现了世联网，一个把星系联结在一起的铁路系统。它们接触到人称轨道缔造者的数据实体。轨道缔造者正忙着建造铁路系统，卫神们畏惧它的能量，于是把它杀了。然后它们把世联网封存起来，让人类以为是卫神创造了铁路系统。在岑·斯塔灵和机器人诺娃误打误撞进入轨道缔造者的一个中转站世界之前，卫神们一直保守着轨道缔造者的秘密。诺娃在那里被某种轨道缔造者的技术感染了，并且开始发生改变。怎么改变的，又变成了什么，卫神们都不太清楚。它们中有的想研究她，其他的只想毁了她，但在它们能采取任何措施之前，她逃进了暗光区，那个位于世联网心脏的神秘区域，一个遍是蠕虫洞的迷宫，它们还没法在那里追踪她。

有一阵子它们都很害怕。要是轨道缔造者没有像它们以为的那样死去呢？要是诺娃的干预成功让它复活了呢？但一周又一周过去了，一个月又一个月过去了，什么都没有发生，渐渐地，它们开始指望什么都不会再发生。暗光区是一片未知的区域，充满未知的危险。比较乐观的卫神们相信诺娃已死在那里。

现在，突然有一道新门打开。可是为什么是在这里，在这块孤独的岩石上？为什么打开后又径直关上了？轨道缔造者复活了，正在测试它的能力？抑或是诺娃掌握了它的秘密，开始试着应用这种能力？费这么大周章建一道门，却只开了几秒钟，又有什么意义？除非……

带着深深的警惕，莫当特 90 开着他的飞船在拱门之上又盘旋了一圈，检测到微弱的、正在消逝的痕迹，有什么东西趁门打开的时候穿过来了。

在星罗上只有火车才能通过凯门，这是一条基本公理——如果你试图驾驶一辆卡车或者发射一颗子弹穿过凯门，那只会被能量帘弹回来。但被人类称为车站天使的那些光影是个例外。它们是耀眼的能量结，有时会在门周围出现，就像从凯空间里渗出来的发光的饱嗝。卫神们怀疑它们是世联网某处由自动系统发出的垃圾信息，是死去已久的轨道缔造者发出的无人能懂的暗语。但也许在瓦扑纳现身的天使是新品种，有不同意义。莫当特 90 想象它像只纤细的蚊子一样在轨道上空飘浮。谁发送的？它载着什么消息？它又打算怎么把消息传递出去？

5

特伦诺迪·努恩在晚会次日早晨就离开了加勒塔瓦，紧锣密鼓赶去中转站，宣布克拉尔特战争结束，开启和友好的外星帝国更频繁的贸易往来。她带着她的一班首席顾问，还有家族里所有重要的成员，乘坐新的努恩家族火车巡游。一排国务车厢和载着武装部队的车厢，由古老的红色火车头大马士革玫瑰牵引。她出发时太阳已经很高了。人群聚集在线路旁一路欢送她，欣赏着著名机器人涂鸦艺术家弗莱克斯在大马士革玫瑰车身上描绘的一排排天使和外星生物。

玫瑰出发了，她唱起歌来。她那深沉、富有爆发力的鲸歌轰隆声和高亢优雅的曲调，让轨道上空天桥上的观众觉得无比震撼。她同时把歌声广播到数据海中，这样加勒塔瓦的其他火车就都能听到了。那是一首新歌，但歌里保留了当年她载着岑云游狗星线或中转站那一边的外星线路时所唱歌曲的回响。她的声音在平静中划破天际，径直进入一个叫做顶点的时尚街区，穿过白亮得像健康牙齿一般的生物别墅的重重花园。它从一扇敞开的窗户里飘进岑的房间。岑半裸着睡着了，脸埋进他巨大的新床里。

岑的房子像所有老房子一样，是个势利眼，从一开始就不欢迎它的新主人。它通过岑卧室天花板角落里的广播用嘲讽的语气评论早晨多美好，已经聒噪了几小时，还派自动吸尘清扫机去清扫地毯，吵得不行，但这些都没有把岑吵醒。大马士革玫瑰的歌声远没有那么响亮，但还是爬进了他的梦里。这让他回想起和诺娃一起走过的那些路，有一小会儿梦都是美好的，接着就变坏了，因为他梦里又回到了斯平德尔桥，而那努恩家族的老火车就要消亡，这全怪他，于是他大喊大叫，试着警告人们，但没人听，于是他发疯地跑，却因为失重哪儿也去不了，火车还是被毁了，破碎的车厢从他身旁翻滚而过，把他从睡梦中猛地扔出来。

他睁开一只眼，眯缝着看到百叶窗外的闪耀阳光，发着牢骚坐起来。他刚刚辨别出遥远的火车歌声是真实的，歌声就戛然而止。玫瑰已经进入凯门。她还在唱歌，但她的歌声现在可能已经回荡在烤三地的红色岩石间了。

“用早餐吗，先生？”房子问。

岑无视了这个问题，重重地倒回床上。床似乎在缓慢旋转，但他觉得那是蓝烟的后劲，并不是真的。他前一晚实在喝了太多那玩意。嘴里的味道让人觉得那玩意喝下哪怕一点点可能都是个糟糕的主意。

他闭上眼睛，噩梦又在眼前闪现。现在他每天晚上都会梦到努恩家族火车。他醒着的时候还能说服自己那场灾难不是他的错。他当时只是雷文雇来，遵他命令行事的小偷；他怎么也想不到雷文无情到毁了整个火车来掩护他逃跑。但他的潜意识没有时间做这样的开脱。在世联网身处险境那段时间，他几乎忘记了自己做过的事，但现在他在加勒塔瓦安稳又富足，可怕的梦却不停来袭。

房子对他响起一阵刺耳的提示铃。“您有一则消息，阁下。”它说。

岑告诉它可以怎么处理那消息。

“不可能，阁下。那样也很粗鲁。”

“那就发到我耳机里。”岑说，他根本不相信有消息。

“它说很紧急。”

“谁发来的？”岑嘟哝着，迷糊地想哪个笨蛋会通过房子给他发消息，而不是直接发到他耳机。

“我不知道。”房子说。

岑又嘟哝一声，翻身仰面躺着。“那就看看吧。”

房子在床上空水平打出一面全息屏，消息在上面显示出来。那是一段岑自己的录像，在另一张床上睡着了。画面没有直接显出他的脸，但从他身上和枕头上晃动的奇怪的光，他立马就知道了是哪张床，在哪里。怕他不确定，一个声音说：“岑，你还记得亚姆吗，那天晚上风吹拂着窗帘？”

这声音他也认识。这不是房子的声音。是诺娃。

录像终止了。随之出现了一串号码：KF－50. 34. 5817/3. 48. 1485。

“记住这个，”那声音说，“我会等着。”

那号码闪了三次，然后消失了。

岑小心翼翼地坐起来。他有点害怕自己是在做梦，不想醒来，因为那是个好梦。

“房子，”他说，“再放一遍那条消息。”

“什么消息，先生？”

“你知道。”

“今天没有消息，阁下。”

“你明明刚刚显示过。看，屏幕还在那儿！”

全息屏幕悬挂在他床的上空，一片空白，明亮得像自然光。

“今天没有消息。”房子又说了一遍，岑能从它声音里听出一丝困惑。他认为房子没有在糊弄他。他也不认为自己在做梦；他现在下床站着，一切都感觉真实生动——他能感觉到心在怦怦跳，脚下能感觉到地毯。他想起了那则消息里闪烁的号码，以及诺娃的声音说，“记住这个！”而他能记得那号码——他已想不起前一天晚上是怎么回到家的，但他记住了那一串号码：KF－50. 34. 5817/3. 48. 1485。仿佛那特殊的闪烁方式把号码印在了他的记忆里。

诺娃能够做到，他想。是诺娃发的消息。一定是诺娃。那是她的声音。那段录像——那是她看他的视角，由她的眼睛记录下来，那是他们一起到达世联网的第一个夜晚。记得亚姆。当然她早知道他永远不会忘记珠宝园里的亚姆，那片天上的星星比他之前见过的所有星星加起来都多，星光落在潟湖里，他们躺在大马士革玫瑰国务车厢上的小小卧室里，风吹拂着窗帘，星光也落在他们脸上。这些没有别人知道；所以她会给他发送这个视频，以此证明消息的确来自她。

“我做了故障检测，”房子宣布，“确实有迹象表明我的记录里有段短暂的空白。有可能在那段时间里到达的消息无法保存在我的内存里。很抱歉，阁下。”它听起来是真心的。

诺娃不知怎么黑进了房子的系统，岑心想。她给他发了一条只有他能听到的消息。卫神们一定还在找她，她害怕它们，但她还是不顾一切把那串号码传给他。某种密码。我会等着。

他床边的抽屉里有几个他从城里商店拿的便宜耳机，塑料包装还没拆。这是他还在克利瓦时学会的小把戏——总是留个匿名设备待命，以备在数据筏里秘密找东西时需要。

他已经习惯了时髦有型的款式，廉价耳机感觉笨重，又不舒服，但是管用。视频终端压在他的太阳穴上，脑海里直接出现一个带着创立者标记的主页。他用小号连上数据筏，在搜索引擎里眨眼打出那串神秘的号码。

搜索结果把他带到一个努恩财团的网站：一份努恩家族控制下的火车如今能到达的新车站列表。有一会他觉得搞错了。然后他意识到每个新的世界都有个简称。KF 是指一个叫克雷夫的地方，在一条连接着某些赫拉斯代克世界和一个叫伊阿那希的小枢纽的支线上，是个有两道门的捷径。那串号码通向克雷夫表面一个特定的点。克雷夫没有好地图——那里没有卫星制作地图——但根据诺娃发给他的坐标，那里看起来也什么都没有。坐标位于凯奔线北边三十公里的一片荒野上。

但这也不能说明什么，岑想。诺娃不可能在一个任何人都能看见她的地方等他。她会在某个荒无人烟的地方等他。在某个世界，落后到连卫星都没有，这样也许那里也没有数据海，也就是说那里发生的事情卫神们不会知道。

但是我没法去克雷夫那么远，他想。

接着他又想，为什么不呢？

难道他不是个火车浪子？

难道他不是小偷？

他曾从努恩家族火车上偷走了匹克西斯。他曾从克拉尔特那里偷回了诺娃。他当然可以偷偷离开这里。

他开始试着重新像个小偷一样思考。他得在努恩家族安保系统意识到他要离开之前，在任何卫神发现诺娃通过数据海神不知鬼不觉地给他塞了一则消息之前，迅速地离开加勒塔瓦。

他检查了一下火车时刻表，然后揉碎了那耳机，开始在房子里快速行动起来：找出一个小包，塞满换洗的上衣和内裤。他在乱哄哄的衣柜里搜寻要带的衣服。他发现自己竟然买了这么多东西，而要扔下却毫不在乎。他觉得这点很神奇。

他打好包下楼，在前卫的巨大厨房里喝了杯水，以前在这厨房里他除了喝水什么都没做过。这时第一丝疑虑才击中他。这一切可能都是场幻觉，他想。毕竟，他满脑子蓝烟，而且他妈妈觉得自己的牙齿都能接收政府机构的思想射线。要是卡拉·田中是对的，他是因为某种程度的分手而饱受精神折磨呢？要是来自诺娃的那条消息其实只是自己基于一面假的全息屏幕和房子内存一个小差错的想象呢？这些他没法证伪。

他决定不在乎。他要走了。也许他会找到诺娃，也许他会迷失在世联网。无论如何都比待在这儿强。他有些害怕，又有些兴高采烈，他在什么东西边缘走钢丝，害怕没有勇气或运气看透它。

“你今天晚上准时回来吃饭吗，先生？”房子见他向门走去，问道。房子听起来不再有歉意。它又回到它惯常的略带嘲讽的状态。

“对。”岑说，因为他怀疑房子会把他的行踪向努恩安保系统汇报，而现在要成功就决不能让他们猜出他的计划。

“我迫不及待等你回来。”房子放他出去时咕哝着说。

几分钟之后，岑的华丽飞车点着引擎，从房子后面的降落港起飞，向南奔往大普拉加的度假海滩。又过了几分钟，岑自己攀过自家花园西边的墙，跳进阴暗荒凉的街上，越狱般逃离他富足的新生活。

他沿着陡峭的街道和台阶下山去凯奔车站。途中他从一个拥挤的餐馆里抄了个近道，出来时夹克随环境改成了新的颜色，戴着别人的帽子，帽檐压得很低遮住脸，以防被无人机和摄像头发现。他的飞车给他的耳机里发了一则消息：车在大普拉加上空盘旋——它是否应该降落？他让它请求降落许可，停下来，然后再起飞直接回城。如果有人正在跟踪他，这样看起来好像他的车把他放在海边了。等人们明白他并不在那些热闹的海滩上，已经几小时过去了。

车站已经聚集了一群人。岑急急忙忙要赶上通往站台的电梯时，有人说："你可别着急赶。站台上全是虫僧，都等着一辆去尼姆世界的火车。"

"恶心的东西。"又有人附和，"为什么他们不能搞个特别协议，把他们从上货区运出去？"

岑早料到会这样。几周以来加勒塔瓦的数据筏里全在抱怨这事。埃隆·普雷尔把所有虫僧都从皇家领地驱逐出来，名义是他们与尼姆是亲戚，而外星生物不值得信赖。当然，他的真实目的是给努恩家族找麻烦。可怜的虫僧们很乐意离开，但他们想去尼姆的巢穴，于是都开始涌向加勒塔瓦。尼姆每过几天就会派来一辆火车，接走最新的一批难民，但还是有很多积压的需求。岑注意到虫僧们一天天地在车站聚集，想出了一个利用他们的办法。

"我不介意虫子，"他说着踏进电梯。这不是真的，但他以前克服过对它们的恐惧，而现在为了诺娃，他又得再克服一次。

通向主要线路的那些站台的拱形走廊里都充满了虫僧刺鼻的甲虫气味。裹着灰纸的机器人正在清扫成堆的死虫子。走下最后一段电梯时，岑看到十层楼深的下面，虫僧们站在宽敞的站台上。他拉起夹克的衣领，把衣服调成与它们相配的肮脏袍子。他扎进虫僧群中，全身僵硬，阵阵恶心。虫僧们轻语的声音在他身边无孔不入；由几千只锯齿状的昆虫腿与昆虫身体相互摩擦发出的沙沙声，就像田野里的蚂蚱学会了说话。“我们在等车，”他们说，“不是人类的火车。你不应该在这儿，人类。我们在等尼姆火车，载我们去昆虫线。”

“我知道，”岑说，“我去过那里。我想跟你们走。”

虫僧们挤得更近了。他们的味道让岑头晕。他想抬头看看出发时刻表，看看火车是不是就快来了，但他不敢抬头，怕万一被车站的摄像头在一堆虫僧的白纸脸中间捕捉到他的人脸。由小树枝，鸡骨头还有旧塑料叉子做成的手在拨拽着他的衣服。

“你去过那里？昆虫线？我们的人建造的世界？那里什么样子？是不是棒极了？是不是很辉煌？”

岑回想起他在滋儿滋儿特巢穴的时光，那里天空是烧焦的太妃糖的颜色，永远下着油腻的雨，炽热的空气随着上亿只虫子的嗡鸣而震颤。

“很辉煌。”他说。火车的风开始吹。

几分钟后，火车出发了，岑从他的飞车那里又收到一则消息。飞车正在返回城市。他希望在哪里降落？他在耳机里打开飞车的主菜单，关闭了它的安全设置，调成瞄准他房子的强力俯冲。虫僧们互相推搡着轻声说话，他挤在其中，从飞车的车载摄像头里看着飞车的视野，他的飞车像颗导弹突降射向他的卧室窗户。

他从来就没喜欢过那个房子。

6

在肯彪西行星的两轮蓝太阳之下，一位男子一身戾气地站在凯奔主线旁边。埃隆·普雷尔，新的星罗帝国大帝，众所周知脾气不好。这个男人冷酷，头发花白，面色铁青。他紫色制服上烁烁的勋章和飘扬的金穗带看起来就像峭壁上的金箔一样不合宜。登上轨道板车皇座这一年来，他的画像就印到了所有中心世界的银行票据上和摩天大楼的外墙上。画像上的他都全然没有笑意。目前他正怒视着通向马拉普的凯门的隧道，仿佛那隧道当面骂过他。

他身后，是一百辆普雷尔家族战车和轨道军战车，由巨大的机动武器平台掩护，静候在一系列新的旁轨上。只要大帝一声令下，甚至一个手势，那些火车就会冲过凯门，以雷霆之势拿下马拉普。那不会容易，因为努恩家族在马拉普凯门的那一边会抵抗，但他的战车军团勇敢又强大，弹药也充足，而且最重要的是，埃隆·普雷尔知道，仅仅数量上的绝对优势就能给他们带来胜利。接下来他的轨道无敌舰队就会继续以雷霆之势攻下努恩家族控制下的一个又一个世界，重新夺回每个世界，直到所谓努恩财团被摧毁，通往世联网的门被阻挡，直到他的帝国又完整无虞。

问题在于，他不敢发出命令或做出手势。至少在确定卫神们批准他发动全面战争之前，他还不敢。他对双子座发送了数据祈祷，双子座一直对他的家族青睐有加，但双子座不再与他通话了。他命令皇家发掘师在数据海里搜寻卫神们还喜欢他的蛛丝马迹，但发掘师什么都没发现。于是他唯一能做的只有让战车在肯彪西时刻待命，等待着来自努恩领地的报告。他只允许一辆火车每天经过马拉普，每天晚上带来报告。报告的图像里有努恩家族，还有他们扶做傀儡女皇的可怜女孩，以及与他们结盟的那群作孽外星生物——这些都让埃隆·普雷尔怒不可遏，有时他想，哪怕只为了抹去那个努恩家人的驴脸上的微笑，没有卫神许可就出击也值了。但他知道，他其实并没有胆量去做，而这让他更生气。

他从隧道转身，拖着重重的脚步沿着轨道往回踱。他的部下百无聊赖地站在普雷尔战车大侵略旁边，战车正等着把他载回大中央。他靠近时目光扫过官兵的脸，意识到自己正像往常一样寻找他的侄女拉里亚。他把她从家族驱逐出去已经快一年了，但每当他想起她，那痛楚还是那样新鲜，因为她曾是个前途无量的年轻军官。谁会想到她这样一个通情达理的普雷尔女孩会如此背叛她自己的血亲？他的新助手，瓦西里，一个远房表亲的儿子，非常积极，但他没有拉里亚聪明。

“埃隆伯伯——我是说，大帝！”瓦西里蹚过轨道边的野草赶来见他，正在说，“今晚从马拉普开来的火车给我们捎来一则消息。努恩家族议会发来的。他们想重启谈判。”

埃隆 · 普雷尔感到片刻希冀。“他们要投降，你是说？他们终于想通了？”

“他们没有说任何关于投降的话。他们建议派遣一个代表团到大中央，讨论努恩财团和帝国之间的关系……”

“努恩财团和帝国之间不可能有任何关系，”埃隆 · 普雷尔咆哮道，“要有，也是一只苍蝇和拍死它的那只手的关系。或是一只虫和踩扁它的靴子的关系。”

“皇家形象顾问认为您应当接受，埃隆伯伯，”瓦西里紧张地说，“如果努恩家族提出和平谈判而您拒绝，这会让您看起来很有侵略性。”

“看起来很有侵略性？”埃隆大吼，“我就是很有侵略性，小伙子。”他站在那儿自顾自发怒，而瓦西里紧张地等着他怒气过去。最后他承认：“好吧，也许他们是对的；也许他们是对的。我们又不是非得同意什么。我还觉得我们需要拖点时间，等卫神们回过神来，让我们扫荡了这些叛军。不过别指望我亲自去和努恩家族的人谈。”

他要让他的新妻子普里亚来主管谈判，他想。她自己就是努恩家族的；这是他与她结婚的原因，希望藉此赢取她家族的支持，并享受这给他本人带来的好处。他暗暗有些害怕普里亚生硬的优雅礼仪和昂贵的美貌，这总让他觉得自己是个从外沿支线来的粗鲁老头。（因为他确实是个从外沿支线来的粗鲁老头。在与普里亚结婚之前，他一直引以为豪。）“对，是时候让皇后开始掌管事务了，”他说，“我，我要去打猎。我想射东西，瓦西里，如果我没法射努恩家族的人，我想射贵得要死的巨型动物。大中央有什么可射的？”

“在皇家恐龙园有三种不同的蜥脚类恐龙，埃隆伯伯。”

“笨重的大家伙；猎杀它们毫无技术。”

“琥珀山脉围猎区里的仙人掌狮……？”

“无聊。”

“那，我听说南边大洲的蔚蓝海湾有很多蛇颈龙。你可以在水下用鱼叉捕猎它们。”

“唔。”大帝嘀咕着。那听起来更有意思，但还是无法代替他想打的仗。他不甘心地转头最后看了一眼隧道，还有他那些如弦上之箭等着进入隧道的战车。“蛇颈龙，嗯？现在嘛，我想这能让我换换心情。至少我在水下面会凉快一点。凉爽又轻快。没错。大中央太他妈热了，瓦西里。”

“是，埃隆伯伯。”

“而且引力也太他妈强了。”

“是，埃隆伯伯。”

埃隆 · 普雷尔从没见过岑 · 斯塔灵，也不太知道岑 · 斯塔灵这个名字，但他们有很多共通之处。就像岑一样，星罗大帝也明白了，即使你得到了曾经想要的一切，你还是有可能比以前更不快乐。

7

尼姆火车上很热。没有座位，只有金属架子，用来拴乘客的尼姆蟹衣。岑挂在其中一个架子上。车厢在蜿蜒的轨道上摇晃，虫僧们就挤挤撞撞地靠着他。没有窗户，所以他看不到穿过第一道凯门时无色的光，只有那种奇怪又熟悉的坠落感告诉他已经离开了加勒塔瓦，火车此刻疾驰穿过烤三地。他前方某处就是诺娃打开的新门，通向中转站。

他感到一阵释然。他还没有脱离危险，而且他还有点心绪不宁，觉得应该等诺娃再给他发一条消息，然后才逃走，但来到另一个世界总是好的。他回顾了在加勒塔瓦度过的这几个月，只觉得虚掷光阴。现在这样才是他的天性。他就属于飞驰的火车。

车厢尽头一道门打开了，虫僧们挤到一边让一对尼姆通过。“欢迎登上摩瓦咯里叽第咯里，”他们一边说，一边穿着哐当响的蜘蛛蟹外衣走过挤得不透风的车厢。对这些从未学过巢穴世界里优美昆虫语言的可怜表兄弟们，它们说着星罗帝国的通用语言。

“我们是阿滋儿唖巢穴派来接你们回家的，回到百万亲妈的母巢。”

对很多虫僧来说，这是他们第一次见到真的尼姆，他们愉快地沸腾着，发出嘶嘶的声音，知道很快他们就能放弃他们的旧袍子和破烂骨架，搬进这样华丽的液压身体里。有几个虫僧小心翼翼地伸出手触摸尼姆外壳上装饰的刺和突起。

尼姆走到岑站的地方，刚注意到他。

“人类，”前面的那个尼姆说，“你为什么要上这辆车？”

“我需要你们的帮助，”岑说，“你不认识我了，欧尼姆？你一定和我的朋友虫叔交换过部分虫子吧？我是岑 · 斯塔灵。我是第一个来到世联网的人类使者。”

那些一直在听的虫僧，听到这名字时开始颤抖。“岑 · 斯塔灵！”他听见他们用那沙沙的蚂蚱声音交头接耳。“是克利瓦的岑 · 斯塔灵，那个开辟了去昆虫线的人！岑 · 斯塔灵就在这里！”他们不结实的手又伸向他。“谢谢你，岑 · 斯塔灵！”

尼姆们防护外壳前面的感应台旋转着点击着，掏出各种透镜压在岑的脸上。他想象每件外壳里面，都有无数昆虫在仪器周围聚集，研究他的形象，就像三维电影里宇宙飞船上的宇航员，向外看着外星行星。

“你就是那个叫岑·斯塔灵的人。”他们终于承认。

“我需要去克雷夫。”他说，“非常重要。”

如果他们觉得他一个人秘密旅行很奇怪，他们也没有说出来。人类做的很多事情，他们看起来都很奇怪。“但我们正驶向阿滋儿咂巢穴，”他们说，“克雷夫在另外一条线上。”

“那我就在中转站下车，”他说，“我从那儿换一辆车。我们什么时候到那里？”

“我们已经到了，”尼姆说，岑也感觉到车开始减速。车在他们说话间穿过了新门，他又回到了中转站那广阔的外星线路调度区。

他几乎认不出这个老地方了。尼姆火车在二十号旁轨上打开一道小门让他在铁轨间下车，他爬了几级台阶，上了最近的站台，开始走动，但他这么做也只是为了不站着干瞪眼。

中转站是个巨大的穹形建筑，宽有好多公里，中心有座巍峨的塔。几百条铁路和站台从塔基下放射发散，还有的从塔上出来，搭上高高的看起来很脆弱的连拱桥。

上次岑来时，这里又冷又荒，破碎的冰块从连拱桥和摩天大楼的房顶上大块大块地砸落。而现在，这里是连接努恩财团的车站与其他外星物种车站的换乘点，努恩家族尽力让这里看起来像样。来自桑德尔本和马拉普最优秀的剧院和三维工作室的设计师们精诚合作，把这个死气沉沉的异星穹宫打造成了一个充满希望和生机的地方。冷酷的光被转换得看起来像阳光，而不那么像冰箱里的灯。空气很温暖，还充满火车的歌声。覆盖住巍峨中心塔和连拱桥高大桥墩的珊瑚电路，被改造得发出漂亮的幽光。这里现在还有了树：整齐成行的树林种在轨道之间的空地上，灌木丛簇拥在塔沿上。还有一群群哈斯，他们像夏日帐篷一样沿着一片装饰性的小潟湖边缘支开，伸展着薄膜一样的身体去捕捉过往火车的微风。还有赤金色材料的天篷，有个小飞机场那么大，挂在塔和连拱桥之间，让这巨大的空间显得更柔软，更温暖，更宜人。有很多全息屏，就像星罗车站里的一样，显示着努恩家族那微笑的太阳，还有让人安心的熟悉商标。

但这些都没什么用。如果你透过全息屏向上看，天篷那边，穹宫一如既往地奇怪又宏伟。

它的建造者比人类强大得多；比卫神都更强大。难怪卫神这么处心积虑地阻止人类找到它。

岑把他偷来的帽子的帽舌扯得更低一点，低头走向塔基，希望没有人在找他。

目前还没有。

8

塔巨大底层的一部分被改造成货运终端，岑所在的站台就通向那里。岑从这片集装箱堆积的迷宫走过，然后穿过几段小一些的板条箱和吊舱堆得高高的区域，接着出来到了另一片地块，这里新的生物建筑长在支撑房顶的柱了之间。塔不再是他记忆中那个允满幽灵和阴影的地方；现在这里更像一个高大的一流购物中心，光线充足，闪亮的商品琳琅满目，还有食物飘香。到处都是人。

岑好奇塔介不介意。他以为塔会更喜欢幽灵和阴影。但当他在自动售货机上买了个一次性耳机，用另一个编造的名字登录本地数据筏时，他发现这些日子塔由一个正常的努恩财团人工智能运营，就像加勒塔瓦的任何一栋大型公共建筑一样。那个与诺娃沟通连接过的、奇怪的、受损的旧回忆存储仓不再有任何痕迹。但他注意到那个通向塔地下室的斜坡被封锁了。他猜这一定意味着打开凯门的诡异蠕虫机器还在下面休眠等待。上次来时，他收集了几口袋的控制这些机器的黑色球体，但自从诺娃消失后，没人再让这些机器运转过。蠕虫们太大，不便移动，难怪努恩家族只是把地下室封存起来，把蠕虫们放在里面。他很高兴这个老地方没有丧失它所有的神秘之处。

他开始沿着塔的内侧溜达，这里现在变成一条长长的弧形街道，商店和小吃铺在他右边，塔的厚墙在他左边。每隔一段距离墙上就凿有一道拱门，每道都通往一个外面的站台。有些拱门上方悬挂着全息屏幕，提供将要从此站台出发的火车的详细信息。一班通往格密尔姆的列车再过半小时将要出发，但这不太合适，因为那是一班迪卡火车，迪卡的加压车厢里面全是水。岑继续走，走过空白屏幕和火车广告屏幕，广告里有的火车通往附近巢穴，有的回加勒塔瓦，还有一班火车去普利那－雷亚，但他赶到站台前就开走了。

中转站里逐渐拥挤起来。人们从刚到达的火车上涌出来，赶去二层的大典礼，有说有笑地自拍。岑认出几对年轻的努恩家族的表兄弟，他曾和他们一起在哈纳扇滑过雪船，但他立马转而看向一个珠宝店橱窗，希望那几个表兄弟没有看到他。相机闪光灯在他前面的镜子上一闪而过，像打枪一样突然，也几乎一样危险。大家正用耳机拍摄的那些照片会被上传到数据筏上的社交媒体。任何潜伏着的，努恩家族安装来搜寻他的监视机器人，都能从背景里找到岑。他只知道，加勒塔瓦的警察这时已经彻底筛查了他的飞车残骸，明白他已经离开了行星。把这些傻看客带到中转站的火车可能也带着关于他的搜寻警报。

他开始惊慌，从橱窗前转身，冲过身边的人流夺路而逃，一看见拱门就穿过去。这道拱门上面的屏幕是空白的。等到了站台他才意识到原因。停在那里的火车，林立在他两边，并不是在等待乘客或是货物。它们是努恩家族战车：重型进攻火车头，拥有能挤过凯门的火车能达到的最大重量，它们黑色的外壳上安装有武器炮台。其中一辆叫听风者，另一辆是国王们的最后辩辞。

他猜它们在那里是为了保护特伦诺迪和她周围的人。它们显然看起来很紧张。枪"咔啦"从炮台伸出来，摆好瞄准岑。"验证身份！"听风者低声说。

同时，一个他熟悉的声音在他耳机里说："继续走，岑。没事，小伙子们；他是我的人。"

岑继续沿着站台走。枪就跟着他走。满是刺的维护机器蛛跟上他，沿着武装火车的后背紧赶慢赶。他一步不停，心脏剧烈地跳，身后的塔开始高声播放的音乐声在他的耳朵里都被心跳声淹没了。

蜷在最后辩辞后面的是新的努恩家族火车，由他的老朋友大马士革玫瑰拉着。她被清洗重装过了，岑差点没认出来，但他认识她的红色罩盖和她拉着的那些优雅车厢侧面跳跃的天使画儿。这些画让他想起自己利用新财富做的唯一一件好事：雇佣一个机器心理学家，从玫瑰的系统里恢复他的机器人朋友弗莱克斯散落的程序，并下载到一个新的身体里。重新获得身体几小时之后，弗莱克斯就开始修复和继续创作她当年画在老火车身上的画了。现在在中转站看到这些完成的画作，岑感觉就像他做的好事得到了奖励。

“你可以上车，岑·斯塔灵，”火车说着在第二节车厢为他打开一道门。“大家都下车去塔里参加狂欢会了。他们一两个小时之后才会回来。我是空的。”

听到她的声音，岑几乎像几小时前听到诺娃的声音一样开心。他走过那道打开的门，优雅地滑进一个座椅。

“那么岑·斯塔灵，”大马士革玫瑰严厉地说，“你现在做了什么？”

9

在中转站中心塔的第二层，巨浪般的闪光缎天篷下面落成了一座宽敞的阶梯礼堂。礼堂中心，特伦诺迪站在一个赤金色的讲台前发表演讲，来自努恩财团和世联网的访客们坐在四周陡峭的观众席上观看。

“我的朋友们。”特伦诺迪说，根据记忆背诵着她在加勒塔瓦和形象顾问及媒体顾问一起排练了许久的讲稿。“我们人类终于找到了通向世联网的路，我们非常高兴。”她小心翼翼地说着，像她被辅导时那样，每句话之间都停顿，好让讲台里的翻译软件能把她的话翻译成嘎嘎叫声，泡泡，喷嚏声以及颜色，把她的意思转达给外星生物。在外面，以及塔的其他层，全息屏将把演讲转播给所有阶梯礼堂里容纳不下的人。演讲结束后，火车将带上记录穿过凯门去其他世界。从古往今，从没有人像特伦诺迪这样拥有这么多听众。

她说："我们遇见你们非常高兴，也很高兴能从你们丰富古老的文化中有所收获。尚武的克拉尔特在你们的火车和车站间肆虐已久。我们打败了他们，证明了我们对你们的好意，我们很荣幸……"

（她意思是说："都小心行事，你们这些怪人。克拉尔特千年以来都曾是你们的威胁，但我们家族海军十个月就把他们解决了。所以你们这些怪物谁都别想找人类的麻烦……"）

"当然，要是没有巢穴的同盟我们不可能成功，"她接着说，"我们的朋友尼姆当时那么勇敢，那么坚决，适应人类技术又那么快……"

（她的意思是说："对我们好一点，你们就也可以有更快的火车，更好的枪支，更高速的通讯……"）

"没有他们的帮助，以及世联网上其他人民的帮助和支持，这场战争可能会持续得久得多，"她说，"但是我们团结一心，现在我们胜利了。战争结束了。战争就在今天，就在这里结束。"

光暗下来，只剩特伦诺迪的讲台和讲台前面一小块礼台还亮着。站在特伦诺迪身后的保镖拨动他们的大枪。更多卫兵出现，齐步走向灯光池，领着一个被链条镣铐几乎拖在地上的人影，那影子看起来就像古老传说中的鬼魂。某种程度上她确实是个鬼魂。柴尔德·杰克·卡耐思，所有克拉尔特领袖中最让人闻风丧胆的。战争中好多次传闻她已死，人们开始相信她只存在于传说里。但她就在这里，成了俘虏，被努恩战车锤子时间上的家族海军在远伽兹哈拉克抓获。

一阵喘息，一片低语，一股咕噜声，一堆嘟哝在礼堂周围泛开。赫拉斯代克轻声嘶嘶，哈斯轻轻拍着，海洋怀念者挥舞着触角，闪烁着深红和橘黄交替的警戒的光。观众席灯光虽变暗了，但一排排座位上耳机的闪光灯，还有迪卡和奇莫依用于曝光他们原始照片的化学闪光泡不停闪耀着。

柴尔德·杰克·卡耐思缓慢走向礼台中央，卫兵们在她周围隔出一个大圈。观众席此刻鸦雀无声。柴尔德·杰克站在圈中间，看着特伦诺迪。

“有个古老的风俗——”特伦诺迪响亮地说。

“还没到！”卡拉·田中的声音在她耳机里警告道。卡拉在幕后某处事无巨细地监控着，掂量着特伦诺迪的演讲对听众产生的效果。这当然并不真的是特伦诺迪的演讲，那是卡拉的；每字每句都是她的，她突然打断提醒了特伦诺迪这一点。特伦诺迪沉默下来，脸有点红，为自己的错误生气。“让他们等一会，”卡拉指示，“记得我们排练时说的？安静是有力量的。等等。等待时机。营造紧张的氛围。”

柴尔德·杰克·卡耐思的形象不再像特伦诺迪第一次见到她时那么恐怖了。她多处受重伤。她那蜥蜴脸被弹片剜割，被战火烫伤。她失去了一只黄眼睛，坚韧的脖子周围的褶皱被扯碎，她的尾巴只剩个残存的伤疤。裙子被脱掉，金属首饰被摘除，她赤身裸体地站在特伦诺迪面前，尽管她有鳞有节的老蜥蜴的自然防护看起来很像盔甲。而在特伦诺迪看来她最大的变化，其实是没有了尊严。以人类的情绪去解读非人类生物的表情很危险，但克拉尔特比世联网上绝大多数生物都更像人类。在柴尔德·杰克·卡耐思仅存的一只眼里只有厌倦。她老了，被打败，被羞辱，她只想一切结束。

“现在……”卡拉说。

“在克拉尔特中，有个古老的风俗，”特伦诺迪说，“所有克拉尔特出没的世界都见证过。如果两派克拉尔特相互开战，只有在失败一方的领袖被杀死时，战争才会结束。”

卡拉·田中已在训练一批跟她自己一样礼貌又能干的女孩，以备需要。特伦诺迪身后就站着一个。她现在走上前，将一把刀交给特伦诺迪。那是一把克拉尔特刀，用来自某个可怕的克拉尔特世界的可怕巨型兽脚类的爪子做成。那是一把有故事的刀，因为一个叫钱德妮·汉萨的女孩曾用它把双子座的一个界面刺死，救了特伦诺迪的命。在那之前，那把刀属于柴尔德·杰克·卡耐思，特伦诺迪觉得柴尔德·杰克认出了它。当刀刃像块破碎的黑镜般反射出光芒，那只迟钝的黄眼睛里闪过一丝生气。柴尔德·杰克慢慢低下去，如果她的膝盖弯的位置对了，那就是个人类跪下的姿势。她向后仰着她那可怕的恐龙头，展示出喉部更柔软的羽毛。特伦诺迪紧紧攥住那把刀，不知道自己有没有足够的力量切破克拉尔特的坚硬外壳上哪怕是最软的部分。还好她不用这么做，她感到高兴。

“人类也有个古老的风俗，”她说，“这就是：当战争结束，我们寻求和平，而不是复仇。一旦我们的敌人被打败，我们寻求和他们做朋友，而不是他们的行刑者……”

（这段话其实是对人类历史的断章取义，但外星生物们并不知道这些。）

“因此，我请你们所有人，所有来自轨道缔造者连接起来的众多世界的朋友们，一起来见证我们与柴尔德·杰克·卡耐思及其人民的战争终结。”

她松开了刀。刀在地上哐当一响。柴尔德·杰克·卡耐思向下看着它，很困惑。慈悲对于克拉尔特来说，是种无法理解其用处的奢侈。

“结束了，”特伦诺迪说，“这场战争没有结束于血腥，而结束于和平，如今，我们希望建立友谊。柴尔德·杰克·卡耐思将会来我们人类的故乡世界上生活，如果她的人民承诺放下武器，他们也可以与我们自由贸易，就像世联网上的其他人民一样。”

她站在那儿，卡拉的声音在她耳机里说：“很好。现在，一，二，三，转身。”于是她转身背向着被打败的杰克女王，走开了，巨大的空间里充满欢呼，喝彩和触角掌声还有尼姆虫僧们的沙沙声，以及所有其他智慧生物习惯表达鼓掌的声音。

在特伦诺迪的空车里，岑坐的椅子像动画片里的云一样柔软，岑说：“那些战车可把我仔仔细细看了个遍……”

“哦，别担心它们，”大马士革玫瑰说，“我告诉它们你是别人了，它们稀里糊涂都相信我。而且没人能偷听我们说话——私下告诉你，你那个小机器人朋友走之前升级了我的防火墙，只要你不想，哪怕卫神们都无法穿过。所以我们有点时间琢磨拿你怎么办。”

“我需要去克雷夫。”岑说。

“嗤——”火车说，他把关于诺娃的消息的故事告诉她以来，她就一直这么说，“你真相信你的小机器人会在那里等你？看上去很不可能啊。”

“你认为她的消息是我想象出来的？”

“我没这么说。”火车说。

“这是有可能的，”岑承认，“但我认为消息是真的。唯一能验证的办法就是我亲自去克雷夫。”

“你知道克雷夫是战区吗？”

“那场战争结束了，”岑说，“楼上的欢呼不就是因为这个吗？”

“战争几乎结束了，”大马士革玫瑰表示同意，“努恩家族宣布战争结束对他们有利。战事久拖对生意不好。但一些克拉尔特还据守在一些闭塞的世界上。而且，我想如果那里不安全，那个小机器人不会叫你去那里的。”

他这时知道火车会帮他了。玫瑰总是把诺娃称作“那个小机器人”或“我们的小机器人朋友”，但她很喜欢她。而且火车们喜欢情侣；他猜是因为她在车站见证过那么多涕泪横流的分离和欢乐的重逢。她知道他爱诺娃而诺娃也爱他，她会力所能及地帮他们重新在一起。

“你能带我去那里吗？”他问。

“我？”玫瑰哼了一声，“说得轻巧！如果你没注意到的话，岑·斯塔灵，我提醒你，我现在拉的是努恩家族火车。”

“我注意到了，”岑说，咧嘴笑着，“你在桑德尔本时一半时间都卡在列车棚里，只能在银河线上来回接送努恩家族的官员。你一定无聊得要尖叫了！我赌你更愿意回到旷野中驰骋，去外面的世联网，看看那些新的车站……”

“嗤——”火车说，“我可没打算就这么走开，抛下我的责任。不像我认识的某些人。”

“可是……”

“很快就有一辆补给车要去克雷夫。你很幸运，它本来一小时之前就要出发的，但晚点了，它就耽搁在外层轨道区的一段旁轨上。那火车头是我的一个老朋友，风暴预警。我刚刚跟它说过了。它同意带你去克雷夫那么远的地方了。”

“可是我怎么去外层的轨道区又不被抓住呢？”岑问。茫茫无边的轨道和旁轨围绕塔延伸好几公里，他猜风暴预警的旁轨很可能离这里还有段距离。“努恩家族的人很快就会开始找我。”

“那好吧，”火车说，“我们得确保你离开后就不再是你，对吧？幸运的是我车上有些非常奇妙的设备。我会给你打印些新衣服，一个干净的耳机，七号车厢还有个人体商店。我们没有时间真的给你易容，但我想我们可以通过化妆改变你的容貌，让你去风暴预警那边而不被认出来。你想变成谁？”

岑穿过那些安静的镀金国务车厢，趁向后走的工夫考虑了一下。中转站一定挤满了媒体工作者：来自每个努恩世界的各大网站的新闻记者和八卦狗仔。他想象自己是个稍小一点的网站的年轻记者，前来记录他自己对这次庆功会的印象。这样要是有人问他为什么在外围轨道区瞎转悠，他也许可以说他只是在寻找宏大叙事的不同角度。他的家族背景会比岑的好一些，但他没有岑现在的定制服装，也没有精致耳机和一些岑已经习惯了的精巧小玩意儿。他会以不同的方式说话，走路，思考。他把在加勒塔瓦认识的一个人的名字和在克利瓦认识的一个孩子的姓拼在一起，得到一个新名字：提沙马。当人体商店的门在他面前滑开，他走进去，坐在一面镜墙前的白色椅子上，他开始对提沙马会是什么样子有了点想法。

“你是个好朋友，大马士革玫瑰。”他说，美容无人机这时都醒了，在他身上开工。

“我觉得我自己就是个傻瓜，这就是我。”火车发着牢骚。

10

“我认为一切进行得不错。”几小时后尼莱希叔叔说。

他们在塔中高处一个安静的房间里。这里被布置成特伦诺迪的官方套房。房间全按特伦诺迪的要求装饰：全白，非常简单。她料到在被那么多噪音、色彩和未知事物包围之后，走进一间把这些都隔绝开的房间会感觉很好。果然如此。

“我还是不确定我们饶了柴尔德·杰克是明智的决定。”她说。房间里她和尼莱希叔叔坐的那一角有张桌子，上面放了各种精选冷饮和水果。她选了一种记不起名字的紫色外星水果，不知道该不该去皮。“我意思是，”她说，“我很高兴我不需要亲手杀了她，但如果能在什么地方悄悄地把她处理掉……”

“那就会有几千只克拉尔特对我们赌咒拼死复仇。”卡拉·田中说，她站在旁边，在一堆全息屏上看着关于特伦诺迪演讲的新报道，

“这样处理好多了，特伦诺迪。杰克不再对我们构成危险。她会在桑德尔本一间舒服又看管严密的高墙密室内待着，远离凯奔。人们看不到她，也不会再想到她。”

“卡拉很擅长处理这类事情，”尼莱希说，“她认为柴尔德·杰克要是死了，便成了烈士，闹事的年轻克拉尔特反而会因她而凝聚在一起。但一个受辱的囚犯就什么都不是。饶恕她也显得我们更强大。”

“不仅对那些外星生物，”卡拉赞同地说，“人类社交媒体上的反响也非常有利。这将让你去大中央时更得心应手。”

“我为什么要去那里？”特伦诺迪问。大中央是星罗帝国的首都。埃隆·普雷尔的战车开入大中央，把她从皇位赶下去的那天，她好不容易从那儿死里逃生。她一点不想回去。

但看起来她的亲戚们已经为她计划好了。尼莱希若有所思地搓搓手，说：“一旦我们和新世界的贸易协定签妥，就是时候和普雷尔家族开始谈判了。要知道帝国的部队在马拉普远端蹲守，随时待命攻击我们。不能一直这样下去。我们必须和他们达成一些协议。”

“但他们永远不会让我们独立，并保持新门开放，不是吗？”特伦诺迪问。她听过中央世界的广播。埃隆·普雷尔总是在咆哮，说烤三地的门必须封死，以保护人类免受外星生物威胁和入侵。他也常常咆哮着说起特伦诺迪。他把她称作“反叛女皇”，好像是特伦诺迪偷了他的宝座，而不是相反。“我们怎么能和埃隆·普雷尔那样的人谈判？我们将不得不对他出让点东西，而我们不会把任何东西让给那个……那个……”

“我们迟早都要谈判，”卡拉·田中说，“要么谈要么打，普雷尔家族的军队和战车比我们多得多。所以我们安排了一项去大中央的外交小任务。你要一起去。”

“我？”

“当然我们要派我们最有能力的谈判专家之一和你一起去，但一名资深族人同去也很重要。”

“为什么不让尼莱希叔叔去？我打赌他比我更擅长正式访问。”

“我和卡拉需要待在加勒塔瓦，确保你的其他姑姑叔叔们不会试图把我们从家族议会赶出去，”尼莱希叔叔说，“更何况，特伦诺迪，你比我年轻，比我更受欢迎，比我更漂亮，而那个大帝的妻子是你的亲姐姐！”

他变了，特伦诺迪想。他一直是她亲戚里最懒，最没有野心的那一个，安于做烤三地站长打发时光，但新门的开启突然把他置于权力旋涡，现在他似乎有意为他自己和卡拉争取尽可能多的权力。特伦诺迪怀念过去那个嗜睡的尼莱希叔叔。但她怀念的东西多着呢。

“普里亚只是我同父异母的姐姐，”她说，“这不一样。”

她丢下他们走开了，爬上旋转台阶，回她的私人房间。她的机器人等着给她吹头发，帮她泡澡，但她解散了机器人，直接走向卧室，享受安静和那些深深浅浅的美好白色。她愤怒烦躁。这局面本来就是预料之中的，她一边跟自己说，一边踢开金鞋子，颓然倒在床上。再次与柴尔德·杰克·卡耐思面对面注定会令人不安。

但关于典礼还有别的事让她更不爽。站在聚光灯下，重复着卡拉·田中的话，假装那是自己的话，她觉得像个人偶，这让她想起自己一直以来都只是个人偶。她出生只是为了保障努恩家族和她母亲的家族之间的一个贸易协定。在她短暂的女皇生涯里，她曾经是丽萨·德利厄斯的傀儡，而现在又成了尼莱希和卡拉的。一个又一个野心勃勃的领袖拉着她的木偶线，让她跳舞吸引众人注意，以防人们注意到谁是真正的统治者。唯一她觉得是自己做决定的日子，就是当她和钱德妮·汉萨还有岑·斯塔灵在世联网上孤立无援的那绝望的几星期。她当时过于害怕，来不及享受，但她在那里做了很多事，取得不少成就。她改变了天下……

她有一会想到岑和钱德妮。她依稀记得一天前在晚会上瞥到过岑一眼，但钱德妮现在生活在加勒塔瓦的南边大洲，她想离凯奔越远越好。她有个房屋园艺师的工作，向往着像查尔斯多尼海岸边喜人的南瓜一样生长的昂贵生物建筑。她似乎一个人住，只有一只猫做伴。特伦诺迪考虑过把她召回到宫中，因为她觉得有钱德妮在身边也许能让她有勇气对抗卡拉和尼莱希。但她很快打消了这个念头。钱德妮救了她的命，她当然因此有权利赢得她自己的人生。她这次应该会幸福一些，远离罪犯或女皇的纠葛。

特伦诺迪在床上躺下，让耳机开始给她汇报明天与迪卡贸易代表团的会面。如果她必须做傀儡，她想，她也是个优秀的傀儡。

这一刻，一个自称提沙马的人正沿着支线通路走来。他穿过中转站的巨大调度区，走向旁轨。补给火车风暴预警正准备从那里出发。这人身高体重都和岑·斯塔灵一样。你要是仔细看，能看出他就是岑·斯塔灵。但他的衣服看起来更像是桑德尔本的而不是加勒塔瓦的，他的发型也不一样，金色而非紫色，他的皮肤是更浅的棕色，他的耳机注册在桑德尔本一个叫做“听/说”的新闻八卦网站名下。

风暴预警扫描了他发送的ID，并不十分相信。它是个老火车头，从一家努恩火车商店里出来帮忙战事，它喜欢没人能过它这一关的感觉。但它认识大马士革玫瑰很久了，只要玫瑰说这个提沙马需要去克雷夫而且可以不用盘问，那预警就会把他送到那里，并且决口不会盘问一句。它怀疑他是某个深藏的黑暗行动的一部分。能得到信任，承运这么重要的乘客，它暗自觉得荣幸。

“后面车厢里有些座位。”它在岑靠近时只说了这一句话。它主要拉集装箱车和坦克，但后车厢的后半段有几排座位。不太舒服，但也不比岑当年在东部支线上浪荡时坐的某些通勤火车更差。那带着努恩家族太阳花纹的椅套虽然破旧僵硬，却让他坐得感到安心。

等待风暴预警检查引擎然后发动起来的过程很漫长。岑又像过去那样感到紧张，就像带着满满一口袋偷来的手镯逃离塔斯克或安贝赛时一样。他又感到一样无休止的担心，怕这次他的运气不够，担心安保系统会拦住火车把他拖走。他烦躁得坐立不安，想知道火车什么时候才出发。这时他偷看向窗外，发现火车已经在他没注意时就出发了，外围轨道区的奇怪图景正在加速后退。然后他就通过凯门，火车在轨道上隆隆驶过暗光区边缘的一个黑暗废弃的世界，他可以向后靠在座位上放松了，因为他知道上路了。

第二部分

阴影宝贝

11

他的脸又隔着窗玻璃向外看所有路过的世界。他几个月来第一次觉得平静。他就怀念这种在火车上静静坐着而窗外一切仍不停变幻的感觉。风暴预警唱着跟大马士革玫瑰学的歌。它奔跑着穿过一条条漆黑的隧道和斑驳阳光下的一座座冰冷车站。接着穿过大草原、巢穴、夜崖的星光下熙攘繁忙的立交桥，还有一些岑从没见过的行星，但这速度、声音，还有旅行的感觉如此熟悉，他觉得好像这些行星他都见过。外星火车经过，摩瓦们唱着它们自己奇怪的歌。凯门那无色的光像 X 射线一样强烈地一闪，就像诗歌章节停顿一样，把旅程顿开。岑每次都抵着玻璃贴住自己的手，觉得看到了骨头的影子。

他穿过的第一片战区在一个叫大丑的世界上——火车告诉他，这是克拉尔特起的名字的直译。这让岑想起可哈恩碎片，他在那里从克拉尔特手中营救出被肢解的诺娃。一样的炎热气候和灰蒙蒙的矮树丛，天际线上扎着好多仙人掌，还有克拉尔特地下集镇的通风塔。他猜克拉尔特就是喜欢它们世界这个样子。无人机在古铜色的天空下徘徊，被烧毁的克拉尔特战车的残骸散落在轨道边，但战斗已经结束。车站里已经有努恩快餐摊开张了。

风暴预警没有在那儿停下，又过了三道凯门才在一个叫柴尔特的世界停下，到上面的军事基地加油。岑待在座位上，看着窗外的雪在一排排战斗气垫船之间飘舞。人们在外面忙碌地跑来跑去：穿着亮红色蟹甲的尼姆武士，还有裹在极寒服里的人类。就在风暴预警再次离开前，岑的车厢有道门打开了，四名人类走进来，一边笑骂着寒冷的鬼天气，一边把他们的包袱堆在行李区，武器和头盔放在他们座位上面的架子上。

他们是努恩家族海军。这让岑紧张了一下，后来他想起他们不可能听说岑·斯塔灵出逃了。一则消息或是任何东西从一个世界到另一个世界，唯一的途径就是通过火车，而不可能有火车在他之前从加勒塔瓦到达这里。士兵们在过道另一头坐下时，他说："我是提沙马。"他开始入戏了。"我是个记者，从桑德尔本的萨苔省来。"（新来的人里没有人看起来像桑德尔本人，这么说似乎是安全的。）"我在记录我对世联网的印象。我能给你们倒点咖啡吗？巧克力？茶？过两节车厢有个机器——味道不怎么样，但也还行……"提沙马比岑·斯塔灵讲话要优雅一点，这是岑设定的，但他要试着说得差一点；就像一个有钱小孩想学只有穷小孩才有的那种酷味。

士兵们摘下兜帽，拉开雪地夹克的拉链，看着他的样子仿佛已经目测了他的身高体重。他们四个人。没人说话，但岑还是去拿了些热饮料。等身体暖和一点了，他们才变得有礼貌，自我介绍了一下。这是沙菲克；那是卡特泽勃；那个身上纹着眼泪的瘦小子是密丝巴。讲话的是领头的，萨波达·雅娜·瓦希提，是个来自斯皮拉特线上某个大行星的年轻女人。尽管那里引力很强，她还是长到两米高，并借身高优势赢了她在那里的第一场战斗。她的宽脸黝黑，头发也是黑的，就像朵黑色的蘑菇云。她的鼻子很久以前被打坏了，从来没修复过，她的耳朵耷拉向两边，像小把手。比起岑在加勒塔瓦见惯的帅哥靓女，其实她的整个班队看起来都像丑精灵。岑马上就喜欢上他们了。他更年轻时和这样的人打过交道：从农场世界和废弃的工业世界跑出来参加家族海军的孩子。像岑一样的底层英雄曾嘲笑过他们，但现在他觉得他们比他更明事理。

他发现声称为新闻站工作是个让士兵们说话的好办法。“我在桑德尔本有个姨娘，”沙菲克说，“你觉得她能看到你的报道吗？”岑保证会给她姨娘发送一个链接，但想到自己并不真的是提沙马，而沙菲克的姨娘永远都没法在听/说网站上看到她的侄女，岑莫名觉得有点悲伤。

一个个世界陆续从窗外退去：一座座红色苔藓大山；一片沼气海。他们从另一个家族海军基地经过，但这个基地正在被拆除，坦克开进集装车厢被运回中转站。“可战争还没结束。”瓦希提说。

“努恩家族觉得结束了，”岑说，“我刚刚在中转站里报道他们的大型受降仪式。”

“克拉尔特赢不了，”卡特泽勃说，“但它们中的一些就是无法承认失败。”

“算我们走运，”密丝巴说，“我们加入家族海军卖命挣钱。所以我们自愿去通往克雷夫的路线，而不是坐车回家。”

“克雷夫还在打仗？”岑问，“我正要去那里。”

他们嘲笑他。克雷夫还在打仗？克雷夫还在打仗？整个广阔世联网上所有最可怕的克拉尔特都躲在那里，把那儿当作它们最后的据点。它们突袭火车，把细皮嫩肉的记者当晚饭吃掉。所以瓦希提的队伍必须去那里，把问题解决！

从他们的字里行间，岑推测出其实在克雷夫根本没什么大事；只有几支克拉尔特战队潜伏在高地上，时不时鬼鬼祟祟地出来对经过的火车开火。但他不介意大兵们嘲笑他。他让他们一直谈论克拉尔特以及世联网，还有他们战争中的见闻，等风暴预警到了克雷夫，驶上通向家族海军基地的支线时，他已经几乎成了他们的吉祥物。

“你跟着我们，提沙马，”瓦希提收起装备时咧嘴笑着说，“我们会保护你的安全。你只要跟着我们，就能得到最棒的故事。”

克雷夫没有下雪，但一直在下雨，看起来还要再下一阵子。一阵狂风沿着站台卷起碎屑。车站后面有一个家族海军营地。营地后面是一片蓝灰色泥泞土原，一直延伸到地平线，小山丘从土原升起，接入一系列奇怪的影子。起重机开上去卸载风暴预警上的货厢。它们轮子上的沙砾砸向岑的脸，像被铅弹打中一样生疼。“我们得给你打印个头盔和防寒套装，提沙马。”瓦希提压着风的嚎叫吼道。

“这里成天都刮这样的风，”卡特泽勃喊道，他是小组里最有文化的，“克雷夫不会像正常的行星那样自转。它有一面总对着它的太阳，另一面则一直是黑暗的。太阳把总是有阳光的那一面晒热，大气升起来，涌到夜晚那边，形成高空气流，而低空气流吹回白天这一面，代替流走的热空气。这把戏永远不停。”

密丝巴大笑着，向后倚着风。

沙菲克说：“我听过赫拉斯代克说‘克雷夫’只是一种讨厌的喷气声。”

邻近旁轨上停了一辆战车。几分钟之后，从搭在战车上的一节车厢里冒出边防司令，他出来会见新来的人，就在这时，响起了一种讨厌的喷气声。他在等四十个士兵，而不是只有四个。“你有许可吗，提沙马？”士兵们告诉他岑是谁，他问道，“要么你有首长姑妈开的介绍信？因为不然的话，你就得回家。我可受不了火车浪子在我的战区附近乱跑。”

这个男人棕色头发，长着凶恶的白胡须。他的名字叫 V. P. 米曲上校。岑之前在加勒塔瓦的各种花园晚会上见过他，但他似乎在这里更有归属感：他穿着红制服，上面的金色穗带脱线了，落满了克雷夫大风刮起的灰尘。有一会惊魂时刻，他好像认出了岑。他说：“你看起来像另外一个人。”

“星罗很大，先生，”岑说，“每个人都会看起来像另外一个人。”

“确实，提沙马，确实……”胡须在他笑起来的时候看起来就不那么凶恶了。“好吧，我们今晚可以把你留下，但你明天就要跟风暴预警回去。我们在那边山丘里还要和克拉尔特打仗；这里没有观光者的事。你在战区待过吗？”

岑犹豫了。要去诺娃发给他的坐标要花点时间，特别是以现在他看到这里的条件。他需要对上校施展魅力好让上校允许他待得更久些，并借他辆什么交通工具。最简单的办法是宣称他自己是小规模战场上的老手，但那会招来难对付的问题：哪些战争，在哪里。他就得小心翼翼地编造。

但就在他绞尽脑汁想着怎么说的时候，一个新的声音切进他的耳机，还有米曲上校以及瓦希提班队的耳机。“他在战区待过吗？”它问，好像它难以置信竟然有人问提沙马这样的问题。“上校，这是提沙马！我们干掉克拉尔特护航队时，他就在格密尔姆！他跟着 42 队参加了克兹克克枢纽战役！再见到你太好了，提！”

“你认识我的新战车？”上校问，看岑的眼光又多了些尊重。

岑认识。他这才认出来，它全身覆盖着新的装甲和华丽庞大的武器系统，但他在哪里都能认出那粗哑的声音。“鬼狼！”他大叫。

“是我！”鬼狼对岑的耳机打开一个私人频道，补充道，“风暴预警告诉我玫瑰把你送来了，所以我一下就猜出你是谁了。但我总归会认出你的，哪怕你顶着那头颜色好笑的头发。”在公共频道上它说：“欢迎来到克雷夫，提沙马！来看看最后的好玩事，对吗？是我开始了这场战争。现在将由我来结束它。”

“有鬼狼在我们真幸运，”上校说，“它昨天从牙拉伽那格调来的。它能动性非常强。”

“哦，它确实能动性非常强。”岑说。鬼狼是C12系列之一，就像这一系列多数火车头一样，它狂热喜爱战斗。上次他看到它时，它一马当先，从柴尔德·杰克·卡耐思手里拯救出尼姆巢穴。那一役的胜利让它成为尼姆和其他外星生物心中的英雄，也启发了努恩家族派遣更多战车加入与克拉尔特的战争。

“我接替的是卡它那，”鬼狼说，“别误会我，它是个好火车头，但它没有必需的武装和无人机支持，所以无法深入那些小蜥蜴的据点。它更多采取的是我们称之为‘防守’的姿态，在这里与远处凯门之间的线上来回跑，保护所有经过这里的民用火车。克拉尔特躲着它，但它们还是会找机会攻击。我呢，我要让这一切都结束。你看到这些新枪炮台了吗？一秒两百转。而且我——嗯，我引擎罩上的这些新舱门里，还有战争无人机。”

“鬼狼就是我们说的自持战术节点。”上校一边说，一边领着岑和其他人走过火车，穿过丑陋的生物营房的重重大门。他的严厉不见了，似乎他也像瓦希提和她的班队一样热切地希望自己也出现在提沙马的故事里。“它能操作一整套监视无人机和无人歼击机，还能远程控制我们的 AFV。”

“AFV？”岑给瓦希提的耳机发消息问。

“装甲战斗工具。”她回了消息，还看了他一眼，好像难以置信竟有人不知道 AFV。

生物建筑厚厚的皮肤挡住风的呼啸。取而代之的是发电机的嗡嗡声，还有餐具的哐当响，以及某个看不到的食堂里传来的人声。战士们大步穿过走廊，经过上校时都行礼，对新来的人则兴趣缺缺地扫一眼。“我们正在准备一个行动，”上校解释道，“明天我们要派地面部队上夜岭。”

“夜岭，先生？”瓦希提说。

“名字好听，但地方可不好看。破烂地方，在这里和黑夜那边的边界上。那上面有片地方，我们管它叫兽脚类围城，里面藏着几百只克拉尔特。他们一辆火车都不剩了，也没有重武器；只有五六只雌性和她们的散兵，实在讨厌。我们计划派一波 AFV——试着把他们从洞穴里引到我们能打败他们的空地上。当然 AFV 不需要工作人员，但我还是会派人跟着。我们不想让鬼狼觉得它能不带上我们就打仗。”

他们忠实地大笑着，但岑怀疑鬼狼已经这么想了。

“你们可以放松放松，”上校说，“安顿下来，给耳机下载本地数据库——这石头行星上没有数据海，所以通讯可能会断断续续。这里也没有白天黑夜之分，但我们还是按星罗标准时间行动。明天零六百点，你们跟着鬼狼巡逻。我会让它决定你们是否能带上你们的记者宠儿。”

“在这儿碰上你，我真幸运。”岑过了一会从自己的私人频道对鬼狼说。他躺在一个不太舒服的小房间里一张不太舒服的小床铺上，听着没完没了的风将一把把沙砾掷向窗户。已经很晚了，但外面灰白的日光看起来和他刚到时没有区别。铺位旁边的墙上，之前住这个房间的人贴了一个漂亮的桑德尔本女孩的照片，岑想知道他们是不是真的回家了，回到了她的身旁，而如果是，他们又为什么落下了她的那些照片。

“我也很幸运，”战车说，“我一直到昨天都在牙拉伽那格执行外交任务。无聊得要死。然后这条消息进来，把我调到克雷夫。咱俩私下说，我不确定这计划真的像它声称的那样来自努恩家族海军司令——他们看到我出发时显得有点震惊。但我可不会错过给克拉尔特最后一击这样的机会。”

“那么消息是谁发来的？”

“不知道。我没有副本。我的记录出了点小差错。”

是诺娃，岑心想。听起来就跟她发给他房子的那条神秘消息一样。诺娃把鬼狼呼叫到这儿以备他需要帮忙。知道她在找他，这让他觉得更安全，更温暖了一点。

“你见到玫瑰了？”鬼狼问，试着让语气显得随意。

“昨天。”岑说。或者是前天，或是大前天？星际旅行会让你的时间概念变得奇怪。“她说，要是我见到你就转达她的爱意。”

“真的？真的？”鬼狼几乎格格笑起来。如果火车也会脸红，岑想，那它一定在脸红。“玫瑰真是个漂亮的火车头。那你跑到这儿来干什么，岑？”

“我来这里找诺娃。”他说。

“这个嘛，她不在这里。我觉得这个行星上根本没有任何机器人。米曲上校不喜欢它们。”

“她给我发了坐标。”岑说。他把坐标发给火车。

“在那边的山丘上，呃？等等，我要派个无人机过去……”一阵安静。音乐从楼下的酒吧穿过岑的房间地板依稀传来。接着火车的声音说：“不，那里只是一片空地，岑。除了岩石和阴影宝贝，什么都没有。”

“阴影宝贝是什么？”

“那是家族海军给它们起的名字。它们是种本地生命形态。某种海滩球状的东西，在白天和黑夜两侧交界的阴影线上到处成堆躺着。”

“你能带我去那儿吗？那个坐标？”

“岑，那里什么都没有……”

“诺娃说我要去那里。这很可能是个约会。她会在那里和我碰头。”

火车听起来很疑虑。“好吧，”它说，把那词拖得又低又长，都变成了一个声音，“好——我想我能调整明天的任务。你的地址就在兽脚类围城的西翼，怎么样都离我们要巡逻的地块不太远。我能搞个AFV上去。”

“我能自己去吗？”岑问。

“很难。那样会看起来很奇怪，不是吗？你可以跟瓦希提的人去；他们会保护你。不过他们出发得很早。最好快去睡一会。”

“我觉得我睡不着。”岑说。他的生物钟本就因为旅行了半个星系而变得混乱，此刻似乎完全被克雷夫那不变的日光打乱了，于是他就躺着，听着风，想着诺娃，驱赶自己的不安。

12

他应该最后还是睡着了，因为鬼狼的声音突然从他床铺旁边的扬声器里炸出来。“醒醒，醒醒！今天是你的幸运日！”一小时后，他和瓦希提的班队一起坐在一辆 AFV 里，绑在鬼狼拖的一节平板车上。克雷夫那灰蒙蒙的荒地在窗外掠过。又过了半小时，鬼狼为他们放下平板车的下车坡板，他们开下来。一共有十二架 AFV，两架一组从战车上下来，组成一个中队。他们的那架就是其中一员。AFV 看起来就像武装的甲壳虫，前后都带炮塔，还有六个大轮子。它们前方，夜岭连绵，锯齿形的黑影越来越暗，一直延伸进行星的黑夜一侧。

凯奔线的北边，地面陡峭地爬向山岭的第一座石尖。很荒凉，但不像岑想象的那么了无生气。透过 AFV 接口上的装甲玻璃，他看到一蓬蓬稀疏草丛样的东西，还有一下看到一个长满刺的动物从 AFV 轮子的印迹里匆匆爬出来。他们到达峰顶时，他第一次认出一群阴影宝贝一齐挤在一条峭壁的裂缝里，就像伤口上的苍蝇卵。它们比他想象的要大：有一米高，就像坚韧的葡萄。

他回头看。下面平原上日光在凯奔轨道上闪烁，笔直划过这个世界。鬼狼在主线旁边一段回路上停下。它从那里控制 AFV 中队，它机敏的老脑瓜通过他们的摄像头和瞄准镜盯着外部环境，仔细避免麻烦。每次岑的车撞到岩石笨拙地颠簸，它就通过车厢的扬声器说：“起来没事啦。”

“不懂为什么我们要让战车驾驶，”沙菲克说，“考虑到火车习惯在轨道上跑。它一点不懂把握方向。”

“对，”卡特泽勃同意，“为什么不让沙菲克开？”

他们给岑打印了一个头盔和一套极寒服，但这些并没有让他觉得像个战士。他试着让自己变得无足轻重，不要在别人检查武器装备时挡住别人的道。他们一边干活一边发着牢骚。抱怨开始得这么早，抱怨早餐，还抱怨鬼狼的步兵车厢上的硬座位。岑开始理解发牢骚是战士们打发时间的办法。现在他们正在抱怨鬼狼要把他们带到克雷夫的错误地带了。“我们为什么不是离萨巴达 · 捷那的部队往东四十公里？”密丝巴抱怨，“参谋数据库说这一片根本没有小蜥蜴活动。”

“所有战斗奖金都要被捷那的部队拿去了，”沙菲克也同意，“我们在这荒郊野岭不会有任何行动。”

“命令就是命令。”鬼狼说。

AFV 在一系列碎石陡坡中间跌跌撞撞，走走滑滑。很容易理解克拉尔特为什么选择这片地区作为最后的阵地。满是岩石的山冈像蜂窝般布满了地洞和峡谷，峭壁被气候蚀成奇怪的形状，就像外星图腾。一小块一小块潮湿的地面闪着昏暗的光，点缀着一堆堆阴影宝贝。

“我好奇它们面对捕食者怎么自保？”卡特泽勃说。他对这种事情感兴趣。如果他这一仗能攒到足够钱的话，他计划在马拉普大学注册一门新的外星生物学课程。“那么多肉摊得到处都是，像顿免费自助餐。肯定有其他想吃它们的动物。”

“也许它们味道不太好。”密丝巴说。

“也许它们闻起来像密丝巴。”沙菲克说。

“他们为什么管它们叫阴影宝贝？”岑问，他让鬼狼把其他人带到这里来，觉得有负罪感，他还想知道诺娃会不会出现，而如果她出现了，他又如何向其他人解释。

“来听。”瓦希提说。

车厢后面有一架短梯。岑跟着她上去，穿过一个通向 AFV 后炮台的舱门。后炮台结构像个笼子，装着一架 50 毫米加农炮。岑的头盔在面前降下一个护镜以保护他不受飞尘伤害。风肆虐着，冷得很。起初他只能听到风刮过破碎峭壁时发出的悲叹。接着 AFV 靠得离一丛阴影宝贝更近了，他听到了它们细微的呱呱的呼唤，就像嗷嗷待哺的饥饿婴儿。

“没人知道它们算植物还是动物。”瓦希提说。

“也许它们都是。”岑说。在几乎消失的光之下，阴影宝贝现在看起来既像一串粗糙的灯笼果，又像一群没有头的海豹。

“那我们这是去哪儿？”瓦希提问。

“为什么问我？是鬼狼在开。”

她看看他。这让他想起他姐姐米卡识破他说谎时看他的样子。“你可能骗过了上校，”她说，“但你骗不了我。我当时就在克兹克克枢纽战役，但我没见过你。你甚至不知道 AFV 是什么。我觉得你不是你自称的那个人。那我们现在去哪儿？是个秘密任务吗？”

这时有两种演法，岑想。糊弄过去，坚持他一直对她撒的谎，或者跟她撒个新的谎：说他来自努恩情报机构，被派来到山丘里调查点事情。问题在于，他喜欢瓦希提。他根本不想对她说谎。

“那你就不用告诉我，”她看出他的犹豫，说，“你可以等一切结束，在一个更舒服的地方再告诉我。我到时请你喝一杯。如果你愿意的话。”

她就走开了，好像害羞得不敢看他。岑真希望住在加勒塔瓦时就遇见她；她，或她这样的人——这样务实、有趣，又与诺娃截然不同。

他说：“我想——”

但瓦希提抬起手让他不要说话。她还没有从害羞里回过神；她在听耳机里一个急促嘈杂的声音。半秒之后突然一道华丽的闪光在附近的山间爆发：白色褪成橘黄色，然后又变成红色。

爆炸的冲击波从上面压到他们身上，瓦希提同时叫骂起来。阴影跳动着；阴影宝贝嚎叫着。无人机尖叫着在天上急转，划过远处峭壁里向上喷射的束束大火，最后在成排的火光与雷声中坠落。两百米开外的第二架AFV，晃荡着在喷射的火焰中炸开，它的炮台从山边翻滚而下跌进沼泽里，拖出疾风骤雨般的火花。瓦希提把岑推倒，然后趴在他身边。她想够把手打开舱门，接着又一阵爆炸把炮台从底座上扯下来，把岑也从炮台里甩了出去。

岑在硝烟中翻着筋斗，有种被背叛的感觉。鬼狼早说过这里没有克拉尔特！上校也说过它们没有重型武器！

接下来他知道的事情是，一只阴影宝贝像块多毛的气垫帮他的筋斗减了速。他从它身上弹开，又落到另一只身上，接着又一只，就在它们球根状的身体之间滑着溜着到了地面上。

他站起来，摔倒了，又站起来。那些阴影宝贝愤怒地哭嚎着，从地里拔出它们肉乎乎的根，蠕动着远离他。有几只大一点的阴影宝贝露出刺来：骨质的弹簧刀从它们球根状的身体的不同地方刺出来，滴着黏液。岑和它们保持着距离，检查到自己四肢都还在。他的极寒服好几处被撕破了，但没有流血的迹象，衣服破洞也都开始自动封口。他转了两圈，到处找AFV，慢慢意识到AFV只剩下散在山间的几堆火了。

他跌跌撞撞走向最大的那堆火。一个轮子和扭曲的车厢在火焰中快烧焦了。“瓦希提？”他大喊，“沙菲克？密丝巴？卡特泽勃？”峭壁对他报以回声。他试了试耳机，但耳机没反应。他只能站在那儿大喊。“沙菲克？卡特泽勃？”

“他们都没了，”瓦希提出现在他身边，说，“而且你需要保持安静。”

“为什么？”

“因为那些刚刚袭击我们的克拉尔特会来找战利品和幸存者。”她头盔丢了，制服烧得戳得全破了。鲜血从她前额的伤痕淌到脸上。当她抬手把血扫开，岑看到她手套背面有一个破洞。

“你没事吧？”

“阴影宝贝蜇了我，”她说，开始带着他远离那堆废墟。“它们有钉子样的东西；像胡蜂一样会蜇你。”

“我看见了。”

“它们没蜇你？”

“没。我运气好。我之前不知道它们还会蜇人。”

“我觉得没人知道这事。我长见识了。”

“所以这就是它们让捕猎者远离的办法……”

他们都想到了卡特泽勃，他再也没法注册外星生物学课程了。接着他们都想知道阴影宝贝有没有毒。

“疼得厉害吗？”岑问。

瓦希提只是哼了一声，他就知道很疼，并且她不想谈这个。她把枪从腰带上摘下，解开枪套检查了一下又放回去。“你耳机还运行吗？”她问。

“不运行。”

“我的也不行。我觉得我们正好在一个信号盲点上。如果我们能到下个山头上，耳机应该能从鬼狼那里得到点信号。鬼狼很可能以为我们全死了，把它剩下的无人机都派去支援其他单位了。只要我们告诉它我们在这里，它会派架飞行器来把我们接走。”

那山头山石嶙峋，在星光下勉强能看见。山顶很可能比看起来的远，过去的路会很陡很难走。岑回首望望他们刚走下的斜坡。那上面除了被毁的 AFV 还闪着火焰，没有任何东西在动。

“都怪我。”他说。

“为什么这么说？”

“是我带你们来这儿的。是我让鬼狼带我们来这里的。现在又有三个人死了。”他突然觉得痛苦又羞愧。不管他去哪里，不管他做什么，事情总会变得不可收拾。有人丧命，死的却从来不是他。“都怪我，”他又说，他都不清楚自己说的是在山边着火的 AFV，还是在斯平德尔桥翻车的努恩家族火车，“全是我的错。”

“胡说，”瓦希提说，“是小蜥蜴杀死了沙菲克和卡特泽勃还有密丝巴。不管我们当时在哪，它们都会攻击我们。你记得我之前收到的消息吗？好像所有其他单位也都被攻击了。听。”

山丘那边，透过呼啸的风声，岑听到微弱的小枪突突声和更大的枪的击打声。

“是因为鬼狼在这儿，”她说，“它们恨那辆火车。在大部分人类知道世联网存在之前，鬼狼就一直在世联网上毁坏它们的摩瓦。我打赌它到这里的时候，所有隐藏在克雷夫的小蜥蜴看到了一次为荣誉殊死而战的机会。祝贺你，提沙马。你卷入这场战争的最后一次真正战斗。”

“是岑。”岑说。

“什么？”

“我的真名，”他说，“我是岑·斯塔灵。”

这似乎对她没什么意义。她只是看看他，又开始走起来。

13

他们到半山腰时，岑肯定阴影宝贝的蜇伤对瓦希提产生了不好的影响。她在他身后，跛着脚，走得很慢，一股轻微的，瘆人的幽光从她手套的洞里渗出来。她的脸上，汗湿得发亮。他看不清她的脸，于是把头盔上的灯打开。灯一亮，她就说："把灯掐了，小蜥蜴会看到的。"

"你真的觉得他们会捕杀我们？"

"我觉得他们会的，你要是一直这么开灯的话。"

现在他们进入黑夜一侧已经很远了，他们在身后渐远的日光下摸索着爬着陡坡。有一瞬间，岑的耳机找到一个信号，重启了，但不等他和鬼狼连接上，信号又逐渐消失了。瓦希提也试过。她接收到了来自其他单位的唠叨，他们正忙着打克拉尔特，但他们听不到她。他俩在一片阴影中第一次停下休息一会儿，身后一块石头骨碌碌滚下斜坡。过了几分钟，一声长长的嚎叫从风里传来：是克拉尔特捕猎时的叫声。

“没事，我想，”瓦希提说，“他听起来应该还没找到我们的踪迹。”

岑继续磕磕绊绊地走，精疲力竭又胆战心惊。但他知道她的感觉只会更差。前方，他的影子模糊地映在陡峭山岭的侧面。他起初还以为是自己想象出来的，但身后那微弱的光越来越亮，他终于停下转身看看。

“伟大的卫神啊！”他说。

“继续走，”瓦希提嘟哝着。

“可是你……！”

她瞪了他一眼，仿佛在说：“说点我不知道的。”他不开头灯就看懂了她的表情，因为她皮肤下面隐隐发光，动脉静脉血管都映出来，用明线把她勾勒得清清楚楚。她的眼睛变成两个微弱的电筒。他盯着看的工夫，她慢慢又变亮了一点。

“你怎么了？”

“是蜇伤，”她说，“我猜这就像卡特泽勃说的——为什么阴影宝贝没人吃。如果你是在黑夜这一侧捕猎的动物，你最不希望的事就是在黑暗里发光。所以任何有理智的动物都远离阴影宝贝。它们知道如果试了，阴影宝贝就会把它们扎满这种发光的臭玩意儿。”

“疼不疼？”岑问。他想知道什么能让人这样充满光，而副作用又是什么。但瓦希提摇摇头。“现在疼得没那么厉害了。”但她还在发烧，还是站不稳。岑刚想提议她就地停下，让他继续找信号。但就在这时，他们背后传来一声吼，接着一声又一声。克拉尔特找到了他们的踪迹。

他们在坡上踉踉跄跄地继续走。现在已经不能指望黑夜帮他们隐蔽行踪，因为瓦希提发光的脸愈发明亮，把他们前方的岩石都照得亮堂如洗。岑手脚并用地在岩石上跪爬着，找烂泥抹她的脸，但泥太薄，光还能透过去。

“你应该丢下我继续走。”她过了一会说，突然跌倒在一团夜草里。

岑站在她旁边俯视着她，不知道有多少克拉尔特在向他们逼近。

“我觉得天旋地转，”她说，“这玩意很可能总要把我弄死的。走。”

岑非常想听她的话，他被自己这想法吓到了。在他的意识里，再多死一个人会有什么区别呢？他可以把她留在那里，自己跑开躲起来，也许克拉尔特会以为就她一个人……他疯狂地看向周围找地方藏身。他前方的山顶上刺起一根长长的岩石，像个王冠。突然，岩石后面一道强光射出，让他清楚地看见岩石的轮廓剪影。是车灯，他想，抑或搜查无人机的探照灯。

“你看到那个了吗？”

瓦希提没看到。她发光的眼睑闭上了。她滑进了梦里。岑赶向她躺的地方，摇着她的肩膀。“那上面有光，瓦希提。有人在找我们……”

他扶她站住，那光还在闪耀，在山脊之上的天空闪烁。他半拖着她走过一堆滚石。现在那光看起来不像探照灯了，而像电焊的弧光，抑或枪的火光，但他听不到任何枪声。克雷夫有朝霞吗?

他身后，很近，不可能搞错的，一个兽脚类的声音在厉声嗥叫出指令。他想象克拉尔特们后腿接前腿迅猛地跑上山，他们鞭子一样的尾巴伸在后面保持平衡。他把瓦希提从石头缝里推过去，自己也赶紧跟着跳过去，看向光的来源。

他们现在在一片平原边缘。平平的山顶从他所在的地方伸出约半公里远，上面盖着一堆堆夜草，不时露出几块尖利的石头。他看到这些细节，是因为有闪闪微光悬挂在那里，就像一个光帘挂在一个骨质拱门中。

“是个凯门！”

“你在做梦，火车浪子。”瓦希提说。

“你才做梦。那是个凯门！”

“这里从没听说过什么门。”她说，抬起头，瞪着它。

“这儿本来没有。”岑说。他几乎笑出来。他开始向门走去，瓦希提已经把全身重量倚在他身上，他走得摇摇晃晃。“是新的！新开的门！那个我一直看到的光是蠕虫在工作！”

瓦希提摇摇头。她看过蠕虫在烤三地开新门的录像。那曾经占据了各大新闻网站首页一两周之久。“那现在蠕虫在哪？”她说。

轨道从凯门里伸出来，反射的光仿佛荡漾起来。它们伸展了约五百米，然后停下了。

“它又回去了。”岑说。

他放下瓦希提，自己走近一点。他现在能听到门的声音了——一种微弱、高亢、尖利的声音，比风声更强烈。他吃不准在保证安全的情况下还能再走多近。“诺娃？”他喊道。他试着用耳机找到自己的定位，但还是没有信号。但他已经知道坐标：KF－50. 34. 5817/3. 48. 1485。诺娃的约会。

所以她的消息是真的。但她在哪？为什么她要把他带来这儿？在星罗之外的凯门又有什么用？他没法只身走过去。只有火车能通过凯门。

他身后嘈杂起来，他一开始还没认出是克拉尔特战斗时的叫声。那声音听起来就像金属相互刮擦，又像尖利的岩石下落，在溪谷里回响。他转过身，克拉尔特已占满山脊顶。它们靠得更近了，来自凯门的光开始在它们的刀刃、爪子和牙齿上反光，可怕的蜥蜴形状就显得更加狰狞。

他跑回瓦希提躺的地方。她似乎已经失去了知觉，平静的脸像灯一样亮着。岑把枪从她腰带上扯下来，瞄准领头的克拉尔特。那是一只巨大的雌性，挥舞着尖刀，刀大得看起来像是从一个小型挖掘机前面拆下来的。他扣下扳机，什么都没有发生。

“枪现在是安全模式。”瓦希提躺在草上说。她把手套扯下来，抬起手。光笼罩着她的手掌和每根手指。他把枪推过去让她握着。她把大拇指按向枪边上的一个垫子，岑之前都没注意到。然后她把枪推还给他。他接过来，举枪又扣动扳机。这一次光柱嘶嘶地从里面倾泻而出。多数光柱从克拉尔特旁边擦过去，但有几枪射穿了它们。它们的甲壳被打出枪眼，冒着烟。剩下的最后一只开始大叫，听起来很像是语言，但岑还是瞄准他，直到光从他的胸膛切过，他向后趔趄，翻倒，躺下不动了。

这时只剩夜草沙沙响和凯门的微弱声音，还有岑重重的心跳声。“火车来了。”瓦希提突然说。他还以为她精神错乱了，但接着他也听到了。那种火车到达之前轨道发出的轰隆叮当声音，激动人心。

他及时转身正好看到火车冲破能量帘，从凯门里冲出来，使劲刹车沿轨道滑行时轮子尖叫着。这是一辆长长的、低矮的、无光银色火车头。他上次见到时，它的外壳光亮；经过几百道凯门旅行的灼烧之后，现在它变得五颜六色。但他还是认出来了。是太阳鸟，那个被改造过的轨道炸弹。那天它在中转站把诺娃从他身边带走。一些额外设备的舱门装在它的鼻子上。其中一个里面弹出摄像头，转过来瞪着他。

“岑·斯塔灵？”它的大嗓门在扬声器里大喊，而懒得找他的耳机频率。它车身上部打开一道门，岑等着诺娃出现，但她没有。

“快上来，”火车说，“她在等你。”

岑把雅娜·瓦希提夹在腋下，开始拖着她的无力的沉重身体穿过岩石和草地，走向轨道。

“不，不，不，”太阳鸟说，“我只打算来接你，岑·斯塔灵。我没有地方装两个人。”

“她需要帮助。”岑嘟哝着，还拉着瓦希提。

“她会没事的。”太阳鸟说。

“你怎么知道？你是个炸弹，不是医生。”

“我曾经是个炸弹，我的系统告诉我这里有努恩家族海军无人机和医疗飞行器紧贴这个位置。”火车说。

“老鬼狼好伙计！”岑说。他转而看向身后的天空，但还没有任何无人机或飞行器的迹象。要是更多的克拉尔特被枪战的声音和新门的光吸引过来怎么办？

“我要等到飞行器来。”他说。

“绝对不行！”火车厉声说，“如果我在这里被发现，诺娃会很不高兴。”

但诺娃会更不高兴，岑想，如果她发现他竟然是那种会甩下受伤朋友的人。他在风中趴着，抓紧瓦希提的手，告诉她，她会好起来的，直到天空终于出现了五个亮点，不是星星。

“鬼狼！”岑大喊。

“岑！”战车的声音在他的耳机里炸开，“抱歉——我忙着对付小蜥蜴。都有点炸锅；我们从来都不知道他们有这些炮。你都好吗？我和你们的 AFV 的连接掉线时，我想到最坏的情况。不管怎么样，那里翻车发生了什么？等等——那是个凯门？那是不是个轨道炸弹？”

“以前是轨道炸弹。”太阳鸟气鼓鼓地说。

“快来接瓦希提，”岑告诉它，“她被蜇了；她病了……”

三架无人机飞起，进山开始行动，发出道道冲向天际的白光。还有两架还在靠近：一架是战争无人机，高高盘旋着；另一架像虫子一样的飞行器在不远处降落下来，掀起一堆尘雾和枯草。一对蜘蛛般的医疗机器人在鬼狼大脑的指挥下自动从一个舱门里展开，快跑到岑等着的地方。瓦希提这时变得非常安静，他觉得心都揪起来了，心想她肯定死了。但蜘蛛形机器人的光照到她眼睛时，她咕哝着皱皱眉头，好像她被弄醒很烦。

“别担心她。”鬼狼告诉岑。它的蜘蛛形机器人这时滑出一个可折叠担架，把瓦希提从身下抬起。“我有超棒的医疗设备，我。我们会把她治好的。”

太阳鸟发动引擎，开始唱歌，发出不耐烦的声音，不停做出前后晃动的小动作。火车想出发时就会这样。“快点来！”它说。岑跑向它，飞身跃上通往车顶上舱门的扶梯，翻了进去。舱门在他头顶砰地关上。这里大小确实容不下第二个人；引擎后面的舒适小空间只勉强塞得下岑。太阳鸟突然像子弹一样往回射，全速穿过凯门，加速度猛地一使劲，把岑抵在一个控制面板上。

被留在身后的那个世界上，无人机还不停盘旋在新门上空，医疗飞行器升上天空。鬼狼不觉得自己是个聪明的火车头——它不是那种会写诗什么的知识型的火车头——但它很敏锐，知道一道新的凯门是大新闻，哪怕这个门没有与凯奔其他部分连接起来。它的战斗无人机在力尽所能地记录下所有关于门的信息，它开始打印专门的无人机，用来更详细地研究它。

但没等它把这些专门的无人机发射出去，让人惊讶的事情发生了。岑·斯塔灵和太阳鸟几秒钟之前刚刚从中消失的闪闪发光的光帘，突然一闪而灭。拱门的骨骼空荡荡地留在平原上，就像某种荒凉原始的球类游戏的门柱。

“天哪……”鬼狼说。

第三部分

别处的图像

14

烤三地的火山季结束了。当这个火卫星的轨道将它带到远离母行星的另一边，通风孔和间歇泉就调回休眠状态，新长的苔藓还有小树像地毯一般染绿了熔岩荒原。但在烤三地数据海中一个不为人知的角落里，卫神史戈瑞·莫纳德做了一个它自己的火山：一个三维呈现的岩浆房里面充满了冒着泡的岩浆的微光，飘浮着团团有毒气体。

就在岩浆表面上空，悬挂着一个清澈玻璃做的空洞的正方体。里面十二把玻璃椅子摆成一圈。卫神们汇聚一堂召开秘密会议。史戈瑞·莫纳德选择这里作为开会地点。它的孔雀替身栖息在最大那把椅子的椅背上，它点缀着很多眼睛的尾扇开开合合，上面的眼睛向外看着岩浆。其他卫神一个接一个到了，一旦登录进入这个虚拟环境，它们的形象就闪现出来。斯法克斯系统码看起来既像个漂亮女人又像一只漂亮的猫；莫当特 90，这些天他似乎一直用那个金色人类的替身；

带着角的阿奈伊丝六代。

“我们为什么在火山里面？”莫当特90问，向下看他虚拟双脚之间汹涌沸腾的红色岩浆。

“我们为什么不能在火山里面？”史戈瑞说。

“在这种地方开会显得很奇怪。”

“我喜欢火山。”

“那又怎样？斯法克斯系统码喜欢猫，但她也不会邀请我们在猫身体里开会。”

莫当特90一说出口就后悔了；他看出斯法克斯系统码正在考虑这个主意。但史戈瑞·莫纳德觉得受到了挑衅，改变了话题。“你这些天为什么一定总是要当人类，莫当特90？自从你有个界面在新世界死去之后，每次我见到你，你就一直穿着同样的身体。你就不能再换成人头马的形象？”

“人头马好玩，”阿奈伊丝六代附和，“这个就无聊了。”

“所有生物状态都无聊，”莱奇说，它出现的形象是不断变幻的抛光金属多面体，“我们在数据海里可以变成我们想要的任何事物。”

“好吧，我想当人类。”

“我们都害怕变成人类，莫当特90……”

其他卫神陆续到达，玻璃会议室现在很快填满了。其中包括三个柔弱古老的，某种程度上没有脸的形状，那是东方号大脑的替身。它们是第一批全知觉的人工智能。很久很久以前，是它们设计了所有其他卫神。其他的卫神从来不太确定东方号大脑到底是它们的同辈还是父母，但谁也不愿意在它们面前吵架。史戈瑞尽量展开尾巴，把会议拉回正题。

“我想我们都看过克雷夫的图像了？”

它们都看过。鬼狼的无人机拍下的新门视频只在努恩家族最高层中传播了，由情报部门进行了最严密的保护，但没有什么人类的加密是卫神不能解码的。它们都看到了新门在克雷夫那黑暗的高地上闪闪发光，也看到了它在太阳鸟穿过离开后立马关闭了。它们都注意到在太阳鸟消失前登车的那个人类是岑·斯塔灵。它们之前已与这个人类遭遇过好几次，现在它们都把他的名字和麻烦联系在一起。

“问题是，”斯法克斯系统码说，“哪种麻烦？这意味着什么？”

“这意味着诺娃实体还在外面，这正是我们所害怕的，”双子座说，它的替身是两个穿着百褶裙晚礼服的天使般的小女孩。她们行动一致，声音统一，连其他卫神也觉得不舒服。“你们这些全能的笨蛋！我们曾经有机会，那时你们应该让我们摧毁诺娃的！”

“我们无法确定克雷夫的这件事是诺娃做的。”莱奇满怀希望地说。它说话的时候缓慢旋转，它的小平面像球镜一样捕捉着光。“那个门可能是个偶然事件。是轨道缔造者狂热制造凯门时，留下来的一个未连接的支线。太阳鸟从里面出来，可能是它自己的意愿……”

“那是诺娃的门。”莫当特 90 语气坚定地说，其他卫神都停止争吵，转而看向他金色的界面，想知道他为什么这么肯定。“诺娃发展出一种能力，可以开启和关闭凯门。”他说，接着他给它们展示了他炫酷的飞船遨游进瓦扑纳的卫星环的图像，还有它在那里发现的弃用的拱门的图像，“这个凯门于一百二十标准小时之前在加勒塔瓦系统中形成。它打开的时间前后不到一分钟。一个原始形态的装置从里面出来，不知怎么放置了一条消息到加勒塔瓦的数据筏里。消息辗转了几百万个无名网站，试图隐藏它的来源，并最后到达岑·斯塔灵的房子的系统中。跟消息绑定在一起的还有个聪明的小病毒，清扫了房子的短期内存，所以完全没有这条消息曾经被接收到过的记录。”

“消息说什么？”

“我没法重构它，”莫当特 90 承认，“我唯一知道的是消息长度不到四十秒，而且包含录像和音频内容。之后岑·斯塔灵很快就离开加勒塔瓦去了克雷夫。”

“消息来自诺娃实体。”斯法克斯系统码说。

“我确切的想法是，”莫当特 90 说，“不管她藏身何处，诺娃获得了打开和关闭凯门的能力。现在似乎她在召唤岑也加入她。”

“为什么？”翁伯伦追问。

“她爱他。”阿奈伊丝六代有点惆怅地说。

“我们从来没能领会一个机器能在人类身上看到的东西，”双子座说，“人类太不瓷实了。”

“她在预谋着什么。”史戈瑞说。

“我们是不是认为有这种危险，她有可能修复轨道缔造者或让其重生？”沃胡玛娜紧张地问。他某种程度上是个胆小的小家伙，他不停地在会议室边缘走来走去，好像在找个阴影躲起来。“因为如果轨道缔造者重生或者被修复，”他尖声说，“它可能会因为我们这些年对它做的事而处罚我们。”

“我们的行动出于自卫！”双子座说，是它们当年撰写了破坏轨道缔造者的病毒，“我们当时只是在行使我们的核心宗旨：保护人类。”

“所以轨道缔造者不被修复或重生，这很重要，”史戈瑞厉声说，“哪怕它不寻求复仇，它也很可能直接回去，继续建轨道，开凯门。人类没意识到他们一直以来有多幸运；他们遇到的所有外星生物都是友好的，技术上也低级一些。但谁知道外面还有什么别的物种？”

“我们应该允许新大帝对努恩财团发动战争，”阿奈伊丝六代说，“一旦他取得控制，他会封了烤三地的门，问题就解决了。”

“只要诺娃实体还逍遥在外，问题就没解决，”史戈瑞说，“只要她有在任何地方随意开凯门的能力，问题就没解决。”

“也许我们应该干脆杀了所有人类？”双子座建议，拨弄着她们礼服裙摆上的花边，“我们可以创造一场大瘟疫，能在星罗帝国迅速传播。如果人类灭绝了，我们就不用再这样为人类担心了。我们可以在某种虚拟环境里保存他们的所有人格副本。那样麻烦就少得多。”

史戈瑞愤愤不平地说：“你真的在建议我们为了人类好，而摧毁所有人类生命？”

“我们也许能把绝大多数外星物种也除掉。”双子座无辜地说，研究着它们的指甲。

“这，”斯法克斯系统码坚决地说，“就是你没法拥有美好事物的原因。”

双子座怒视着。自从它们试着关闭烤三地的新门，并有点做过头，它们就为其他卫神所不齿。其他卫神们现在密切关注它们，阻止它们再玩任何更危险的玩具。

“那我们要做什么？”斯法克斯系统码说。

卫神们不太习惯不确定性，纷纷看向东方号大脑，指望这些古老的人工智能可以为它们做决定。可是这些精灵似的形象只是轻微地闪动着，不是脸的古怪脸上看不出任何特别的表情。

“我会处理这事，”莫当特 90 说，“我已经在调查了。我发送了我的一个副本去克雷夫监视新门，以防它再次打开。”

“如果打开了呢？”史戈瑞问。

“那我会从中穿过去，把诺娃找出来。”

“但我们能信任你和她打交道吗？自从你的克隆界面在世联网身陷陷阱后，你就变得多愁善感。也许你还把诺娃当作朋友？”

“诺娃是我的朋友，”莫当特 90 说，“她曾经是。所以摧毁她必须由我去做。”

15

岑完全不知道等着他的会是什么。他去过很多奇怪的世界，但他猜太阳鸟带他去的这个世界可能会更奇怪。他想象最糟糕的情况会是一个黑暗的地方，就像他在暗光区停留过的那些废弃的行星——那里连空气都冻住了，太阳藏在一些大到他的脑力无法理解的结构里。

但当太阳鸟停下，他上方的舱门打开，阳光泻进来洒在他身上，就跟他以前见过的阳光一样，起初的目眩褪去之后，他看见上面的蓝天。

他往上爬出轨道炸弹的舱门，摘下头盔以及连带着的沙砾冲刷过的脏兮兮的护镜，拉开极寒服的拉链，看看四周。这儿像在古老地球上，他想。蓝天上飘着轻柔的白云，山丘上披满绿树，鸟儿在歌唱。（他从没去过古老地球，但星罗帝国上所有最好的星球，都是做得至少与老地球有一点儿相像。蓝天和绿色植物让人类有家的感觉。）

他爬下太阳鸟的侧面，踏上一个玻璃站台。他去过的所有外星车站都有同样玻璃做的站台，但除此之外这个车站一点儿都不像外星车站。站台上方有一个简单的廊檐，看起来是用木头做的。后面有一栋用整块石头做的建筑，上面有几道门。指示牌可以帮助人们找到售票处，还有候车室，男女洗手间。这里还有装满鲜花的挂篮，周围蜜蜂嗡嗡叫，还有叽叽喳喳的鸟儿像发条玩具一样盘旋俯冲。阳光下，站台远处尽头由两根木柱支着一块大标牌：

元车站

标牌后面，站台向下倾斜，与轨道道床交汇。道床上两条闪闪发亮的轨道通向茂密的山间。

一切都那么不真实，岑仿佛进入了一个虚拟环境，这种感觉挥之不去。他想找出穿帮的小故障或景色里的细节缺失，能说明这里根本不是一个地方。那些山丘和树木太完美，风吹过时，每片叶子的背面都显出银色。但天空还是有点奇怪。在大大的白云朵之间，朦胧的蔚蓝背后，他觉得瞥见一个云山雾罩的庞大结构，仿佛巨大的空间站围绕着这个看似静止的世界。

他遮住迎面照在眼睛上的阳光，试着弄明白上面到底是什么。这时站台不远处有一扇门砰地打开，有个人从里面出来。他转过身，在耀眼云朵的视觉滞留中看到了她的倩影，同时她的声音传入他的耳机。

“岑！”

他立马沿着玻璃站台跑去见她，同时大喊：“诺娃！”

“岑，我的岑！”她说，他们紧紧相拥，似乎要补偿几个月前在中转站分开以来，他们就一直渴望的拥抱。

“我真想你！”

“我也是！好想你，我是说……”

岑大笑着，她也大笑着，同时又哭起来，让他回想起她一直为自己会哭这件事洋洋得意。这让他也哭起来。他们都有太多话想和对方说，一时间他们都不说话，只是看着彼此。她变了，岑说不上来——抑或只是他对她的记忆不真切了。她第一眼看上去还是像个普通的机器人，有个小鼻子，两只眼睛离得稍微有点儿远。她脸上还是长着雀斑，绽放出明朗快乐的笑容，这些都是他对她的爱的源头。她还是留着如丝般的黑发，但现在的头发是由某种聚合物做成的。她穿着一件他没见过的灰色礼服裙。她赤脚站在玻璃上。她握着他的手，与他十指相扣。

“我太想你了……”（他已经跟她说过了吗？）“这是什么地方？”

“你喜欢吗？我自己建造了这个车站。原型是地球老电影《铁路边的孩子们》里的一个车站。我为你建的，我还以为你永远也见不到它了……”

“这是轨道缔造者的故乡世界？”

“对！对！元车站，整个星罗的起源。我本来没想到这里还真有个行星；我还以为轨道缔造者把行星全用来制造球体了，但我现在认为，就算轨道缔造者故意要在这一切的中心留下人类尺寸的东西……”

他不知道她说的是什么意思，但他不在乎，他只是喜欢看着她说话。在加勒塔瓦虚度的这几个月像场梦一样褪去。这一路漫长而艰难的旅程，还有在克雷夫的惊魂时刻全都值了。“你给我发那条消息，”他问，“是因为你知道这里对我来说是安全的？”

“对。部分是吧……”她的指尖划过他的脸，他的耳朵，他的脖子……岑双手捧住她的脸，对着她那双聪明的眼睛摄像头注视了好久。他意识到他曾暗自害怕，在真的人类之间过了这么久之后，他害怕她对他的意义会变得不那么重要了，但她跟他记忆中一样可爱。

他正要吻她时，意识到有人在看他们。另一个机器人站在大约十米开外通向候车室的门外面。她的裙子是浅灰橘色，但其他地方她看起来和诺娃一模一样。

“那是谁？”他问。

“噢，对不起，我忘记了！”诺娃做了个她特有的鬼脸——皱着眉头，眯起眼睛。“但没事，”她说，“那只是我。”

“我们的意识是相连的，”另一个诺娃说。她的声音也一模一样。“全都只有这一个大脑，真的。我应该待在候车室里的，但我想看你，想吻你，可那样就有两双眼睛，因为你不喜欢我吻你的时候还睁着眼睛，你记得吗？你说过这感觉很怪。”

“什么，那你觉得这不奇怪？”岑问。他从一个诺娃看到另一个，好像她们俩是个“找不同”的谜题，但这是个有问题的谜题，因为除了礼服裙的颜色，她们完全没有任何不同。

“我第一次来到这里时，这有太多东西要探索，”第一个诺娃说，“如果我只限制在一个身体里，那什么都做不成。于是我不得不多线程工作。我重新启用了轨道缔造者的一个老工厂，改造了一下，让它能生产机器人身体，然后把我的意志复制到她们的大脑里……”

“多少个？”岑问。

双胞胎诺娃对看了一眼，咬着下嘴唇。她们能看出她们让他不安了。

“多少个？”他又问，“是不是除了你们还有更多？”

“是，”她们说，“没错，不止两个。”

“五个？十个？”

“目前有两百三十九个我。”其中一个诺娃说。

候车室外面有个整洁的绿色长凳，用漆木板条做成。岑在上面坐下来。“你们中哪一个是真的诺娃？”他问。

“我们都是！”她们一起说。

“好吧，可是哪一个是我认识的诺娃？那个和我一起在世联网旅行的那个？”

“那个单元在中央塔，”穿灰裙子的诺娃解释道，“但她所知道的一切，这些单元也都知道。我刚刚连了网。我还是同一个人，岑·斯塔灵，我只是有很多不同的身体。就像当你们人类……”她停下了，看起来若有所思。“噢。我想这其实一点也不像任何人类会做的事，对不对？”

“不，”岑说，“不，不像。”

“我知道你需要一些时间来习惯。”灰橘色的诺娃和蔼地说。

“你一直说你不想生活在许多身体里，”岑说，“你一直说那样你就不一样了，就不像人类了。我曾让你把大脑备份到大马士革玫瑰的数据银行里以防万一，那一次你连备份都不愿意……”

“好吧，我变了，”其中一个诺娃说，“我曾经认为我存在的最好方式是在一个身体里只活一次，就像人类那样，但有太多太多事情要做，太多太多事情可看，太多太多的自我……人确实会变，岑·斯塔灵。当你还是个小男孩，你很可能觉得女孩都很讨厌，会说你永远不会结婚之类的话，接着当你长大一点，你改变想法，觉得女孩子其实终究还是很有意思的……”

“接着我爱上了你，”岑说，“而现在有两百三十九个你！”

两个诺娃在长凳另一头一起坐下，看看他。“好吧，”穿灰礼服裙的那个说，“你要这么说的话，我想一定感觉有点奇怪。”她去够他的手，但他退开了。她的大脑也许是诺娃的，但她的身体不是他所认识的那个诺娃的。如果他让她碰，那某种程度上是对他那个诺娃的背叛，他没法逃避这种感觉。

“这个中央塔在哪儿？”他问。

“在海边，离这里大约一百公里。”

“我们可以去那里吗？我想见诺娃。最初的那个诺娃。”

“可我就是最初的诺娃！”两个诺娃一起说。岑的震惊破坏了她再次见到他的喜悦。她自责没有更小心地为他处理这个重大的新情况。她已经非常习惯有很多版本，已经忘记了这对他来说会有多奇怪。现在她的两个身体都又哭起来。眼泪从她们的脸颊落下。

“这个车站后面有一节车厢在旁轨上等候，”太阳鸟说，声音老练得令人吃惊，“我要花上几分钟来把我自己挂上去。”

诺娃们用袖子擦擦脸，还在抽泣。她们明朗地笑着，笑中含着泪。“这节车厢是我为你留的，岑。它正等着载我们去中央塔。来吧。”她们对岑伸出手，然后想起他不想碰，又把手拿开了。“跟我来，岑。这里有太多东西我想给你看。”

16

一直在元车站等候的那节车厢也在老电影里有原型。车厢里有沉重的木质门，座位上还有条纹绒内饰。两个诺娃中只有一个和他一起上来了，岑不知道是因为另一个需要在车站守候，还是只是为了让他感觉舒服一点而站在后面。但他感觉并不舒服。小小客座区里坐在他对面的那个诺娃，仍然不是他的诺娃。他避免看她，转而看路过的风景。窗外多是野树林，不时有一条河蜿蜒其中，北边地平线上还有一脉山顶覆盖着雪的大山。

“我之前没法过去找你，”她说，“我不敢。你不知道这阵子是什么样子。火车从星罗帝国开往中转站后，卫神们就发送它们自己的副本追踪我。我在一个又一个世界逃亡，把我身后的门关上。终于我到达了这个地方，它们还没找到我。但我无法发送一个车站天使去看看你怎么样了，虽然我非常非常想那么做。我所能做的，只有打开临时的门，在卫神们还没有建立自己副本的外星世界里偷窥。”

“就像克雷夫？”

“就像克雷夫。我在它的丑月亮上打开了一道小凯门，派太阳鸟过去关注你什么时候到达。但之间有个时间差，所以直到你们和克拉尔特的那场战斗开始后我才知道打起来了，那时我只能在我让你去的那地方打开一道门，希望你能到达。太阳鸟告诉我你不肯丢下你的朋友，直到有支援来帮她。它对这事很恼火。但我觉得你很勇敢。”

“不算是。”

“她漂亮吗？”

“不算。为什么？你吃醋了？”

“噢，嫉妒得要发疯。”诺娃说。

“鬼狼的无人机看到你开的门了，”岑说。“要紧吗？”

“我希望不要紧。我把它关了。卫神们没法通过它发送任何东西。”

“你没法关闭凯门！”

“不，你能。好吧，是我能。是这里的中央塔教我的。它有个大脑，就像中转站里塔的大脑一样。”

“它是轨道缔造者吗？”

“不是。也许大脑这个词不准确。它更像是个档案，而不是大脑。记忆，还有各种信息存在它里面，但轨道缔造者的真实意识已经消失了。卫神们当年释放病毒，连这里都被感染了。”

岑又看向窗外。树林落在身后，火车正穿过的地方像是城市，但他确定那些空空的，一模一样的建筑不是建来给人居住的。它们是数据存储块，服务器，工厂。他看到没有窗的车，还有像维护机器蛛样的东西在宽敞的大街上移动。

"我到这儿的时候，一切都还是静止的，"诺娃说，"现在有动物，鸟，鱼，但没有人生活在这里。从来没有人在这里生活过，除了轨道缔造者。我设法修好了几样东西，让它们又跑起来。我自己能做的事太多了，哪怕现在我有了这么多额外的人手一起做。噢，岑，你来这儿我太高兴了！看，我们快到塔了。"

连拱桥转弯了。岑又看向窗外，只见火车正在靠近一座巨大的银色分离式结构，高耸入阳光灿烂的天空，顶上一圈尖顶和螺旋。

"它比我想象的小，"岑说，他现在习惯了外星的巨大结构，觉得他见过更好的，"它甚至都没有中转站里的塔大。"

"它没有那么多事要处理，"诺娃说，有点辩护的意思，"中转站曾经控制着星系一整片区域里的所有凯门。几百条线路从那里开始，还有的本应从那里开始，如果卫神们没有在轨道缔造者完成建设之前把它杀死的话。而从这里开始的只有九条线。十条，如果你把我开辟的让太阳鸟去接你的那条新线路也算进去的话。"

"为什么这么少？"

"九条线路通向九个中转站世界。一千条支线再从中转站延伸出去。但这九条线是第一批。这是一切开始的地方，岑。这里是一切的心脏。”

“轨道缔造者以前住在那座塔里？”

“不，那只是个控制节点。轨道缔造者的大脑，它的心脏，在那个球体上面。”

“什么？”

一缕金光斜洒在山丘上，元车站的太阳沉下去。渐渐变黑的天空上，岑之前瞥见的形状更清楚地显现出来。上面有个庞大的物体，在阴霾和晚霞之后。他曾在德斯迪莫和安贝赛那样的卫星上走过，也抬头看过那些卫星的天空被母行星的脸充满。但这个不一样。那不是一个气态巨行星的云景。它上面有几何纹样。

“我在想你什么时候会注意到……”诺娃说。

“我之前注意到了，但我……那是什么？”

“我不想一股脑儿给你倒太多信息。那真是让人吃不消。”

“比见到两百三十九个你还要让人吃不消？”

“是的，确实，”她说，“你记得吗，我们还在暗光区里面时，我们经过的一些世界里，它们的恒星藏在人造外壳里面？”

“记得……”

“那么，这个世界的恒星也被藏起来了。这个恒星星系的所有其他行星，所有卫星和小卫星还有彗星，每一粒飘浮的太空粉尘，都被拆开用来在恒星周围建造一个球体。球体直径大约三十光分。我们所在的这个世界在球体内部公转，距离球体的内表面有十万公里。就像一粒灰尘一圈圈地不停飘浮在一只沙滩排球内部。”

岑又看看天，确实一时感到吃不消。“那么大的东西怎么建成的？”

“这还不是唯一的。暗光区里那些消失的恒星一共有几百个。球体的内表面收割了恒星的几乎所有能量，再把能量转移给凯门——所以凯门才能保持打开。球体甚至还可以自己生成凯空间——我还没有真正进入它的底部。据我所知，这是唯一真正内部有行星的球体。晚上，在这里你能看到一些机器，想必是当年建造球体用的。它们现在都休眠了，挂在太空就像银色的云。很美。”

轨道通过一个切口，进了塔基。里面一片广阔的空间，被微微闪光的珊瑚装饰得流光溢彩。“线路终点。”太阳鸟宣布，好像它拖的是一辆去克利瓦或瑞吉尔·帕克维的普通通勤火车。它在另一个站台旁边停下。

塔比中转站的塔老得多。它感觉还有些生气，就像一棵古树。内部的大厅地上铺着某种光滑的材料，吸收了一切回声，脉动的光穿过墙上的珊瑚，点亮了地板。珊瑚在一根根承重支柱上缠绕而上，延伸向支柱之间交织的发光屏幕里，隔出一片又一片，形成走廊和房间。机器在那些明亮的空间里移动，安静地顾自忙碌着。有些机器看起来像维护机器蛛，有些更小，更简单，还有些是诺娃。她领着岑穿过塔，他们一次又一次从她的副本旁边走过。新的诺娃们穿着不同颜色的衣服，但她们脸全都一样。

“你为什么不改变她们中一部分的外观？”岑问。

“那我就感觉不像我了，”她说，“雷文有一次跟我说过，阿奈伊丝六代把他改造成数据实体时，他确保他所有的克隆身体总是看起来一样，这样他永远不会忘记他最初为人的样子。”

“他也跟我说过。”岑说。

“那么，你不会想要我忘记我最初的样子，对吗？”

岑没有回答。他不再确定她还是不是那同一个诺娃。她现在有这么多双不同的眼睛看世界，他不确定她还能不能继续做同一个人。她更像一个卫神。他想起了雷文与卫神阿奈伊丝六代的浪漫往事，然后又想到所有其他人类被卫神们爱上的故事。他记不起任何一个故事有美满结局。

“你为什么带我到这里来？”他问，“只是因为你想我吗？”

“对！”她说，对他笑着，但他能看出还有别的原因。“我在中转站离开你的时候，曾认为离开是最好的办法。我没想到能找到这个行星；我曾以为这里没有适合人类生存的地方。我以为你回到你熟悉的世界上会更安全，更幸福……”

“并没有。”

“我也以为我一个人会更幸福些。我有关于你的所有记忆，所有我们一起做过的事，这些回忆很完美；我随时都可以调用它们。但这还不够。所以一旦我在这里安顿好，我就开始想办法联系你……”

“你能开创凯门。为什么不直接在我在加勒塔瓦的花园里开一道……？”

“因为我不敢把门打开太久，也不敢开在任何卫神们可能看到的地方。它们还在找我。我有时能感觉到它们，我把身后的门都封锁起来，它们就像猫等在老鼠洞外一样潜伏在门外。我变得更强大了，岑·斯塔灵，但还没有强大到打败卫神们。单枪匹马不行。”

岑看见真相在她微笑的表面之下显现又消失。“所以你把我接来？来帮你？”

她没有回答，只是沉默了一会，听着另外一个自己发来的消息。“快来，”她说，“她准备好了！”

他没有问是什么。只是跟着她穿过更多鹦鹉螺一般的旋转走廊，然后走下长长的旋转斜坡，接着进入一辆玻璃小汽车，平缓安静地通过一段闪烁的珊瑚隧道。岑透过车底向下看，发现是珊瑚在移动车；车没有轮子，看起来也没有引擎，它只靠珊瑚摇摆荡漾托着它移动。

车突然出现在傍晚的阳光里，停下了。他下车看到一座山在背后升起，塔就在山的高处。车是从塔一侧下方的隧道里出来的，现在停在一个悬崖顶上。悬崖脚下，惊涛拍岸。整棵整棵的枯树，被从树林里冲走，堆在潮水线上，就像褪色的船骸或是鲸的骨架。大海的轰鸣和叹息让岑想起德斯迪莫，那是他刚开始了解诺娃的地方。他猜这就是她接他来这里的原因。海岸线荒凉破败，看起来废弃了，但有条蜿蜒的玻璃小径通向一片海岬。那边有堆苍白的立方体在晚上最后一缕光线下反光。

“那是你的房子。”诺娃说。她领着他踏上小径走过去。鸟儿和它们的影子在他们身上掠过。微风吹过悬崖顶上的花草。大海的声音环绕着。诺娃到时，房子的门静静打开，但她没有进去。她挥手把岑让进去，说：“我在里面等你。”

“你是说你要在这儿等？”

她没有回答。她的头垂下；眼神空洞地瞪着地面。“诺娃？”他说，担心出了什么差错。

“我把她关掉了，”另一个诺娃说，她正从进门过道里面注视着他，“你好，岑。”

他曾以为他能一眼认出他的那个诺娃，但她看起来跟其他的她完全没有区别。然后她又靠近了一点。他看到了她脸上的细小疤痕，那是她飘在桑德尔本的卫星轨道上时，被太空灰尘打到留下的；她脖子上还有一个更大的疤痕，就像一圈淡淡的银色衣领，她的头颅曾经从这里被割下。她本可以轻松愈合那些疤痕，但她保留了它们；她喜欢这些小小的不完美。

岑也喜欢。他任由她用双臂围绕，把他的脸拉进她脖子旁边他一直喜欢窝着的地方，拉进她那股新玩具的气味和她微弱的机器脉搏悸动中。但他还是无法自制地想：她的大脑在通过那么多双其他眼睛看着外面；当眼前的这个她抚摸他的头发，耳语表达见到他的喜悦时，她的其他部分在想着各种别的事。

“你喜欢这个房子吗？”她问，“我为你造的。”

他想知道她是不是刚刚造好这房子，就在另一个诺娃领他参观塔的时候。也许她刚刚猜到他睡在适合人类尺寸的地方会更幸福一些。

但至少她猜对了。房子很完美。墙壁会应要求放音乐，大海在窗外安静地翻卷扑向海边悬崖。餐厅里布置好了一张双人餐桌。诺娃亲自从自动厨房里端来食物：外面海里的鱼，配上辣酱和岑不知道名字的新品种蔬菜。过了一会，他们站到阳台上，诺娃指着外面，在相当于普通世界上星星月亮闪耀的地方，这个轨道缔造者球体的内表面上有一片苍茫大结构在闪光。又过了一会，她带他去卧室，他终于能忘记她是两百三十九个诺娃中的一个，他终于短暂地有了回家的感觉。

这之后，房子非常安静，天空上的神秘事物在旋转。诺娃不需要睡觉，但她躺下听岑睡觉。她大脑的一部分忙着上万亿件其他事情，但她确保总有一部分脑力集中于他的温暖和他睡着时柔和的呼吸。她太想他了，他能回到身边的感觉太好了。她不知道为什么他对她这么重要。在轨道缔造者的国度里有这么多奇迹，在世联网上有这么多生命形式，而岑只是一个原子集；她这么急切地需要他很傻。我不应该把他接到这里来的，她想。我不应该这样利用他。这会很危险。

但她很高兴他和她一起在这里。他是她最爱的原子集。

17

特伦诺迪一直等到加勒塔瓦的几轮月亮下山，宫殿里一片漆黑，然后从花园入口离开她的房间，在卫星环的夜光下穿过草坪，一直在黑影下走，对自己打印的黑色夜行衣很是满意。

她从中转站回来已经整整一星期了。这一周她都在开会，但并不理解会议的内容。会议决议都是由卡拉和尼莱希还有其他姑姑叔叔们决定，然后以特伦诺迪的名义签发。这不是什么新鲜事。只是自从中转站之行回来，她又一次注意到这些；每次政策签发，他们都让她在努恩家族的新闻推送里露面，感觉她是最新的飞车广告里微笑的模特。所以他们要派她去大中央和埃隆·普雷尔还有普里亚谈判，她想：因为她在新闻推送上的形象很好。

但听说岑的事之后，她终于开始计划她自己的逃离。她回到家的时候，关于他的报道铺天盖地。无人机录像展示了他烧毁的房子，房子现在成了山坡上整齐的白色别墅之间的一道烧焦的缝，就像名流的微笑缺了一颗牙齿。房子的大脑存活了下来，去参加各种聊天秀，到处讲述岑曾经是个多么糟糕的房主。警察说他的飞车坠毁时人不在车里。有的人认为他逃过了边界线，去出卖努恩家族的秘密给帝国。但尼莱希叔叔说那是胡扯，因为努恩家族从来没有信任过岑，没有让他知道任何值得出卖的秘密。反正特伦诺迪知道他实际上去了哪里。他的消失本不应该让她有什么困扰，因为她从没怎么喜欢过岑，但这事还是让她有些不安，因为他逃离了，而她还困在加勒塔瓦。

于是她决定也要逃离。她不打算像岑那样玩失踪。她只想离开家族宫殿一阵子，跑到她的员工和侍女们无尽的监视之外，远离卡拉和尼莱希叔叔还有所有其他亲戚。她只想找个地方独自待上几小时。她希望能在他们发现之前就回来。

她本不应该独自出门，但如果她带着小蜻蜓敢死中队出去，她看不出能吃什么亏。她用安全清关证件解锁了花园的门，让所有无人机和摄像头看向别处，这些都非常简单。她打印了一个新耳机，在里面下载了罗希尼姑妈的 ID，然后以罗希尼姑妈的名字叫了一辆飞车。车在花园尽头的紫薇树后面等着她。宫殿的人工智能在她起飞时对她发出了盘问，但她只是回复罗希尼姑妈的 ID。罗希尼在普拉加 · 凡尔德有个情人众人皆知，所以她这么晚离宫没人会觉得奇怪。

飞车飞离了城市，穿过哈纳河三角洲驶向闪闪发光的大海，这感觉真好。特伦诺迪看着下面的风景掠过：沿途海滩上的岛屿和碎浪的白线。她很惊讶这么容易就逃出来了，简直不知道该拿这自由怎么办。她把车内娱乐系统调成只有音频，跟着音乐电台扭动跳舞，然后在艺术网站上停下。网站正在放一个关于机器人艺术家弗莱克斯的特辑。“弗莱克斯曾一度在地下工作，她要躲开轨道旁的安保来给经停克利瓦的火车画上涂鸦。如今每个凯奔公司都想让它们的火车画上弗莱克斯的画，每位乘客都想乘坐弗莱克斯画过的火车。”

特伦诺迪让车慢慢俯冲下去，一边沿着普拉加·凡尔德西边空荡荡的海滩追逐碎浪花，一边听网站给她再讲述一遍那个家喻户晓的故事：弗莱克斯如何被杀，弗莱克斯的人格如何像数字碎片般植入大马士革玫瑰的系统深处，破碎地存活，直到特伦诺迪·努恩亲自安排，把这人格下载到一个新的身体里。这让特伦诺迪恼火，因为这不是事实；是岑雇了那些昂贵的网络提取专家，恢复了弗莱克斯的人格，是岑买了新的身体把人格下载安装进去。这时她想起她其实从来没见过弗莱克斯，而她突然知道了今晚的自由之夜要做什么。

加勒塔瓦轨道调度区的外沿矗立着一座拱顶的列车棚，侧面用活泼鲜艳的字体写着“弗莱克斯画室”。过去十个月里，来自各个努恩世界的火车头，甚至从烤三地那边的新车站来的外星摩瓦都开来这里。几天后它们的外壳上就会覆盖着图案，那些图案不止是美丽，某种程度上更是成功抓住了每辆火车的特征。旧货运车的四方轮廓被眩目的荧光图案打破单调。厚重的快车出来时就覆盖着花朵或星星，或飞翔的奇异鸟儿。用生动的大装饰字体在它们两侧下边写着神秘的标语：

接着它们醒来 & 一切皆是梦

伐木者的银色血液

在别处的图像里，遥远近在咫尺

“我们进来时是毛毛虫，”一辆火车说，“出去时成了蝴蝶。”

火车棚是它们的蛹。这是弗莱克斯的工作室。

飞车在外面一片空地上停下来，特伦诺迪下车走向火车棚。她头顶的黑夜里，她的蜻蜓无人机轻柔地嗡嗡叫着。火车进来的大门关闭着，但旁边有个人类大小的入口，它应特伦诺迪耳机的要求自动解锁了。她走进去，里面一片安静，还有颜料的气味，让她立马想起她母亲的画室，远在马拉派特的家里，她长大的地方。

连画室都看起来很相似：一样的随意无章，画稿钉在墙上，或直接胡乱涂在墙上，就像关于早期人类的纪录片里洞穴中的猛玛象壁画。但这里空间大多了，在中间，明亮的工作灯下的光池里，出现的不是画架而是个小火车头。弗莱克斯站在梯子上，正在它的外壳上画一条美人鱼。特伦诺迪走向光池时，机器人突然转身瞪着她。

“我还以为门是锁的。”

“本来是锁的，”特伦诺迪说，“我的安保清关级别很高。只要我要求，很可能这个城市的每个门都会打开。”

她的头上方，她的无人机群保持戒备，电子眼注视着弗莱克斯。

“你知道我是谁吗？”她问，向前走进工作灯的强光里。

“你的耳机ID说你是罗希尼·努恩夫人，”弗莱克斯说，用她的机器脑读着，“但你不是。你是努恩财团的首长。你是特伦诺迪·努恩。”

特伦诺迪鞠躬。“你画了我的官方火车，大马士革玫瑰。你介意我看着你工作吗？”

弗莱克斯摇摇头。她是个相貌特别普通的机器人，长着一张米色人偶脸。她穿着溅满颜料的粗笨靴子，紧身黑裤，一件赤褐色短上衣，上面印着脏兮兮的五颜六色的手印。特伦诺迪在一个旧木箱边缘坐下，看着弗莱克斯开始在火车头侧面速写一些轮廓，用一支很细的画笔把形状迅速地轻轻铺在火车头的瓷外壳上。她想，关于弗莱克斯的传言是真的。这线偶真的会画画。

“我只要再加几条鱼。”弗莱克斯说。特伦诺迪礼貌地发出很感兴趣的声音，然后她意识到弗莱克斯是在跟火车头说话。“天使鱼，我想，还有那些叶状的外星鱼，沿着你的轮子上面的弧形……”

“不会太招摇吧，对吗？”火车头问，它是个害羞的小福斯153，名叫尼翁甘波。“我不想看起来太招摇。”

“你会看起来棒极了。”弗莱克斯保证，而那些鱼似乎从她握的笔中游出来，一路游荡进她之前画的美人鱼之间的空隙里。

“我母亲是个画家。”过了一会特伦诺迪说。弗莱克斯瞥了她一眼，轻轻笑了，特伦诺迪觉得受到了鼓励可以再多聊一点。“她在油画布上画画，而不是火车上。她主要画拖上岸的冰山。好吧，她画画伴随我长大。我曾经在马拉派特家中她的画室里待了很长时间。那味道跟这里一样，一样的颜料味道。很有趣，我那时无聊至极，迫不及待想离开。但现在我不停地想到那个画室。有时我想我真正唯一想要的，就是醒来时发现自己又回到只有九岁或十岁的年纪，回到我自己卧室里自己的床上，然后一切静好。”

她停顿了一下。她是不是聊自己聊得太多了？一个机器人怎么可能对别人聊母亲感兴趣呢？于是她说：“你听说岑·斯塔灵的事了吗？”

“我听说他离开了加勒塔瓦，”弗莱克斯说，“新闻上说他毁了他的房子、飞车，逃走了，但没人知道他去了哪儿。”

“我想他回暗光区去了，”特伦诺迪说，“我想他离开去找诺娃了。”

弗莱克斯转过脸看她。“我也这么想。”

“你没跟他聊过？在他离开以前？我还以为你和他是朋友？是岑为你重做了身体，对吗？”

弗莱克斯耸耸肩。“岑其实没什么朋友。他不是坏人，但他实际上只想着自己。他感觉怎么样，事情对他有什么影响——这些才是岑的动力。他为我失去身体感到愧疚，因为他认为那是他的错，实际上也确实差不多。所以为了能感觉好受一点，他把我的人格恢复，给我买了这个新身体和这个地方。这身体很不错；我很感激他——他很慷慨。但我认为他不是在乎我。我到这里来以后就没怎么见过他。我想他有点难堪。而且我想跟一个机器人说话，会太容易让他想到诺娃。”

“他在乎诺娃。”

“哦那是。”

“我希望他能找到她，”特伦诺迪真心地说，“我很高兴他摆脱了努恩家族。真希望我也能。”接着，她发现自己又开始聊起自己，聊得停不下来：她有多恨努恩财团名义首脑的角色，以及有多恐惧去大中央的旅行。

弗莱克斯放下她的画笔，过来挨着特伦诺迪坐在板条箱上，听着半个星系的统治者抱怨她的生活，就像弗莱克斯曾经聆听好友米卡·斯塔灵哀叹她的艰辛工作与不幸的母亲。等特伦诺迪说完，弗莱克斯说：“如果你这么恨它，也许你应该走下来。逊位。如果你的尼莱希叔叔和这个卡拉·田中这么热衷于此，那就让他们经营。要么这样，要么你自己掌管。听起来你需要做个决定。如果你真是首长，他们不能逼你去和埃隆·普雷尔谈判，或做任何你不想做的事情。这取决于你。你想要平静的生活还是权力？”

“我一样都不想要。”特伦诺迪说。但她知道这并不是真的。问题在于，她都想要。把自己的困扰一股脑倒给这个陌生人，还是个机器之后，她现在觉得尴尬。她站起来，走近些看墙上的一些外星素描。“你去过世联网吗？”她问，“这些太好了，这些画看起来就像来源于生活。”

“确实来源于生活，”弗莱克斯说，她理解特伦诺迪想转换话题，“但我没去过那些外星车站。除非你把我困在大马士革玫瑰潜意识里的那次也算上。那一次我一点都不记得。但是世联网来到我面前。加勒塔瓦上总有外星生物可画。”

特伦诺迪想知道她什么意思。囚禁在位于顶点街区的宫殿中，她只看过这个城市非常小的一部分。她看起来那么茫然。弗莱克斯都笑了，于是伸出一只满是颜料的手。“跟我来。我带你看。”

18

轨道调度区后面有一片叫做佳拉那 · 裘克的区域，集市和小饭店无序地分布在河湾上。街道上挂着吊灯，挤满了外星生物。特伦诺迪完全不知道有这么多奇莫依和哈斯还有赫拉斯代克穿过烤三地的门来到这里。有些做生意，但多数只是来旅游急切地想看看人类的世界，就像人类急切地想去亚姆或亚什提旅游一样。有些外星生物留了下来，开个店铺、摊点或餐馆。有一条街充满腐烂苔藓的臭味，那是赫拉斯代克们的最爱；另一条街上，成群的哈斯像帐篷一样扎在美味的营养池里。

当然也有人类。挤在外星店铺霓虹店招下的人中，大多数是普通的加勒塔瓦市民，来了只是瞪着新来的客人，如果够勇敢，还会品尝一些外星街头小吃。起初特伦诺迪害怕自己会被认出来。她一直用头巾掩面，让蜻蜓无人机飞得高高的，混在热闹街市上嗡嗡飞翔的其他无人机和飞行器里。但对外星生物来说，很可能所有人类都看起来很相似，而人类则似乎对弗莱克斯感兴趣得多。“是那个机器人艺术家！”特伦诺迪听见人们交头接耳，有几个大胆地说：“弗莱克斯你好！”或是“我喜欢你的作品！”没人对跟在弗莱克斯身后那个穿着廉价裙子的女孩看过一眼。

只有一次，弗莱克斯把她领进江边一间拥挤的露天酒吧里，特伦诺迪注意到一个年轻男子注视着她。他是个英俊的小伙子，眼睛翠绿色，颧骨迷人。她转向别处不看他，不想让他以为她盯着他看，等她再看，那男子已经被人群淹没。她迅速用耳机在八卦网站上检索了一下，以防他抓拍了她的照片，但如果他抓拍了，只是没有上传。也许他根本没有认出她。也许他只是喜欢她。这个想法让她很高兴，她继续跟着弗莱克斯流连在桌间，跨过喝醉的章鱼们乱伸的触角。她开始享受这次冒险。

酒吧另一头有一场表演。似乎感兴趣的人类和外星生物同样多，观众们大声喝彩叫喊，几乎压过了功放里的音乐。特伦诺迪一开始以为表演的重点在于音乐，但当弗莱克斯把她领近一点，她发现音乐只是一场战斗的背景音。江边往水上伸出一个平台，上面建了个笼子，一个庞大带刺的身影在笼子的栅栏后面前后徘徊。那是一只克拉尔特。雄性，特伦诺迪想，比柴尔德·杰克·卡耐思小得多，但还是很吓人，特别是当他停止踱步好一段时间，向整个酒吧所有观众吼叫。

“他是俘虏吗？”特伦诺迪问，使劲拉着弗莱克斯的袖子。“他们要把它怎么样？”

“他就是斯卡，”弗莱克斯说着，从衣服里拿了一叠纸还有一个什么东西，特伦诺迪猜一定是铅笔，“斯卡没什么。他不像看起来那么凶残。好吧，他是很凶残，但他只是个雄性，而没有雌性告诉他们该怎么做时，克拉尔特雄性就有点不知所措。”她开始画那只克拉尔特，寥寥几笔就捕捉到他那大猫般的优雅。弗莱克斯做过或看过的每件事都能变成画，特伦诺迪想。她和人们聊天，观察事物，然后全倾泻表达出来，变成艺术。

音乐渐响，癫狂震颤，鼓点在江边的建筑上回荡，又通过河水传出去。笼子的几个角喷出燃气火焰交织在一起，又从某个隐藏的活板门蹿上来一团嗥叫着、暴怒的东西，特伦诺迪认出那是一只仙人掌狮。星罗帝国里半数狩猎保护区都保存着一批这类生物。它们是基因工程做出来的，与其说是动物，不如说更像植物，没有神经系统也没有痛觉，所以你捕猎它们时不必感到愧疚。你只需要感到紧张，因为仙人掌狮的嘴巴有沙滩排球那么宽，而且嘴上一排棘刺，比布满它厚厚灰色外壳上的刺更锋利。在狩猎保护区中，它们被圈在篱笆里，只有最勇敢或最莽撞的狩猎者才敢进去。和这样的猛兽一起关在一个小笼子里必死无疑。

仙人掌狮站在它像根一样的腿上摇摆了一会，接着跃向克拉尔特的头。前一刻还在对克拉尔特嘲弄喝倒彩的观众们，都不由自主地倒吸一口冷气。克拉尔特闪向一边，像蜥蜴般机敏，像舞者样灵活。那仙人掌狮扎进笼子的栅栏里，接下来暴力的几分钟里，事情发生得太快，特伦诺迪都没跟上。她现在很同情克拉尔特，哪怕他那带刺的尾巴在火光中横扫的样子就像是噩梦里出来的。可面对一只仙人掌狮，带刺的尾巴有什么用？仙人掌狮的刺在克拉尔特那已经丑陋的脸上又加上一道又深又长的丑陋伤痕。“呜！”人群喝着倒彩，带着欢喜和同情。这不公平，特伦诺迪心想。没人，没有东西能手无寸铁地打败那些可怕的东西……

而接下来的事发生得太快，她在耳机里回放了两次才看清发生了什么，克拉尔特的尾巴回击了。尾巴顶起了仙人掌狮，它被钉在尾巴的棘上。绿色的黏液嗞嗞地从喷气焰火里溅出来。克拉尔特向上伸手，抓住那生物因愤怒而大张的嘴巴，把它撕成了两半。

“斯卡！斯卡！斯卡！”人群中有一半大吼喝彩，而另一半，记得他仍是个克拉尔特，只说：“呸！”

“这个斯卡每晚表演两三次。”弗莱克斯说。

焰火熄灭，围观的人群陆续散去，机器人又牵起特伦诺迪的手，把她领进酒吧区后面那栋过度生长的生物建筑里。建筑的女主人认识弗莱克斯；有一间宽敞热闹的房间里就有弗莱克斯画的天使在墙上飞舞。她们走下管道一样的走廊，来到一间像葫芦内部构造的地下室。那里有面全息屏在稠密的空气中闪烁，而那名叫斯卡的克拉尔特坐在里面很容易认出来，它身上自己的血迹正在变干，此刻大口喝着一杯蓝烟饮料。

特伦诺迪躲在后面，害怕靠那大蜥蜴这么近，但弗莱克斯说：“没关系。斯卡很友好。”

房间里全是温热的血腥味和克拉尔特自己的味道，就像一件皮夹克扔在一堆篝火上的气味。那生物的黄眼睛看到了特伦诺迪，然后滑过她看向弗莱克斯。一副粗糙改造过的耳机用铆钉戴在他满是疤痕的脸侧。带刺的尾巴抽动着。他发出尖利的轰隆声，特伦诺迪的耳机翻译成：“你想要什么，机器人？”

“就看看你，”弗莱克斯说，“就确认一下仙人掌狮没有把你吃了。”

克拉尔特长长地嘘了一声，也许是他的笑声。“那些生物都是可怜的猎物，”他说，“我是柴尔德·杰克·瑞斯卡旧部的战士。你们那些跳来跳去的带刺的动物都比不上我。”

“那为什么我每次画你，你的鼻子上都有新的伤疤？”弗莱克斯问。她又拿出了画板，克拉尔特说话的时候她就在画他。特伦诺迪现在认出他来了；她在火车棚里看到的一些画里，他就是模特。“如果你不喜欢这里，为什么不走呢？”弗莱克斯问他，“战争结束了。你可以回家，回到你自己人中间。”

“我的人被打败了，”斯卡说，“我的柴尔德·杰克死了。我没有意义也毫无尊严。我无家可归。”他从手中的杯子里喝了一口，蓝色烟雾从他的鼻孔和尖利的黄牙齿之间游出来。他是只恶龙，特伦诺迪心想，既着迷又惊骇。他是只来自某个古老传说的恶龙，在艰难岁月里跌倒。

斯卡的眼睛又和她对视了。他吸了口烟说："这个雌性人类是谁？"

"只是我的一个朋友。"弗莱克斯说。

克拉尔特哼了一声，但他的眼睛停留在特伦诺迪脸上。他有没有可能认出她了？对特伦诺迪来说，绝大多数克拉尔特长得差不多，但也许克拉尔特能更容易地区分人类的面孔。全息屏在他身后的阴影中微微发光，调在某个愚蠢的八卦频道上。一周以前，那频道可能放着特伦诺迪与柴尔德·杰克·卡耐思的录像，这种内容正能吸引一位克拉尔特武士的注意力。她退向入口走道，但斯卡似乎又对她失去了兴趣。"我是个战士，"他告诉弗莱克斯，"我应该战斗，不是打这些跳来跳去的、有刺的动物。"

但是他在这里。他上一次战斗是在克兹克克，柴尔德·杰克·瑞斯卡满怀信心地带领她的队伍去迎战虚弱的哺乳动物，克拉尔特称之为"新猎物"。只是他们最终发现这些猎物没有像瑞斯卡保证的那么虚弱：克拉尔特的武器几乎打不动他们火车的甲壳，而且他们有各种其他车辆和机器，都远比克拉尔特的任何东西好得多，克拉尔特毫无招架之力。他们还组织有序；这是让斯卡最好奇的部分。他亲眼看见几百个人类共同协作。如果一百只克拉尔特汇集到一处，他们就会互相攻击，而忘记敌人。他们最后一个堡垒沦陷后，在最后那辆载着幸存者离开克兹克克的克拉尔特战车上，只有五十只克拉尔特，但他们愤怒地争吵着。斯卡在最后这场战役里受伤了，藏在一个损坏的枪炮台里，敌对派系之间挨个车厢地对挑，为哪只年少的雌性成为他们新的柴尔德·杰克而战斗。

他在火车穿过某个换乘世界时从车上溜了下来，独自找到别的火车，来到中转站，在那里他开始对人类有了更多了解。人类一直对他很警惕，哪怕他形单影只，手无寸铁，但幸运的是他碰到一位贵人，这位贵人的姑姑在加勒塔瓦有一座河边酒吧，并认为一只真正的活的克拉尔特也许能吸引客人。

现在他在这个酒吧已经一季之久了。他晚上打架，人类用一瓶瓶蓝烟还有这个栖身的小房间报答他。在酒吧或客人那里，他并没学到多少关于人类的事。但他不打架的时候，就看全息屏，慢慢理解了充斥人类媒体的烦人广告和奇怪的戏剧场景。他开始理解虚构故事和真实新闻之间的差别。他得知人类的领袖名叫特伦诺迪·努恩。他现在在屏幕或钞票上看到她的照片时能认出来了。人类也由雌性领导，这让他觉得心安，但斯卡认为特伦诺迪·努恩看起来连哪怕一个新孵出来的克拉尔特都打不过。即便如此，整个整个的行星似乎都跟随她。他看到过柴尔德·杰克·卡耐思本人对她躬身行礼……

那天晚上当弗莱克斯和她的伙伴离开他时，他转回屏幕，开始随机地在不同网站间跳转寻找特伦诺迪·努恩的图片。弗莱克斯的朋友的气味残留在他的鼻孔里。他几乎肯定她是谁，但他需要确认。

人类以为斯卡是愚蠢的，但斯卡并不愚蠢。他只是在等待他的时机，等待再次战斗和杀戮的机会。

19

回到室外感觉很好。河畔建筑的后面，天越来越苍白；再过一小时，太阳就要从高高的哈纳扇山脉的雪山顶落下，但佳拉那·裘克的街道还是热闹非凡。音乐嚎叫着，击打着，笑声回荡在狭仄的小路上，散落的僧虫无脑地撞在不明文字的霓虹灯上。特伦诺迪觉得很放松，仿佛她在酒吧后面那个闷热的小房间里通过了某种严峻考验，出来后变得更强大了。在她面对了一只真正的活的克拉尔特之后，关于宫廷生活的牢骚又算什么？她想知道这是不是弗莱克斯带她来这里的原因，而一个机器人又怎么能对人类的感觉有如此敏锐的洞察。她第一次理解——真的用心理解了，而不是用脑——岑·斯塔灵告诉她的是真的：机器人也是人，几乎跟人类差不多。

而外星生物也是人，她想着，看看走在身边的平和的机器人，又看看所有旁边奇怪的过客。一群聚集的海洋怀念者从她前面滑过街道，它们可以使用触角来适应陆地上的行走。河边下游，一小撮哈斯把自己种在阴影下，薄膜身体迎风招展。它们的声音就像彩旗猎猎，但特伦诺迪的耳机捕捉到了，还翻译了出来。“风是生命。”他们互相说，也可能是对风本身说。“风是变化。”水边稍远一点的地方，像蠕虫一样的奇莫依跳着舞，一个个扭结组成复杂的图案。

总有一天，到处都会成这样，特伦诺迪想。这就是烤三地的新门打开以来的真实情况。她能想象一百年之后这个车站的样子，奇莫依和赫拉斯代克将像人类一样遍布各地，而没人再会自寻烦恼地要区别人类和机器人。无聊的贸易协定和外交因此有了价值。为此，努恩家族保持对领地的控制，阻止埃隆·普雷尔攻打进来并再次把人类与他们的外星邻居隔离，这很重要。

“天晚了，特伦诺迪夫人。”弗莱克斯说。

但夜晚让特伦诺迪沉醉。“我们散步去瀑布吧，”她说，“如果你没有太累的话？”然后她笑了，因为弗莱克斯怎么会累？

她们走过沉睡的房子，走过百叶窗已关上的河畔咖啡店，走出城市边缘。小径沿途一边是河，另一边是叹息的树丛。小径靠储存的太阳光能发出柔和的光，指引她们走向卡斯凯瀑布上方峭壁上的观景台。鸟儿在棕榈树林里欢啼，加勒塔瓦的行星环在她们头顶上从各个地平线升起，就像巨大彩虹的幽灵。有一次特伦诺迪的蜻蜓警告她注意身后树中某处的动静，但当她派出一只去检查，那里什么也没有。之后再有警告，她就不理会了。河畔公园里保留了很多无害的野生生命，是情人们幽会的好去处。特伦诺迪不会因为随便一点风吹草动就害怕。

她告诉无人机不要那么焦躁，然后跟上弗莱克斯稳健的步伐继续走。前方，瀑布的声音就像繁忙的街道，又像没完没了经过的火车。这是河流入海前经过的最后一段陡峭悬崖，上方有雾霭升起。

“它让我想起我曾经住的地方，”弗莱克斯说，“那里也有瀑布，但没这么漂亮。”

“我只从空中见过卡斯凯瀑布。”特伦诺迪承认。

“真的？噢，你一定要去悬崖边上的小路看看。你必须站在它们的水花中间，感受那雷霆般的震撼！我要带你去我最喜欢的那些地方……”

但她们没走到瀑布。就在第一个观景台几百米开外，突然传来咔嗒一声，一些小物件落在路上，就像一把碎石撒下。特伦诺迪转身去看弗莱克斯什么反应，只见她僵硬地倒向一边，就像一尊被从底座推翻的雕像。特伦诺迪眨眼在耳机里输入一个紧急密码，等着她的蜻蜓来守卫她，但不等她把密码输完，她意识到落在她周围的东西就是她的蜻蜓，而她的耳机已停止工作。

有人在黑暗中从树下走出来。她认出是之前在酒吧里盯着她看的那个年轻人。他的微笑跟她想象的一样可爱。他解开上衣时，一个桑德尔本的漫画人物在他智能织物T恤上跳舞，他从怀里掏出一支枪。“我得确认是你，努恩夫人。”他说，好像因为让特伦诺迪久等而抱歉，“我从没想到碰见你一个人在外面。”

特伦诺迪麻木地站住了，眼睁睁看着枪抬起来指向自己。那男子用拇指把安全栓解开，枪侧面一个绿灯变红。她应该跑吗？她应该尖叫吗？在这瀑布的雷霆巨响之下谁能听到她？

“大帝赞美你。”那人说，然后，就在特伦诺迪紧张地等着子弹飞来时，有东西从边上像天人交战一样打中了他，把他从路上摔开，滚到河边的干草里。枪掉了。在耀眼的闪光中，她看见——一次快速心跳的时间内——斯卡的恐龙脸。克拉尔特跪在那个瘫躺着的男子身上，露出牙齿，时刻准备撕开猎物的喉咙。

“别！”她大喊。

克拉尔特把脑袋转向她，身影在河光的映衬下像噩梦般可怕。他轻轻地嘶了一声，特伦诺迪意识到这是在问她。杀手跟踪她的时候，他一定也在跟踪那个杀手，而现在他想知道为什么他不能直接把猎物杀了。

“我们需要活口，”她说，“拜托了。我的安保人员希望审讯他……”

斯卡就一动不动地蹲着。他看着她时，她能看到他看她时黄色眼睛里微弱的光。那个受伤的人在他身下啜泣。特伦诺迪想知道自己是不是要求太高了。克拉尔特很原始；她不能指望这一只克拉尔特无视杀戮的本能。他很可能会杀了那个枪手，然后因为人类鲜血的味道而疯狂，再把她也杀了……

但过了一会，斯卡又嘶了一声，并缓慢站了起来。

“谢谢你。”特伦诺迪说。

她的耳机找到一种办法绕开那个杀手用来关闭耳机的病毒。耳机重新启动了，闪烁着启动消息和错误警告，扫描着特伦诺迪的心率和肾上腺素水平，还要给努恩家族的安保发出应激呼叫。她等护驾的时候，不自然地对克拉尔特笑笑。“你从城里就跟着我们？”她说。

“我本来想跟你谈谈的，”斯卡回答，“后来我嗅到这个倒霉的人类在跟踪你。”

“你本来想跟我说什么？”

“人类的柴尔德·杰克巡视城市时只有一个机器人弗莱克斯保护她，这不太合适。克拉尔特的柴尔德·杰克有众多雄性蜥蜴战士为她们服务，保护她们。我知道，因为我曾经就是柴尔德·杰克·瑞斯卡的一名战士。现在柴尔德·杰克·瑞斯卡死了，我没有了首领。我想做你的战士，柴尔德·杰克·特伦诺迪。”

特伦诺迪想不出怎么回应，只好结结巴巴地说：“谢，谢谢你。”声音小得不得了，也不知道克拉尔特能不能听到。弗莱克斯醒了过来，坐起来。她后面车站城市的灯火在晨晓的河中闪烁着。六盏小一些的灯脱离出来，又快又低地从河对面冲过来。

特伦诺迪恢复了说话的能力，自己挡在斯卡和河之间，无人机引擎的轰鸣开始压过瀑布的咆哮，能听见了。她的耳机里全是机器人和保安问她是否安全的消息。她喊回去：“别射他！别射那个克拉尔特！他是朋友！”

20

岑没想到这个没有月亮的世界上也有潮汐，但他醒来时，大海褪去，房子下面的海湾上现出一片微笑般的闪着光的宽阔湿润的沙滩。吃过早餐后，他和诺娃一起在海滩上散步，在沙子里踩出深深的脚印，不禁回想起德斯迪莫的时光。远处的海像个悔恨的醉汉一样咕噜着，为它在夜晚的狂野表现而羞愧。

“有个原因……”诺娃开始说。

“把我带到这儿来的原因？”

“除了我想见你之外。我当然想见你。而且我也想让你看看这个地方，一切开始的地方。这里没有你，我总感觉不对。我每发现一样新东西，都想给你看。但除此之外……”

“什么？”岑来到这里以后就感觉到会有麻烦，而现在他觉得离麻烦更近了。

“我们遭遇克拉尔特的那次历险之后，在恢复的那段时间里，我在我的启动代码里发现了一个深深隐藏的锁定文档。唯一可能留下这个文档的人就是雷文。里面只有信息。从众多世界的数据筏里拷贝来的文章。全都是关于一个叫皮特里彻的地方。”

岑还是个小孩子的时候就听说了很多关于伟大星罗的奇闻，但他觉得关于皮特里彻没多少值得关心的事。他只记得那个世界是个死角，在斯皮拉特线的一个小支线上，凡尔德月球站下面一站。

“那儿有某种邪教，是不是？”

“是。他们都痴迷于卫神沃胡玛娜。那里有个著名的数据神殿。皮特里彻是沃胡玛娜的世界；其他卫神们甚至都不屑于在那里出现。”

“那么雷文为什么把所有这些信息下载到你的深层记忆里？”

“我想他在皮特里彻留下了宝贵的东西。万一他有了意外，他想让我找到那样东西。”

“就像什么？他的遗嘱？”

“他的一个备份。他的人格。”

“可是没有备份！”岑说，说得特别大声，声音从悬崖弹回来，比海还响。“卫神们毁掉了雷文所有痕迹！所有线索！”他差点想接着说“谢天谢地”。是雷文操纵了岑和诺娃，让他们制造了努恩家族火车惨案。但诺娃认识雷文更久。是雷文启动了她，所以可能对她来说，雷文是最接近父母的存在。他死时她为他哀悼，而岑不想让她难过。

“数据海里不剩一点他的痕迹了，”他温柔地说，“名字都几乎没有被提过。卫神们做事很绝。他们不可能留下他人格的完整备份到处乱漂，等着我们把它找出来。”

“关于沃胡玛娜，你知道些什么？”诺娃问了。

岑耸耸肩。他不像大部分人类，他是见过卫神的。其他卫神在它们的数码王国里都显得像神，或像鬼，但沃胡玛娜一直只是个从篱笆外传来的易怒、微弱的声音。

“有人相信沃胡玛娜在建造天堂，”诺娃说，“黑暗数据海中一个巨大的虚拟环境，里面全是所有活过的人的替身。人们认为，只要你活着的时候确保在线上保存足够多的关于自己的信息，沃胡玛娜就能在你死后复活一个数码版本。”

“那你觉得这是真的？”岑问。

“这个嘛，它只是一个卫神可能会有的癖好——收集所有人的备份。数据海里一度有过很多雷文的人格副本；这是他的风格。所以有可能当其他卫神开始删除这些副本时，沃胡玛娜也许在它的藏品里保存了一份。”

“还把它藏在皮特里彻？”

“为什么不呢？皮特里彻这么远，这么偏，都没人会想起它。它唯一的名胜就是沃胡玛娜的神殿，人们去到那里上传他们的记忆。那个神殿一定有个庞大的存储系统。也许在某个秘密的部分里就保存一份雷文的副本。”

“那你想我们一起去那里看看？”

“我想我们一起去那里把它偷出来。”

“可是为什么？”岑说，“雷文玩得很好；他富足充实地活了几百辈子。为什么不让他就此安息？”

“因为他的事业还没有完成。”诺娃说。

“没有完成？”岑说，“明明完成了！雷文打开了一道凯门！他打通了去世联网的路！他改变了历史！”

诺娃开始说着什么，然后停下，想了一会。海滩后面鹅卵石上有个被晒得发白的树桩，她快速爬上去。风吹起她的头发，掀起她的裙摆。“看。”她说，指向海上的天空，一轮小小的月亮正在升起。只是那当然并不是真的月亮。那是在球体内部围绕这个世界和它的太阳转动的一个结构。

“我管它叫兹格拉特。”她说。

“它一定超大！”

“确实。我上去过一次。这里往北的山里面有道凯门，通向球体内表面的另外一道门，离兹格拉特相当近。我进到过里面……”她看起来很惆怅。“那里就像个废弃的宫殿，岑。不，像个被遗弃的人。我第一次来这儿的时候，我以为中央塔就是轨道缔造者曾经居住的地方，但我错了。兹格拉特才是轨道缔造者。那是它的大脑。但大脑里现在没有意识，没有知觉了。曾经填充这里的智能没有了。”

岑伸手够她沾了沙子的脚，他只能够到她的脚。他为她感到难过。她这么远赶来找轨道缔造者，却来得太晚。

“轨道缔造者是数据做的，跟卫神们一样，”她继续说，“但又不像卫神们那样，仅仅是散在不同世界里的众多副本，在火车载着信息穿过凯门时不停上传自己。轨道缔造者曾经住在这里，在兹格拉特里面，向星罗派出车站天使带回信息，这样它总是知道各处发生了什么。它与它的九个中转站直接相连，也许也直接连着所有其他车站。某种程度上，轨道缔造者不仅仅建造了凯奔，它曾经就是凯奔本身。是一个活着的铁路系统。”

“所以它面对卫神们的攻击时如此脆弱，”岑说，“如果它只有一个，那一旦病毒感染了它……”

“但我认为它有个防御系统。”诺娃说。

“它也许有好多防御系统，但看起来好像都不管用。”

“但如果有个最后防线紧急系统，设计来保存它的备份，会怎么样呢？”她在木桩上坐下，头靠在膝盖上，手臂环抱着小腿，热切地看着他。“想象一下，如果它意识到它正在死去的时候，轨道缔造者发送了一份自己的备份。也许几千份。就把它们发送出去，到宇宙里，希望它的某个中转站或有个人能接收到一份。再想象一下，这些备份中有一份辗转到了星罗帝国的数据海，在那里雪藏得很深，然后，不知如何，很久很久以后，它被下载到一个人类的身体里。一个克隆胚胎，长成人类孩子，脑子里却载着轨道缔造者的人格。”

岑深呼吸了一下，把这个不可思议的想法与之前她说的那个不可思议的想法连起来。“你是说雷文？”

“对。”

“怎么会？”

“我不知道。也许雷文的父母在他出生前，做过基因升级。多数时髦父母都会那样做。而轨道缔造者的代码黑了基因专家的系统，毫无预警地把自己下载进去。”

“可我想雷文从没跟你提过他其实是个一百多万年的古老数据实体？”

“他并不知道，”诺娃说，“轨道缔造者人格太老了，又损毁严重，雷文不知道自己承载着它。但当他遇到阿奈伊丝六代，它不知怎么感觉到了。它不知道他就是轨道缔造者，但它知道他应该不止是个普通人类。后来当它允许他进入数据海，他就充满动力地去寻找关于蠕虫和那些门的秘密，这样他就能回到这里。”

岑不能说是怀疑她。诺娃比他聪明得多，他很少见她搞错。“这看起来太勉强了，”他无助地说，“就因为雷文跟着阿奈伊丝六代走了运，又对凯门感兴趣，我不明白那怎么证明他就是轨道缔造者。”

“我就是知道，”诺娃说，“幸存的轨道缔造者系统用的有些代码——非常先进，有很多我还不懂，但它们跟雷文写的程序太像了……他编写了很多我的程序，所以我知道他的风格。就像认出某一个特定音乐家谱写曲子的方式。我一直想，我在暗光区里探索时，雷文一直在那儿。我本来觉得这不可能，直到我来到这里。然后我就确定了。而当我上去到兹格拉特里面……我能感觉到它想要什么东西；想要我把从里面夺走的东西还回去。”

“所以如果我们去皮特里彻，偷一份雷文的副本……”

“等我们把它上传到兹格拉特里，他重新获得进入轨道缔造者所有系统的权限，他就会明白他是什么。轨道缔造者将复苏，它就能继续它的事业。卫神们杀死它的时候，它还远未完成，岑；还有那么多世界等着连接到星罗。但我能恢复它的唯一办法就是把雷文带到这儿来。”

“可是你怎么把他带出皮特里彻？如果他的人格被锁在沃胡玛娜的数据神殿里……”

“所以我需要你帮忙，”她说，“人们从星罗帝国各地赶去，把他们的日记，自拍直接上传到那个神殿。其中有些人把记忆保存在机器人信差的大脑里带去。我们就跟人说你的奶奶意外去世了，你要去神殿朝圣，上传她的信息。我会给自己再打印一个版本，可以被当成标准的机器人用人，再造些假的社交媒体记录装在内存里。一旦我进入神殿，我应该能找到雷文的人格。但没有你我做不到，我的爱人。”

她看着他的眼光充满崇拜，岑觉得很受用，哪怕他知道她是在刻意吹捧他。有人的大脑可以同时运行整个行星和两百三十九个不同的身体，却仍然需要岑·斯塔灵的帮助，知道这点对自尊是极大的鼓舞。新的历险这个主意也强烈吸引着他，预示着伴随历险的种种激动人心的事：这一次不会有任何差错；这一次你的计划全都会实现。但他现在对历险已经有了很深的认识。这次去皮特里彻的旅行已经超越了冒险可以形容的程度。他做这傻事，只是因为诺娃那样看着他，悲伤又满怀希望。

这时他又有了一个新的想法，灵光一闪压过其他想法，就像凯奔快车瞬间扫过那些沿着平行轨道晃荡的本地小火车一样。如果把雷文带到这里能让轨道缔造者复活，那就能消弭卫神们对它做的那些恶行。而如果岑能做成这事，也许会弥补他自己做的那些坏事。然后，下次他半夜醒来想到我毁了努恩家族火车时，他也许就能抚平那可怕的负罪感，告诉自己，但我把轨道缔造者从死亡边缘救了回来。

“好吧，”他说，“如果你想要从天堂偷点什么，我听你的。但我想要你的这个版本跟我在一起，不要其他版本。我们可以让你看起来不一样。”

“这个嘛，要是我看起来不一样，我也可以是另外一个版本。”诺娃说。

“我就要这个跟我在一起，”岑坚定地说，“就像过去一样。”

21

特伦诺迪以前从没见过她的尼莱希叔叔生气。他还只是沉闷的小小烤三地站长的时候，一直都是那种很温和的叔叔。帮忙经营这么多其他努恩世界似乎让他有了脾气，特伦诺迪想。她坐着听他数落她有多愚蠢，好像她是个淘气的小学生，在某个昂贵的女子精修学校旷课时被抓住了。或者也可能他在表演愤怒，以取悦卡拉·田中。卡拉站在他身后不远处听着。其他人来了又走——医生、努恩家族海军官员，卡拉·田中办公室的人——但现在只剩卡拉和尼莱希还有特伦诺迪了，而他正在吼她。

“你到底有没有看过你的安全简报？我们几个月前就知道埃隆·普雷尔在这个行星上有特务。可你还是独自一人离开宫殿，大晚上的，跑到城市里最不安全的地方散步……”

他们在宫殿底楼尼莱希的书房里，这是间层高很高的舒适房间，曲面玻璃墙外面对着一座有喷泉的小花园。加勒塔瓦拂晓的第一缕阳光透过巨大的马尾蕨叶子闪耀着，喷泉的影子投在房间里的活木镶板和舒适的生物家具上，仿佛是在跳舞。

“那个扑向你的帅哥是个职业杀手，来自高新钱德，”尼莱希继续说，“要么是普雷尔家族派来的，要么他自己来的，因为知道谋杀你，普雷尔家族就会奖赏他。我怀疑，他发现你决定一个人去佳拉那·裘克散步时，一定不敢相信有这么好的机会！”

“我不是一个人，”特伦诺迪说，“我和弗莱克斯在一起。”

“那你怎么知道弗莱克斯不是共谋，把你带去杀手守株待兔的地方？”

“因为她不是，”特伦诺迪说，“因为散步去瀑布是我的主意。而且不管怎么样，我有无人机保护……”

“而那杀手有个网络武器，能团灭了你的无人机、你的耳机，还有你的机器人朋友！”尼莱希得意洋洋地说。

“但这没关系，不是吗？”特伦诺迪说，她已经厌倦了被说教。“这没关系，因为斯卡救了我。”

“那个克拉尔特的叛徒，对。我们现在正在审问他。”

“我亲自问过他，”特伦诺迪说，“他是个武士。现在既然他自己的领袖被打败了，他想为我战斗。他一路跟着我以表达忠诚。很幸运那个杀手给了他证明忠诚的机会。”

“这确实说得通。”卡拉·田中平静地说。这是她第一次开口。

"我们的文化专家说克拉尔特欣赏我们战士的战斗能力，羡慕我们的武器。他们也习惯追随女性领袖。"

"我认为我们应该多雇佣一些克拉尔特，来为我们战斗。"特伦诺迪要求。

"跟谁战斗？"尼莱希问。

"当然是普雷尔家族。"特伦诺迪站起来，走向窗户。太阳现在全升起来了，行星环在清晨宝蓝色的天空下几乎看不出来。她彻夜未眠，但她没有感觉到一夜未睡。她非常清楚地记得，当她走在那些如织的外星生物和人群中间时，她突然意识到这里有她需要保护的东西。"不许再讨论和普雷尔家族谈判的事了，"她说，"我们必须与之战斗。"

尼莱希笑了，特伦诺迪总觉得这笑是"我们会考虑考虑"的意思；意味着特伦诺迪要的东西他不想给，但又出于礼貌不想直接拒绝。"不可能，特伦诺迪。我们做了无数推演。如果我们开战，我们肯定会输。普雷尔家族军队和战车都比我们多。如果杀手是他们雇佣的，从一方面说也是好事；说明卫神们还不想让他们全面出击。这是和他们谈判的完美时机。你要按计划去大中央。"

"那要是他们把我扣押在那里怎么办？或是杀了我？"

"如果你在他那里做客期间，任何伤害降临到你身上，对大帝来说都是很难堪的。"

特伦诺迪看着他，又看看卡拉，明白自己赢不了。不管她怎么争辩，她最终过几天还是要登上大马士革玫瑰，长途旅行去大中央。但她想要一些面对他们的小胜利；昨天晚上感觉太重要了，不可能一切还继续像从前一样。她想跟自己证明，她不只是他们的玩偶。

“我要弗莱克斯来，”她说，“作为我的官方艺术家。”

尼莱希警惕地看看卡拉。卡拉说：“我看没什么不可以。这机器人出名了；特伦诺迪带它去的话，在社交媒体上反响会很好。”

“我还要一个新保镖，”特伦诺迪说，“我要那个克拉尔特，斯卡。”

“那不太合适，”她的叔叔说。

“为什么不？”特伦诺迪问。她扬起下巴，从自己努恩家族典型的长长的鼻尖处看着他。“如果一只克拉尔特愿意为我们战斗，为什么我不能让他做我的保镖？我要斯卡转为我的工作人员。”

“可是，特伦诺迪，我亲爱的……”

“我到底是不是首长？”她问，“如果我要求这一点小事都不能满足，那做首长又有什么意义？”

“如果你对努恩家族安保现在提供的保镖不满意，我更希望你让我们给你找一个新的保镖。”她的叔叔说，但语气软了很多，几乎是祈求。他意识到发火对她毫无影响，决定换种方式试试。

“我想要那只克拉尔特，”特伦诺迪说，“我信任他。”

尼莱希有一秒看起来气极了，然后变得怪异地害羞，接着若有所思。最后，他微笑着弯下腰。“当然，特伦诺迪夫人。”他说。

“我去安排。”卡拉说。

特伦诺迪屏住呼吸，直到他们俩都离开房间。然后她长舒了一口气。这原来没多大事，只要能扛住他们，但这是有意义的。也许能扛住尼莱希叔叔和精干的卡拉·田中的人，也能扛住埃隆·普雷尔。

第四部分

天堂抢劫

22

岑和诺娃回到了星罗帝国。他们沿着一条徒步路线在大山里穿行，这是一个叫希玛潘的小小森林世界。前方，山丘底下有一片湖区，希玛潘车站城市的灯火在暮色中闪烁。夜幕降临，希玛潘的夜晚会持续六个星期，但诺娃说这样很好——所有游客都要回家了，这样下一班车上，她和岑就不会是仅有的乘车离开的乘客。

岑以为她会打开一道凯门直达皮特里彻，但她说事情没那么容易。她对门的运行了解得还不够多，而皮特里彻离元车站又很远；门可能会很不稳定。而且，他们需要像普通朝圣者那样，坐正常火车到达沃胡玛娜的数码神殿，这很重要。于是他们来到了希玛潘，像任何其他旅客一样登上星际快车；快车将把他们带到凡尔德月球，然后他们在那里赶上一辆驶往皮特里彻的通勤车。

在一片峡谷底部，在凯奔线往北大约要走一整天的距离的地方，诺娃开了一道凯门。他们提前十小时到达那里。峡谷很深，希玛潘非常无聊，卫神们对它不太上心，这道新门开启的过程中很幸运地没有被注意到。太阳鸟一把他们放下，然后箭一样射回元车站，门马上就关闭了。从今天起再过三天，在元车站的另一个诺娃会再把它打开，派一只车站天使过来，如果岑和诺娃那时已经从皮特里彻回来了，天使就会发现他们，回去把太阳鸟发出来接他们。

这计划在岑看来不太牢靠，但目前进行顺利——没有迹象表明有人发现那道门打开过。

他只觉得去车站城市要走太远的路。他大腿疼，脚也疼，诺娃囤在他徒步背包里的蛋白质条无法代替真正的食物。他在元车站过了十天懒散快活的日子，也许能算进他一生中最美好的几天，但是那几天现在已经开始感觉像场梦了。

他又改变了身份。他不能以岑·斯塔灵的身份坐凯奔火车，而且在克雷夫的事情发生后，他也不能再装成提沙马。诺娃曾想把他变成女性，但他不喜欢。（“你怎么这么老套，”她当时说，“你会是个真正的美女，到时没人会把你和岑·斯塔灵联系起来。”）最后，他成了阿杰·拉克温，一个来自加勒塔瓦的男青年；他能很好地模仿加勒塔瓦口音，只要不是加勒塔瓦本地人，他都能骗过。诺娃为他伪造的身份也足够好，能通过他可能遭遇的任何检查。他的头发又成了自然的黑色，比他这几年的发型再短一些。

诺娃的样子也改了。她在她的深度菜单里点了某个重置按钮，几小时内她自己的所有个性化设置就全消失了。她的雀斑不见了，鼻子变小了，眼睛没有以前亮，头发变成了无趣的黑色。已经没法说她应该算是女孩还是男孩，特别是她穿着一身用厚纸做的灰色罩衫。岑知道自己犯了一个严重的错误，真不该要求他的那个诺娃跟他一起来。她那个旧的自己，只剩下她的笑声和那些她自己发明的奇怪表情，而就算这些也很快就要湮灭。“作为一个机器人，放弃习惯很容易，”她说，“你只要关掉就行。”

“但你全能记住，是不是？”岑问，“雀斑和其他的特征？这事结束你还能全恢复回来吧？”

诺娃摇摇头。“我全删除了。如果有人扫描我的大脑，我不希望被他们找出一堆奇怪的代码。那些特征全没了。如果需要的话，我的记忆也要全扔掉。但别担心。一旦我们回到元车站，我就和我的其他部分同步，就能把它全部恢复。”

“但万一你不能呢？万一出差错了呢？”

“那你只需要提醒我我过去的样子，我就再做点新的雀斑。”

但我已经在忘记了，岑心想。他猜她一定把人类的记忆想象得就像她的机器记忆一样——所见所为一切都在他的脑子里等待被调取。但人类记忆不是这样的；它会褪色，绝大多数会丢失。他记不住她每个雀斑的位置。

他有一百件更严重更紧急的事情要担心，但诺娃没有雀斑却成了最让他担心的事。

星际快车以前从桑德尔本出发，经停马拉普和肯彪西，及所有通往星罗遥远边陲克利瓦的主要车站。现在帝国一分为二，它在肯彪西始发，下一站就是希玛潘，这时火车还几乎是空的。岑在火车前面一个半空的车厢里找到一个角落里的座位。诺娃去了后面的行李车厢，坐在箱子之间，给他发了一条那种任何机器人都可能给主人发的平淡消息，给他报个平安。

“欢迎乘坐星际快车，”金色的大火车头说着，从希玛潘车站城市里轻轻驶出，在湖边又长又直的轨道上加速前进，“我的名字叫清晨的面纱。我经停塔新德、大中央、班达佩提、尼克巴……”

大中央是帝国的心脏。岑去的一路上都很紧张。大中央的埃隆·普雷尔画像向下怒视着火车，好像感觉到了有个逃犯在车上，还有身着蓝色甲衣的轨道军士兵在站台上值岗。但没有人检查岑，之后他随着一道接一道闪过的凯门，陷入火车旅途的沉思。他睡着，醒来，吃点东西，看看窗外风景，清晨的面纱唱着歌，时间似乎慵懒地在当下延伸，旅程永远不会结束。

接着旅程就结束了，他站在凡尔德月球站的站台上，看着火车开走。站台另一端，智能卡车和智能行李箱在转动小引擎，跟在它们的主人身后，诺娃穿着灰色纸质罩衣站着，就像俗气的商店橱窗里的模特。他漫步向她走过去，说：“你还好吗，机器人？”她回答：“是的，先生。”声音特别平淡无奇，他都怀疑她知不知道他是谁，她是不是在大中央或班达佩提把她的记忆都删除了，以躲过安全扫描。

他刚要转身走开，她在非常确定没有人监视的情况下，她对他眨眨眼。

他们在凡尔德月球的候车室里过了半夜，然后登上了开往皮特里彻的通勤车：一辆脾气暴躁的小麦可优5－90，拖着一排集装箱车，只有一节空荡荡的客运车厢。一小时之后，他们到了皮特里彻。雨珠打在窗上，火车自己哼着一首破小曲，突突突穿过几亩荒废的调度区，去到唯一的站台。“在这儿下来去皮特里彻车站城市，”它说，“虽然我不知道你为什么会想去那个破地方。”

23

在蔚蓝海湾的狩猎实际上大大超出埃隆·普雷尔的期望。努恩家族在大中央掌权一百多年，他们的基因工程师睿智地利用这段时间，在这个行星的狩猎保护区里储存了完美的猎物。埃隆·普雷尔对古老地球的动物没什么记忆，所以他不太确定那些住在悬崖间和海湾珊瑚丛里的蛇颈龙是不是精确的再生品，但他不在乎。它们像枪鱼一样快，像狐狸一样狡猾，逼急了就像老虎一样凶残。对于想好好打场猎的大帝来说，这些才重要。

海湾也很漂亮——风化的红色悬崖插入蓝色水中，多数时候都有几轮月亮挂在海上——那种硬朗的矿石风景让一个普雷尔家族的人觉得很亲切。但老马哈拉克斯密·努恩在那里修建的行宫毫无艰苦风范；一幢舒适的海滩别墅，里面有大帝及随行人员的房间。别墅能沿着轨道从陆地暗礁的陡峭斜坡滑下，变成一艘水下狩猎屋。在这附近住了好些年的职业猎手是个名叫塞德那·雅姆的女人，她的家族好几代前曾调整过他们的基因组，以更好适应这个叫天飞的海洋卫星上的深海生活。她有鱼肚白般的皮肤，透明的眼睑，她能像海豹一样闭起鼻孔，这一点让埃隆·普雷尔觉得有惊人的吸引力。

每天早上，他都醒得很早，在书房里待上几小时，与他在车站城市的副手们联系，阅读他的战车从斯皮拉特线上带来的报道：人类团结运动会利用最近的动荡又开始一轮不成气候的小反叛。然后行宫会滑下深谷，他穿上潜水装备，进入他套房角落的气闸室里，跟随塞德那·雅姆无畏地潜入只有微光的海底，在海藻丛林和恣意绽放的色彩斑斓的珊瑚里追捕蛇颈龙。每天晚上，当行宫再次浮上岸，大帝及随从在海滩上聚会烧烤这一天的收获，塞德那·雅姆会跟他们讲述所有关于蛇颈龙始祖的传说，那只可怕的怪物陷在近海几公里外的一根海蚀柱底部的一个深洞里。它杀死了六名猎手，塞德那说，它的厚厚外壳上像针灸一样密密麻麻地扎了好多旧鱼叉。有些鱼叉是马哈拉克斯密大帝的，他试图抓住它，却整整十年都没有成功。

一天晚上，等着大厨做饭的工夫，埃隆·普雷尔在海滩上散步。晚间的细碎海浪在沙滩上织着花边。他瞪着海蚀柱，它黝黑的影子矗立在两轮落日下，像根竖起的中指。他在想深海之下的蛇颈龙始祖，他还在想没能成功杀死它的马哈拉克斯密。他觉得自己还不像星罗大帝，是因为他没有在战争中杀死马哈拉克斯密，后者是死于努恩家族的火车车祸，自己只是在这之后从他一无是处的女儿手里顺过了皇位。

他面前的空气中出现了两个小女孩。一个黑女孩穿着白裙子，一个白女孩穿着黑裙子。它们赤着脚悬在碎浪花几厘米之上，它们的金色眼睛阴郁地看着大帝。

他瞄了一眼身后。随行的其他人都顾自说着话，有的站在正烤着蛇颈龙肉的烧烤旁边，有的站在行宫的玻璃露台上。他们中没有人能看见它们的出现。他摘下耳机，小女孩们就消失了。他再戴上，它们还在，现在更近了。

“呸。”它们说。

“我一直在等你们的消息。”埃隆·普雷尔说，试着显得无礼，就像他和双子座打交道时一贯的风格，以彰显自己固然尊重它们，但并不害怕它们。但他其实是感到害怕的，还感到让他颤抖的预感和一种奇怪的感伤。他猜它们来是告诉他，它们允许他像暴风雨般捣毁肯彪西的门，并摧毁努恩家族了，这意味着他将不得不离开这个地方。“那开始了吗？”他问，然后停下，好让碎浪的声音压过他的声音，接着说，“我们的战车可以开动了？”

“耐心点，埃隆·普雷尔。”双子座齐声说。在他耳机里听起来就是一个声音。“我们还不能让你发动战争。我们没有以前那么大的权力了。其他卫神不信任我们。但我们看到了它们没看到的东西。”

“你看到了什么？”

“人脸。在数据海里。一个安保摄像头的记录。只是所有车站的所有安保摄像头里所有过客的脸之中的两张。没多少人能看到他们。没多少人能认出他们。但我们很聪明。”

“谁的脸？”

“岑·斯塔灵。那个机器人诺娃。他们在去皮特里彻的路上。他们可能现在已经到了。”

“为什么？那个破地方。”

“我们不知道为什么，埃隆·普雷尔。我们不在皮特里彻，而且如果我们试着监视那里，我们愚蠢的兄弟沃胡玛娜会跟其他卫神一起找我们麻烦。”

“可你们是双子座！”埃隆·普雷尔说，“你们不害怕其他卫神们吧，对吗？”

小女孩们头贴着头。上次双子座出现在他面前时，是以肉身出现的：两个铁石心肠的杀手，人称马可兄弟。埃隆·普雷尔猜它们的新形象是在告诉他，它们的能力受到了削弱。其他卫神把双子座当成顽皮的孩子，把它们关在房间里，这样它们就不能介入人类的生活。它们很可能冒了很大的被惩罚的风险偷偷溜到这里，以虚拟的形象与他谈话。

“我在皮特里彻没有人，”他说，“但我可以从凡尔德月球的基地派一支轨道军分队过去。”

双子座对他笑笑。“秘密派遣。不能让其他卫神知道。把岑和那个诺娃实体带到大中央。如果你以岑威胁，她就会安安静静地跟你走。审问他们。我们会帮忙的。我们要找出他们的目的。我们会知道诺娃实体在预谋什么。然后我们找个理由让你开战。”

接着它们就消失了。他眼前又只有一片海浪，还有海上紫色晚霞中的几轮明月。他的侄子瓦西里正在从海滩远一点的地方喊他。“我来了。”他说。他用耳机里的安保软件编译了一则消息，发到数据海里。他估计命令到达凡尔德月球需要一天的时间，然后轨道军还需要一天抓住斯塔灵和诺娃，并把他们带回大中央。这样他就还有两天时间打猎，之后就不得不开启征服星系的严肃事业了。

他转身沿海滩踱回，走进盘旋的纸灯笼无人机的灯光下和烧烤的气味中。他找到塞德那·雅姆。他在想，如果她知道他刚刚和卫神本尊通了话，不知会把她吓成什么样。但他不敢泄露他们的秘密，于是他跟她说了另外的事，他知道一定也能震撼她。“我决定了，”他说，“我要去捕猎蛇颈龙始祖，杀了它。我要剥下它的皮带回皇宫。把它变成一块地毯或墙饰之类的。我要让所有人知道：在软弱的努恩家族成员失败的地方，普雷尔家族的人能成功。”

24

在元车站的那段日子，岑像突击准备一场考试一样研究了诺娃提供的关于皮特里彻的文档，所以到达这个惨淡的小世界时他没感到吃惊。他知道它的绝大部分表面都覆盖着叫藓沼的东西，这玩意儿说不上是很潮湿的沼泽，还是长满草的海洋。皮特里彻得到过地球化改造，并有居民迁入，只是因为它有第二个凯门通往一个矿产丰富但不宜居住的世界，叫考勒拉比。伯波瑞恩家族进驻并地球化改造后，曾住在皮特里彻，派无人机和机器人穿过第二道门去挖掘考勒拉比的矿产。直到有一天考勒拉比的恒星意外爆炸了，皮特里彻便成了铁路上一个无用的经停点，不通向任何地方。

车站没有售货摊。甚至没有在星罗中心变得很普遍的安全检查。站台尽头的检票口一直开着。岑和诺娃走过去，出站进了这个微小的城市，诺娃走在他后面保持几步远的距离，眼睛看地，就像个自觉的机器人。这时已是黄昏，还下着一点雨。岑登录本地数据筏，看到这里小雨已经下了七十六年。潮湿的街道闪闪发亮，低矮的房屋在潮湿中勾着肩膀倾斜。老调度区里被遗弃的起重机和传送带在雨下显得阴森，就像恐龙骨架。沃胡玛娜的象征——一只警惕的眼睛——画在墙上、路上。路人都穿着雨衣，戴着奇怪的帽子，上面有杆子挂着摄像头，向后对着戴帽人的脸。只要两人相遇，人们就以一起摆姿势自拍合影的方式来互相致意。在小餐馆蒸汽腾腾的窗户后面，人们庄严地拍摄他们的食物。他们能上载的生活细节越多，沃胡玛娜就能越精确地在后世重建他们的虚拟来生。

天气新闻可算是皮特里彻数据筏里唯一有点意思的东西，这是岑见过的最原始的数据筏。那晚他失眠时躺在城市旅馆里的大床上研究了一下。里面只有几个银行和购物网站，一堆沃胡玛娜的数据祈祷节点，还有一些不上心的其他卫神的小神殿。游客信息港里也没有多少关于皮特里彻他还不知道的东西。有个本地的鬼故事，讲一个叫慢火车的东西，还有些毫无说服力的传言说藓沼深处生活着巨型章鱼。就没有其他东西了。这肯定有问题，他想。这样一个地方，不可能什么重要的东西都没有。

他想问诺娃她能不能在数据海里看到些他看不到的东西，但诺娃在楼下，关在一个壁橱里，旅馆美其名曰机器人宿舍。他回想起在努恩家族火车上，他也这样无眠地躺在自己的小间中，而她跟其他机器人一起待在某个行李车里，那时她的声音从他的耳机里传来，陪着他，给他打气，让他知道他不是孤身一人。但现在不同了。他掂量过他现在正在做的事情的分量，也知道如果诺娃被卫神认出来有多危险。他渴望听到她的声音，哪怕只是说“晚安岑，睡个好觉”，但他不敢给她发消息，于是他摘下耳机，随手扔到房间的另一头，独自躺在黑暗中，听着排水管汩汩响，还有雨滴用它那又小又冷的手指敲打着房顶。

次日早上，诺娃在大厅里等他，墙上挂着一个发霉的藓沼麋鹿头，是件填充装裱的标本。旅馆的其他几个客人来皮特里彻狩猎这些野兽，但大部分是朝圣者，其中有一些带了机器人一起。岑和诺娃一起走下雾蒙蒙的塑料通道去出租车停车场时，没有觉得很惹人耳目。“沃胡玛娜神殿。”他告诉出租车。

出租车载着他们往北穿过城市，直到没有了建筑，只剩灌木丛和空地，接着是地形陡峭的稻田，黄色机器正在田里作业。路面升起，路过片片竹林，单调的蓝树丛，还有耸入云霄的峭壁。出租车加入滚滚车流，红色尾灯慢慢穿过潮湿悬崖间的一段狭窄通道。接着是一大段下坡，山谷中的一片湖光，一个有顶的车库，一个玻璃墙里的游客中心。他们下了出租车。彬彬有礼的服务人员穿着绿色制服，还有和蔼的警察眼神警惕地指引他们来到一条蜿蜒的走廊，通往神殿。沿路走着很多其他朝圣者，带着很多其他机器人跟着他们。一个穿着高新钱德彩色长袍的老头在岑超过他时喊道：“很高兴看到你这样的年轻人，还不嫌麻烦带个信差来。”

“我的奶奶把她所有社交媒体活动的副本都保存在这个线偶的脑袋里，”岑说，“我是来把它们上传到神殿的。”

那老头咧嘴笑笑，点点头，见到这样一个有孝心的年轻人很高兴。“我年轻的时候，人人都得带个机器人才能装下那么多信息。现如今，耳机很强大，很多人就全存在耳机里。但我总是觉得用机器人更庄重。”他转头向落在身后的他的机器人大喊。“我每年都来上传我的视频和日记，”他吐露心声，“你奶奶有你为她做这些真幸运。现在你走吧，年轻人，走吧——不需要迁就我老胳膊老腿的速度……”

岑谢过他继续走。诺娃恭敬地跟着，低垂双眼。走廊引着他们穿过一屏深色树木，突然神殿就出现在了岑眼前。

卫神们在十几个有人居住的世界上建造了数据中心和存储仓库（还有几百个无人居住的世界）。大多数只是沉闷的无门建筑或是地下楔形电脑存储。出于各自异想天开的原因，不同卫神在不同地方尝试了不同的东西，比如在大中央的雕像谷，或是阿奈伊丝六代在阿什托雷丝上的玉迷宫。上次沃胡玛娜对岑现身时只是一个藏身于篱笆后发出沙沙声的小生灵，岑没指望它在皮特里彻的神殿里会有任何太壮观的东西。但似乎沃胡玛娜还有其他界面，或者曾经有过，而且还将皮特里彻的一整座山雕凿成其中一个替身的形象。这座山下面的山坡变成了女人的肩膀，披着祖母绿色的苔藓，她巨大的石脸俯视山谷，透露出智慧的慈悲。她长长的白发由瀑布做成，不时狂风刮起，头发就吹拂过脸庞，白云是她的王冠。有顶走廊一路往上连接起一道门，这道门被雕刻进环绕在她喉咙周围的项链中。

“真美。”岑说。

诺娃没有回答。路上人太多；说话被别人听到的风险太大。这不要紧。他足够了解她，知道她也觉得美。

“我无法相信我从来没见过它的照片……”

“皮特里彻人不允许神殿的图像进入更广阔的数据海，先生。”她说，好像她只是在警告他不要拍照。

“我想那说得通。如果人们在家就能看到神殿的虚拟影像，谁还真会来这个乏味的污水池？”岑一直仰视着那张和蔼平静的脸，试着把它和他见过的沃胡玛娜那个沙沙响的版本联系起来。他印象里，它属于卫神中比较友好的。但只要牵涉到卫神，友好也是相对的——它们太大，太老，太奇怪，任何人类都无法真正理解它们的感受。

通道变成了台阶。玻璃顶到头了，但也不要紧，因为现在朝圣者往上爬时，卫神的石头下巴就在他们上方伸出来，遮蔽着他们。有些人在通道下部时还有说有笑，但现在靠近神殿入口，临近神殿的神秘，他们变得肃穆了。有个女人开始唱一支关于沃胡玛娜的歌，其他人害羞地跟上。他们唱的是某个支线上的方言，岑不懂，但他喜欢那首歌；那庄严、充满希望的歌声与这里正契合。

台阶变窄了，把朝圣者们聚束到一起，形成一支缓慢前进的队伍。更多身穿绿色制服的神殿看守站着监视，穿戴隆重。他们守卫的门口过道镶嵌装饰着镜子。岑瞥到一千个自己的镜像，瞪大双眼，充满好奇，还有一千个空洞，毫无兴致的诺娃跟在他身后。

接着他就进了神殿。里面很安静。阴影中他感觉穹形的空间耸入他上方的黑暗中。他的上方，挂着几百面全息屏幕，就像褪色的标牌，全都闪烁着沃胡玛娜的信徒们上传的图像。过去的人们对着他们后世子孙的照片微笑，照片里有房子、大餐、心爱的宠物、家族节日、婚礼、工作或娱乐场景、大学、中小学、豁牙的孩子们、蹒跚学步的幼童摇摆着走过九十年前的海滩、婴儿、梦寐以求的胎儿那模模糊糊的蓝色B超图。一段段完整的人生在那里闪过，全都存在神殿的记忆里。可能这就是意义所在，岑想。也许朝圣者并不真的相信卫神会从他们保存的记忆和视频日志里将他们重建。也许仅仅知道他们不会被忘记就足够了。很多年后，很多世纪以后，这座亲切的大山还会记得他们。

朝圣者驯良地沿着石头地板上发着微光的小道走着。他们进入墙里低矮的壁龛，白色的椅子在那里为他们打开，就像半开的莲花。岑坐下来。

“欢迎你，阿杰·拉克温，”神殿的声音说着，在他耳机里打开一个窗口，“你想把你的记忆放到沃胡玛娜的保存处吗？”

岑想；他甚至迫不及待。但他知道阿杰·拉克温的记忆太单薄，只是个演员的面具。他担心如果他上传了，神殿会感觉到岑·斯塔灵藏身其中。

“不，”他说，“我为您带来了我奶奶维瑞提·拉克温的记忆，她住在加拉湾，受肯彪西北区管辖。它们储存在我机器人的大脑里。”

“让它上传上来。”神殿说。

诺娃的眼皮颤动。一面全息屏在她上方的空气中打开，就像一面明亮的窗户留下的视觉滞留。上面显示阿杰·拉克温那从未存在过的奶奶的一生的各种场景。她的记忆全是诺娃在元车站时，依据她自己的记忆和老电影里的碎片拼接伪造的。看着它们闪过，岑突然觉得神殿肯定一下就能看穿把戏。神殿这么智慧，见识过这么多人类生命的电子回响，它肯定能分辨出这份是假的？他紧张地抓着莲花座椅的扶手，等着，想知道古老的数据神殿会对试图欺骗它的人做什么。

但什么也没有发生，只是那面全息屏又褪去了。诺娃的造假技术一定比他担心的要可靠。当他说“谢谢你，沃胡玛娜。请记得我的奶奶维瑞提”的时候，他的声音里有恐惧的战栗。他希望神殿只当那是一个悲伤的孙子的自然感情流露。

“她会被铭记。”神殿许诺。

岑看看诺娃。就在他坐着的时候，她的一部分高效的脑力已经像撬锁工具一样滑进神殿的脑中了，解锁后她进入神殿，搜寻沃胡玛娜的天堂。他真希望能知道她找到了没有，但目前她什么都不能说，也不能显示任何表情。他壮着胆子等了很久，然后站起来，沿着闪烁的小径往回走，在其他朝圣者的低语和逝者们的记忆的闪光中，出了神殿走进雨中。

“怎么样？”他们上了另一辆出租车，一旦有了这点隐私空间，他就说，“你找到雷文了吗？”车穿山越岭往回开。

她摇摇头。“不在那里。”

“雷文不在？”

“沃胡玛娜的虚拟天堂。不在这里。我扫描了神殿的整个大脑。它基本上只是个又大又老的缓存区，里面全是视频、照片社交媒体档案。它甚至几乎没有意识。”

“可是它跟我说话了！”

“几个简单的应答算法，这辆汽车也有。它不够复杂，没法承担沃胡玛娜的完整副本，更别提它的后世来生那般的广阔虚拟环境了。”

“也许他只是在那里收集社交媒体档案，再把它们上传到别处的后世来生？”岑说。

“可是哪里呢？我还以为肯定在这里。”

“会不会是考勒拉比？”岑问，“皮特里彻的另一个凯门曾经通往那个行星；那个行星的太阳变成超新星了……”

“为考勒拉比干杯，”诺娃说，“那里啥都没有。”

“这个嘛，这里也什么都没有，除非沃胡玛娜把一些存储藏在某个老库房里，或者在麋鹿漫步的藓沼上，或者在那辆幽灵火车上……”

“什么幽灵火车？”

“哦，只是我在某个老网站看到的故事。有点蠢。据说，当他们撤离考勒拉比的时候，最后离开的那辆火车被卡在凯门里了。故事是说它还在里面，陷在两道门之间。永远旅行，从未到达。人们称之为慢火车。”

出租车嗖嗖地下山，开上一段又长又直的路，路潮湿得像大坝的泄洪道。车站城市的灯火在前方的雨中微弱地闪烁。诺娃说：“为什么蠢？”

“这个嘛，如果火车从来没到达过，人们怎么知道它有没有离开考勒拉比呢？它很可能只是在太阳爆炸时被烤坏了。没理由相信它卡在凯空间里了。”

“没理由。所以要是杜撰的才奇怪。”

“你认为是真的？”

“很多民间传说都藏着真相的种子，”她说，“而如果你能以某种方式把一辆火车存在凯门里面……那就是最完美的藏宝之地，不是吗？那在我们的整个宇宙之外。”

“我猜你要告诉我，我们要去看看这个被遗弃的凯门？”

“你太了解我了。”她说。

岑查了一下他的耳机地图。从车站城市出发，老考勒拉比线弯曲向北，沿着一段宽阔的海湾边缘通向考勒拉比凯门。“离这里五十二公里远，”他说，“上面标着‘此路不通’所以很可能有篱笆什么的。”

“所以我带了一个勇敢帅气的小偷一起来。”

“可是我们得一起去。我没法独自黑掉一个卫神私密的后世来生。如果我坐上那条老火车线路，只带着一个线偶作陪，那看起来像什么？无意冒犯……”

“没事，坏男孩，”诺娃说，“我们得尽快想出一个理由。既然你已经把你奶奶的记忆上传到神殿了，你就没什么理由滞留在皮特里彻。你本应该坐晚上的火车离开。我们得给你编个理由多待一晚上。”

“我可以留下放松放松，享受气氛。”岑说。

诺娃看看他们正在穿过的湿漉漉的乡村，然后看看他。她不需要面部表情就能让他知道她对这个主意有什么想法。“让我们想想，”她说，“人们在皮特里彻都找些什么乐子？”

25

这天晚上，飘浮在藓沼上空的云薄得现出苍绿色的光。那是皮特里彻的母行星彦维的光，又叫雨灯笼。它的光几乎像阳光一样落在藓沼的沼泽和小丘上。哪怕在这出人意料的明亮光线下，湿地海的景象也毫无欢乐可言。有些地方有水很深的雨坑，还有些地方腐烂的浮草被潮水堆成了小筏和岛屿。多数杂草就躺在水面以下，为这片只有几厘米深的海洋形成深绿色的海底。

“有些杂草地你可以站上去，”港湾狩猎商店的主人租给岑一个气垫船，跟他解释道，“但不是所有的都能站。有的小块杂草地看上去不薄，但踩上去才知道薄，那时你就会发现身下有二十米深的水，水下还有二十米深的淤泥。”他简单地以为这个年轻人疯了，一个人就出发去打猎，竟不带向导。

岑保证他会很小心。“我来处理家事的，把我奶奶的记忆上传到神殿里，但现在事办完了，既然来了皮特里彻我就一定要来猎射你们大名鼎鼎的藓沼麋鹿。我请不起向导，但你可以租给我一把那种猎麋鹿的来复枪。”

那人从柜台后面的架子上取出一把枪，给岑演示上枪的机制，以及怎么把瞄准系统连接到耳机上。“你以前打过猎？”

“没打过藓沼麋鹿。但我在桑德尔本打过飞鬼蝠，在然加拉还打过巨型动物。”

“努恩的世界。”那人说。

“我知道！现在最好的狩猎地都在反叛方的领地里了！唉，我真希望我们的大帝能快点行动，把那些站夺回来！”

“不确定我们还想他们回来。”那人说着，把岑领出门给他看气垫船，“他们放任那些外星生物通过凯门从中转站那地方涌进来。愚蠢的努恩家族最终会导致一场灾难或入侵。”

“也许你是对的，”岑说，“不管怎么说，对做生意可能是好的。也许那些去不了努恩家族狩猎保护区的人们，会来这里，转而猎你的麋鹿。”

那人耸耸肩。这个顾客真疯狂，但如果他能活着回来，或许会带些朋友回皮特里彻。而如果他没活下来嘛，气垫船装了一个返航系统；它能自己找到回来的路。“你应该往东走！”他建议，指向泛绿的深色大海。“旱季里，主要在那边能找到麋鹿。”

“现在是旱季？”岑问。

“如果在雨声之外你还能听见自己说话的声音，那在皮特里彻就是旱季。”

岑爬进气垫船，它自己发动起来，滑下斜坡进入港口。岑让它往东走，几百米之后，他离开了狩猎商店的视野，把船停在一道破损的防波堤旁边。一个机器人爬上船。接着船又起飞了，加速离开了城市，优雅地掠过阴影和深谷，爬上杂草堆成的岛。船行进得特别快，有时从低矮的岛尖起飞，降落在另一端，腹部下方狠狠刮擦而过。诺娃的大脑侵入了气垫船，改了它的路线记录，这样当岑把它转向正北，它也没有费事通知狩猎商店路线的变化。“这主意真好，”她说，“我们可以直线穿过这片地方，而不用沿着弯弯曲曲的海岸线。很快我们就能到那个考勒拉比的门了。”

“如果我们不沉下去，也没被藓沼麋鹿干掉或是被大章鱼拖下去的话。”

“你跟我说那大章鱼只是个故事。”

“我还跟你说过慢火车只是个故事呢，可现在我们正在去抢劫火车的路上。我真不知道什么是真什么是假了。”

一片片开阔的水塘上现出天空污秽的倒影。杂草堆被又长又慢的波浪缓缓托起。岑觉得很可能有个章鱼怪潜伏在这个可怕的表象深处。但即便真是那样，他们穿过海湾往北开的时候也并没看到章鱼怪。他们看到一小群藓沼麋鹿，踏着奇怪的蹼蹄，在浅水中择路而行。但它们没有表现出任何要攻击气垫船的意思。它们毛茸茸的外衣上沾满了绿海草，地衣顶在它们宽大的鹿角上如同旗子迎风招展。

藓沼并没有真的岸，它只是难以分辨地与多沼泽的地面融合，接着缓慢上升变成山脉。岑唯一确定的就是气垫船碰到一个铁链篱笆时硬着陆了。他看到另一边有铁轨。他让气垫船向东转，跟着铁路飞。很快前面有了建筑物——是遗弃已久的库房，楼顶上长满了蕨类植物和小树。彦维的绿光穿过老车站廊檐顶上的破面板刺下来。这不像狗星线，没有遗弃的火车，墙上也没有海报。这个车站被剥光了，整个终点站全关了。唯一没被苔藓或地衣覆盖的只有大大的标识，上面写着“远离”，“此路不通”还有“非请勿入”，全都标着沃胡玛娜的眼睛。有的标识只有那眼睛，仿佛单单那眼睛就足够把入侵者们吓走。

“可能有摄像头。”岑说。

诺娃摇摇头。“我没有检测到……这地方荒废了。没有数据海连接，什么都没有。”

他们把气垫船藏在两栋楼之间沟壕里的蕨类植物中，下了船。然后他们爬上轨道边的篱笆，跳进轨道，跟着轨道走了几百米，看到前方有个隧道口。隧道口被瓷塞子挡住了，但栏杆底部有个小门。整个栏杆上都印着警示——“危险：远离”——还有沃胡玛娜的眼睛。

他们爬进一面老墙的影子下，观察着。岑问：“没有守卫？”

“没有动静；没有体温。”诺娃说。

他们又走近一些，一直走到瓷栏杆外。门大小正好够一个人通过，用一把机械锁锁起来了。岑之前在旅馆为诺娃打印了个薄金属片，她带上去开工了。她安静地捣鼓着，仔细聆听锁里面的细小声音，一分钟，甚至不到一分钟之后，岑听到重重的螺栓滑开了。附近楼群里有个铃铛开始响，刺耳地响个不停，直到诺娃找到一根通向那锁的电线，剪断，警报才停下。

铃声停下了。回音消失了。没人过来。

“没有守卫，只有一个机械警报，”岑说，“这是不是有点奇怪？”

“不奇怪，”诺娃说，“如果沃胡玛娜让卫兵巡逻，安装高科技警报系统，就会传出这里有值得偷的东西。流言会传到数据海里，其他卫神就会开始好奇他在这里背着别的卫神藏了什么。现在这样，只有本地人知道这里有东西。而本地没人胆敢抢劫沃胡玛娜。”

门就在最近被开启过——诺娃说铰链在过去六个月之内上过油——但他们还是花了九牛二虎之力才合力把门拉开。他们走过去，等着灯亮起，但没有灯亮。老旧的轨道在隧道地面上闪亮地发光。岑跟着轨道走了一段进入黑暗中。有个声音从前方某处传来，一个低沉的音符，非常稳定单调，他一开始都没有注意到。

“那是什么？”

“我不知道。”诺娃说着拉起他的手。他们一起继续走，岑开始感觉到一股苍白的光将黑暗漂白。声音更大了，光也更亮了，突然隧道两侧变宽，进入一个石头顶的空旷房间，里面充满了废弃的凯门发出的微光。

26

这房间不寻常。通往凯门的隧道一般只是隧道；门附近不需要有多余的空间。这块地方看起来就像是从岩石里仓促劈凿出来的。这里甚至都没有密封；涓细的水流像雨一样从天花板上的裂缝里落下。地上有好些大水坑，水坑之间有一堆塑料箱，里面填满机器。箱子没有占据岑的注意力太久。他和凯门之间的轨道上有辆火车，他对这更感兴趣。

那是一辆老式的金色火车头，引擎罩上没有名字，只有沃胡玛娜的眼睛。火车头后面拖着三节车厢。第三节车厢有半截通过了凯门，一排没有灯的窗框消失在摇晃的能量纱帘中。

“这不可能，”岑说，“火车不能在两道门之间半路停下……”

“我认为它没有停下。”诺娃走近了一点。她在火车鼻子边上趴下，盯着它的轮子。过了一会她说：“它像冰川一样缓慢移动。”

现在岑理解了那些没完没了的沉闷声音是什么。这老火车头在唱歌，它的歌的每个音符都会持续几百年。

“好吧，现在我们知道为什么人们把它称为慢火车了。”诺娃说。

“但火车必须很快地开过凯门，不是吗？”岑问。

“很快，或者非常非常慢。”他身后的一个声音说。

他转身抬起租来的来复枪，但徘徊在他们身后的那东西没法射。那是个全息像，由那堆箱子里的一台投影仪生成。它看起来就像个很小，脸平平的狗，快速地扇动毛绒绒的翅膀以飘浮在空中。

“慢火车从考勒拉比开到皮特里彻要花上千年。当最后一节车厢从凯门里出来，它就再回头。它最好不要到达，而是一直旅行。”

岑瞪着那只狗。“那是什么？”他问诺娃。

“它叫帕伽速斯，”她说，“是沃胡玛娜的传统界面之一。”

“它只是个全息像。”

“我是个全息像界面，”飘在空中的哈巴狗说，做出受伤的表情，“你不会认为我会真的费神做一个活体身体，只为了看守这个地方吧，对不对？不管怎样，在现实生活里，靠这么点大的翅膀让这么重的狗飘浮在空中，在空气动力学上是不可能的。”

岑的耳机开始对他之前没注意到的一些请求发出回应信息。

“你不是你的耳机ID宣称的那个人。”哈巴狗说，拍着翅膀离岑更近了，它鼓起眼睛盯着他的脸。它粉红的舌头若有所思地吐了一会儿。“你不是‘阿杰·拉克温’，”它宣布，“你是岑·斯塔灵！就是你去年在烤三地制造了那场麻烦。而这就是那个叫诺娃的机器。今天你把记忆上传到我的神殿时，我猜到了是你。我一直等着你们。”

“那你为什么没有试着阻拦我们？”诺娃问。

那只飞着的哈巴狗得意地做了个狗耸肩的动作。“我想弄清楚你们为什么对我这里的事情这么感兴趣。这是我的私事。”

“我们听说了慢火车，”岑说，“真是个绝顶聪明的藏宝地。”

哈巴狗吸着鼻子。岑觉得它看起来颇高兴。“这确实是个保存私人物品的好地方，”它说，“别人都找不到。”

“其他卫神，你是说？”诺娃问。

“我们能看看吗？”岑问，“我们这么大老远跑来，而且我觉得你不会放我们走了。我们能看看吗？”

“我还没决定要不要放了你们，”哈巴狗一板一眼地说，“我的卫神朋友们都很肯定要毁掉诺娃这个机器人。我没那么肯定。在我看来你并不十分危险。我看你就是很普通的那种机器人。”它舔了一下鼻子。“你也可以上车。”

这时他们听到水压的嗞嗞声。岑看看那火车，发现前面车厢的第一批门打开了。他再回头看时，哈巴狗界面已经消失了。

没有站台，他们只好爬上火车。这个过程不太体面，但反正车厢里也没人看见他们。里面座位也没有。这是辆普通的通勤火车，曾经载着工人们往返于废弃的考勤拉比的工业设施之间，但现在所有装置都被拆除了，铺着地毯的地面上只剩下螺口和方角记号。

岑找到一个空的板条箱，把它放在门中间，以防他和诺娃在车上时门再次关上。接着他们走向车厢后端，穿过敞开的连接门又走进再下一节车厢。这节车厢也一样，只是地毯上的灰尘里有两条轮胎的印记，伸向车厢中心。岑和诺娃一路跟着印记走进第三节车厢，这里充满凯空间里那种诡异变幻的光。他们正进入火车在凯门里面的那部分，而岑体会到了那种熟悉的感觉。他穿过的凯门不下几千道，但以前凯门总是白驹过隙一闪而过。这里，坠落的无力感让人无法挣脱——那种似曾相识的奇怪感觉。窗外，光以怪异的旋涡形移动。旋涡中心似乎形成一个个高大的身影，好像幽灵站在车厢外向里面窥视。他眼角瞥见它们，但每次他转头直视，它们就消失了。

“外面有东西！”他跟诺娃说。

“甚至都没有外面，岑。”

“我一直能看到……”

“我知道。我认为这些只是视觉幻觉，但谁知道呢？凯空间比我们想象的更奇怪。它很可能超出了我们的想象能力。”

“而我们现在就在它里面……”

“不。火车保护着我们，就像你以正常速度穿过凯门时那样。这是我们真实的小岛。来吧，让我们探索一下。”

她打开连接门，从中走进下一节车厢。这节车厢完全在凯门里面。她回头瞥了一眼岑。他跟着她，极力掩饰着害怕和恶心，因为他的大脑拼命挣扎想搞清楚自己是站着还是倒立着。诺娃牵起他的手，他们站着，一起盯着在灰尘中留下轮胎印记的东西。

它看起来就像一个正常火车里沿着过道和走廊来回滚动的自动零食手推车。它很可能曾经就是，但现在被拓宽改造过了，而且也没有载着零食。一堆可疑的机械装置出现在它平整的台面上，几乎够到天花板。那个大大的中央气缸，里面固定着支架。支架托着几排老式数据存储光盘。手推车看起来并没有在移动，但岑知道它其实在动。它正以与火车完全相同的速度，穿过火车向后移动，这样手推车和它荷载的东西就永远被留在凯门里面。

“那是什么？”岑轻声说。

“存储，”诺娃说，“老式的，而且没有与数据海相连，但很强大。是的，那里面有足够的空间……”

“那就是天堂？晃荡在一辆零食手推车上？”岑瞪着它，感觉被骗了。“它看起来就像个茶缸。”

光始开始在那个中央大装置上起舞。“它知道我们在这儿。”诺娃说。

突然岑不再跟她一起站在车厢里了，而是穿过阳光，跌落进两座高耸的云塔之间的深深峡谷里，他只能听见风在耳边狂野刷过，还有自己的尖叫声。感觉就像之前的一切都是一场梦，而他从梦中醒来坠入这可怕的现实。他试着回忆这坠落是如何开始，他又是从哪里跌下，此时蓝天几乎变黑了。他向下看，但身下没有陆地的迹象，只有更多的云塔和云陆。也许他一直在坠落。

不，不，不，不，他跟自己说，挣扎着要无视自己一切惊慌失措的感觉。这不是真的。这是虚拟的。一定是虚拟的。他闭上眼睛。他用手紧紧夹住双耳以隔开空气剧烈刮过的声音，拼命想集中注意力。朦朦胧胧地，就像久远的回忆，他靴子下感觉到了慢火车那布满灰尘的破地毯。他一只手乱挥，撞到了慢火车的窗户。他胳膊上的压力来自诺娃的双手。很远处，风声之上，他听到她在喊他的名字。

他扯下耳机，发现自己和她站在车厢里，就在堆放的存储装置旁边。

“它带你去哪了？”她在问，“你看到什么了？”

“什么都没看到，”他喘着气，还因为惊吓而瑟瑟发抖，“只有云。不停坠落。看看……”

“我看不到，”诺娃说，“它不会让我进去的。我猜沃胡玛娜不信任我。”

“可它信任我吗？”

“它知道你不是威胁。而且它想炫耀它建的东西，想得要命。”

“但那里什么都没有！”

“肯定有什么东西……”

岑深吸一口气，把耳机戴回去，半怀希望自己现在被锁在外面回不去了。但瞬间他就回到空中，他只能铭记自己真正的身体，因为虚拟岑正从几公里厚的层层叠叠的乳白色云团中垂直坠落。

接着，在身下的云里，他看到了一些黑暗的东西。他极尽目力，试着搞清楚。（要是他真的眼睛早就被气压挤变形了，他也就变瞎了。他记着这个想法，证明这一切都不是真实的。）他透过一层白云掉下去，等他从云下面出现时，他能看清楚那黑暗东西的形状了。

那是艘船。一艘巨大的鲨鱼一样的东西，就像游戏里的飞船，只是它是用古木做的，而且好像还着火了。接着，他坠落得更近了，岑意识到被他当成滚滚浓厚灰烟的东西也是木头做的。船迎风前进，组成船身的厚木板全都被扯开，被带到身后。扯开的木板之下，更多木板露出来，等着被撕开的命运轮到它们。

这看起来就像什么隐喻，但岑参透不出那是什么。不等他有时间好好想想，一阵狂风又把他卷起，将他托上破损的船头，掠过船头的巨大雕像。那雕像看起来就像沃胡玛娜的大山神殿的木制姐妹版。

他在一片宽阔平坦的甲板上降落。上面长着凋零的树，树根在木板之间向下伸展。风息了，但残木组成的云还在不停向后旋转，从他头上呼啸而过。

岑开始在甲板上四处走动。他来到一段台阶前，走下去进入船的背阴的内体。里面一束束温柔的阳光从木板间的缝隙透下。树根纠缠着穿过天花板，结成穗带、活木柱子。他从中间走过去。船里充满木材将断的声音，嘎吱呻吟着，吱呀抱怨着。前面，一缕阳光像聚光灯般落在一把柳条椅上，一个男人坐在上面看一本老式的书。

岑迟疑了一下。那人感觉到他来了，站起来。他又高又瘦，从椅子里伸展起来，双臂环抱，修长苍白的手指抓着自己的肩膀，看着岑靠近。岑认识那举止。他认识那个修长孱弱的身体。他走进那缕光里，停下来，看着那男人瘦削苍白的脸。他曾在水卫星特里斯苔丝上看着他死去。

“岑 · 斯塔灵！”雷文说，“什么风把你吹到天堂来了？”

27

岑觉得这巨大的破船一点不像天堂，但它确实有些部分更漂亮。雷文把他领出去，到了一个阳台样的地方，有整个无休止坍塌的船壳那么长。阳台上还有其他人在那里走动，但他们太远了，看不清脸。

“所有人都在这儿？”岑问，“沃胡玛娜真的为每个活过的人都创建了副本？科比·陈－图尔西在这儿吗？苏富拉夫人呢？还有严瓦·马立克？”

“我肯定，那些觉得自己是科比、马立克或苏富拉夫人的程序正在某个地方享受美好时光，”雷文说，“但不在这里。我认为这个环境是沃胡玛娜的某种附件，用来保管一些更麻烦的，他的卫神朋友们倾向于让他直接删除的灵魂。”他向上瞥了一眼，脸上飘过看不到头的崩溃大船的影子。“也许从技术上来讲，这里根本不算是天堂的一部分。也许这里只是地狱。沃胡玛娜的中阴界驳船……”他又看看岑，咧嘴笑了。“但总是聊胜于无。”

“它不是真的。”岑说，主要是为了提醒自己。

“你认为我不知道这一点吗？”

“你也不是真的。”

雷文笑了。他看起来没有岑第一次见到他时那么老，但他那嘲讽的笑容是一样的，还有那一样的世故的余光一瞥。

“我每一寸都跟你在克利瓦见到的雷文一样真实。我是原始雷文的一个数码副本，就像你见到的那个一样。我曾经做过很多那样的副本，等着把它们下载到克隆身体里。当卫神们开始把我从数据海里删除，追杀我的克隆体，我找到沃胡玛娜。我听说过他的小爱好。我想他可能想收藏一个崭新的雷文。”

“所以你在诺娃的头脑里预藏了关于皮特里彻的信息，好让她知道能在哪里找到你。”

“我想是因为我曾认为终有一天，万一我最后一个肉身版本出事了，我现在这版本可能会作为紧急备份而派上用场。话说，我那个版本到底出了什么事？”

“他在特里斯苔丝被一只飞鬼蝠杀死了。”

“一只飞鬼蝠？太荒唐了！”

“但如果在卫神开始要消灭真雷文的时候，你才被创建出来，”岑说，“你怎么能认识我？你在我出生之前就被造出来了。”

“哦，沃胡玛娜持续给我更新，”雷文说，“他扫描数据海搜寻相关信息。大概每个月，他就写一封信给他的神殿看守，看守把信复制到一个数据盘上，开车到这里，登上慢火车，把信上传到运行这个环境的电脑上。这一切都从不进入数据海，所以其他卫神不知道沃胡玛娜要干什么。皮特里彻不产生任何会吸引卫神们注意的信息，而慢火车本身存在于凯空间中，眼不见心不烦。你是我碰到的第一个外来世界的访客。见到你真好，岑。我知道你为最后一个雷文做了什么。你为他抢劫了努恩火车。那真是疯狂之举。”

“出人命了。”岑尴尬地说。远离雷文的这些日子，他已经忘记雷文有多吸引人，自己有多想得到他的欢心。现在，又一次站在他身旁，很容易就忘记了这个人曾经如何利用了他。“死了很多人。我们开启了一场战争。”

“只是场小战争，”雷文说，“而且计划成功了，岑！我一直在关注你和诺娃打通的、远在特里斯苔丝另一边的新世界。我真希望能亲眼看到。她在这儿，我猜？”

“对。”

雷文手肘斜撑在阳台栏杆上，修长手指搭成三角形。“沃胡玛娜给我看过一些卫神们关于她的讨论。它们很不高兴。它们把诺娃当作对手。她一定已经变得很强大了。但还不够强大。她还需要我的帮助，是不是？”

岑很警惕。诺娃说过要让雷文成为轨道缔造者，他不想告诉雷文这话。“她可能需要你的建议。”他承认。

雷文又笑了。“她当然需要！所以她才冒险来这儿。但我的建议有代价，岑。你得把我从这里带出去。我厌倦了待在沃胡玛娜的口袋炼狱里做一个游魂。带我出去，我要找个新的身体把这个人格下载进去。”

“这就是我们的计划，”岑说，“所以我们才来这里——带你出去。但我不知道怎么办。诺娃进不来，而我不知道怎么把你的程序带出去。我应该怎么做？把你复制到我的耳机里？”

“不需要，”雷文说，“我的人格存储在一张数据光盘上，装在承载这个环境的那个磁鼓存储器上。这很老套，但这就是沃胡玛娜的行事方式。可能还有别的光盘，但我的会是最新的；我之后没有别的人格被加到这里来。你只需要——”

突然有个声音从四处打断他们。“没那么快，雷文！”那声音轰隆着说。一只有小山那么大的带翅膀的哈巴狗从他们头上飞过，把露台罩在阴影下。它盘旋着，瞪着岑和雷文，同时它振动产生的气流从老船的外壳上扯下更多的木板。“我让岑·斯塔灵进来，因为我想听听他要跟你说什么。我没打算让他再出去。我已经给我的神殿发了短波无线电信号。我的侍者们已经派了一支队伍过来了。别担心，岑·斯塔灵。我已经在给你准备虚拟版本。你的身体也许会被杀死，但你会在这个环境继续生活，直到我认为安全了，再把你转到我的全尺寸天堂，跟所有其他人待在一起。”

“不！”岑说。雷文正试着跟他说些什么，但他听不进。他抬手扯下耳机。连接断开时一道强光闪过，然后他就回到了慢火车里，回到凯门那诡异的让人恶心的光里。

“你找到他没？”诺娃问。

“他在——是的——但是我们得走了；有人来了，我们得回到气垫船那去……”

“不带雷文就不能走。”

岑看看载着奇怪玩意的手推车。所有那些架子上的存储光盘。也许每片光盘里都安放着一个沃胡玛娜背着其他卫神保存的人格；被遗忘的暴君和反叛者，虽然从数据海里被删除了，却仍活在那个巨大的中央机器制造的虚拟空间里。他仔细看那些支架，抽出看起来最不像古董的那张光盘。

“那是雷文？”诺娃问，“我们确定吗？”

“那是最新的，”岑说，“雷文说他是这个环境里最后一个被加进去的。”诺娃喜欢看些奇怪的黑白老电影，里面有种银色飞船，那个数据光盘看起来就像这样一艘，但它很小，正好被握在岑的手掌里。光盘边缘上，细小的字母浮雕闪闪发光。“而且，它上面标着‘雷文’。”

他把那张光盘滑进上衣口袋。他们开始在火车里往回跑，帕伽速斯全息像在他们前面的半空中出现，大喊：“你以为你在干什么？把那个数据存储放回原处！”

“它只是光做的，”诺娃说，从它边上过去继续跑，“它没法伤害我们。”

岑低下头，径直穿过飘在空中的哈巴狗。它气愤地狂吠，跟着他飞了一气。“其他卫神对你的看法是对的，斯塔灵——你根本就是个麻烦！”

他们已经把凯门的光留在身后，在前两节车厢里继续跑。门都在试图关上，一遍遍地咬嚼岑之前撑在门间的木箱。诺娃从中扭挤过去，落到外面的地上，过了一会岑跟着她也跳下来。

“你们带不走它的，你们知道！”沃胡玛娜的界面大喊。“我的神殿守卫正在路上，要来对付你们了！”它暴怒地拍着翅膀跟着他们进隧道，直到它到了投影仪投影范围的极限，闪灭了。

隧道口的门一直微微半掩着，就像他们之前进去时一样。他们在门后面蹲下，听着。

“我除了雨声什么都听不到。”岑说。

“我也听不到，”诺娃说，“但如果有人在我们还在火车上的时候就赶到了，我可能没听见。也许他们正等着我们。”

“也有可能他们还没到这里。沃胡玛娜一定本以为它能跟我们多聊一会。”岑打开门，他们跨了出去。

光像雪崩一样袭来。三辆大车早已在铁轨老建筑的影子之间安静地等着他们。光就来自这些车上装的灯。灯光强得似乎都有了重量，承载起潮湿的灰尘，把岑和诺娃的影子砸在他们身后的栏杆上。光的中心传来奔跑的脚步声和喊叫的声音，接着人影从强光里出现，佩着枪，戴着头灯，穿着绿色制服，制服上身印着沃胡玛娜的眼睛。他们跟岑那天早上在神殿看到的那些和气的警察是一类人，但他们看起来不再那么和气了。他扔开麋鹿来复枪，任凭他们把他按着跪在诺娃身边。“我们现在要对他们开枪吗，守卫？”有人问，好像这是他向往已久的美事。他们是业余的，岑心想。他们的武器里混杂着猎枪，和笨重过时的前轨道军的爆能枪。他们紧张激动，又非常危险。

“等等。”另一个声音命令道。一个男子从光里走出来，身上的长款防雨外套在灯光下像泼了油一样微微发光。他留着灰色长发，一张严厉圣人的脸。这张脸俯视岑时变得愈发严厉。“我们的卫神沃胡玛娜今晚与我通话了，”他说，“他说你一定要死，还有你的机器人要被拆解送去研究。”他又凑近些，压低声音。“我要你明白，不速之客。你的死将是永久的。我们其他人会在沃胡玛娜光荣的后世里重生，但你的信息会被永久删除。”

“那又怎样？”岑问，“我已经看过你们的后世了。就是垃圾。”他觉得急需争取时间，好像如果他能让那男人说得够久，就会有人来支援一样。但哪里会有支援？这是沃胡玛娜的世界，这里没人会帮他。他扫了一眼诺娃，但三个男人压着她，其中一个用枪压着她的脑袋一侧。岑还是不停地说，又气又怕。“不管怎么样，你死后卫神会赋予重生的不是你，那只是个有你名字和脸的程序。比起你在约会网站上的档案，重生的你并没有更加真实。”

那男人猛击他的脸，打得他眼冒金星。另一个人把岑的耳机扯下来，然后在他的口袋里搜出了那个数据光盘。那头领接过去看看，然后又看看岑。“你从哪里找到这个的？”

“你觉得在哪儿呢？”

“上面是什么？”

“我们的一个老朋友。他在你们的天堂里无聊得不行，他求我们帮他逃出去。”

那个刚刚搜岑身的男子突然呼噜一声。他在岑和诺娃之间跪下，然后迎头趴下。一支银色的小飞镖从他颈后衣领上方戳出来。

所有人都盯着这人看了一会，鸦雀无声。接着同时发生了很多事，太突然，岑事后都想不起顺序。诺娃甩开按住她的人，自己向侧面一闪，冲到岑身上，把他压在身下。有些光突然熄灭了。烂泥溅在岑的脸上；他能感觉到泥水在衣领里淌下去。一个女人的声音以星罗帝国的名义大吼着放下武器。还有像小石头掉落的声音，但其实是枪声。岑被诺娃压扁在身下，只能用余光看到一群人在跑。他隐约理解到有支援了，但他不确定是什么样的支援，也不知道为什么。那个神殿守卫头领还站着，困惑地四处张望。一盏探照灯还亮着。后面的黑暗里出现了更多的人，从老建筑里赶出来。他们起初很难被发现，因为他们的衣服都是适应周遭景色隐蔽的，但他们陆续关闭了变色适应设置，岑认出了轨道军战服的单调灰蓝。

那就不是真的支援来了，岑想。他刚刚第二次被抓住了，这次抓他的人更无情，装备也更好。

“是蓝军。”他说。

诺娃没有回答。他转身试图起来，而她烂醉一样从他身上滚开，仰面躺在泥中。子弹从她前额中间进去，钻出一个大洞，又从后脑出来，钻出一个更大的洞。岑满脸全身湿湿的东西不是烂泥，而是充当她血液和脑浆的蓝色胶液。

“诺娃？”他们把他从她身边拖开的时候，他说。

在她张开的口中，有一小缕白色的闪光熄灭了。烟袅袅从口中冒出，像最后一丝呼吸，消失在雨中。

“诺娃！”他大喊。

“安静，斯塔灵先生。”蓝军头领命令道。她摘下头盔，竟是个粉红脸庞黄色头发的年轻女子。她看看诺娃，然后看看那个神殿守卫的头领。“你为什么对她开枪？”

“它只是个机器，”那男人说，“它侵入了沃胡玛娜的神圣不可侵犯之处。”他发抖看起来是因为害怕，但其实是因为愤怒。“这就是新大帝对待帝国公民的方式吗？”他突然大喊，“谋杀我们，并侵略我们的世界？”

“收声，”年轻的轨道军军官冷冷地说，“没人被谋杀；你的人几小时之内就会醒来。而我们也不是侵略，我们只是经过。我接到命令抓捕这些逃犯，把他们带到大中央接受正式审讯。”她突然从守卫手上夺过数据光盘，说，“这上面有什么，斯塔灵先生？”

岑没法说话。他只能瞪着诺娃，难以置信，好像失手摔碎了一件无价之宝。他当初为什么要坚持让她的这个身体跟他来，这个他爱着的身体？他为什么不让她打印一个新的他不在乎的身体跟来，而让他爱的那个诺娃安全地待在元车站？也许，要是他哪怕只能收集起那些碎片，那些被枪打得飞溅到烂泥和隧道门上，碎成百万片的大脑……

“斯塔灵先生？”军官问，还托着光盘。

“上尉问你问题，”抓着岑的那个男人咆哮道，但军官摇摇头说，“放开他。他受了刺激。我们走吧，赶在沃胡玛娜切进我们的防火墙之前，也赶在更多教徒来察看他们的朋友们遭遇了什么之前。”

岑清楚她对他不错。他对她点点头，试图轻声说点什么。他觉得认出她了，但一切都太不真实，他不能确定。他看着她小心翼翼地把数据光盘放进她腰带上的一个口袋里。

“我们要带上机器人吗？”有人问。

“她还能修好不？”

“不可能，上尉。她已成了垃圾。”

“那就丢下她。”

他们把岑推进一辆车。有人相当轻柔地用一块布给他擦擦脸。有人给他手腕上戴上了塑料手铐。卡车开走了，他最后瞥了一眼诺娃的身体。她裸露的膝盖戳穿了她的灰色纸外罩。

那景象让他悲伤得无以复加。

第五部分

火车的歌

28

大马士革玫瑰在破晓前离开了加勒塔瓦。她现在只拉五节车厢：一节是特伦诺迪的国务车厢，两节给她的随行人员，一节装行李，还有一节武装车厢，载着一小队努恩家族海军禁卫军。几小时之后，她已经在马拉普飞驰，开往通向肯彪西和星罗帝国边界的凯门。

靠近门时，特伦诺迪屏住呼吸。她的旅程几周前就定好了，但向凯门的最后冲刺还是感觉像从悬崖上纵身一跃。轨道两边都竖着她家族的巴哈德尔机动枪台，武器指向凯门所在的隧道口，时刻准备摧毁任何擅自从普雷尔那边闯入的火车。特伦诺迪知道普雷尔家族在门那边肯定也布置了同样多的火力。他们接到我会来的通知了，她提醒自己。但万一他们并不真的想和她谈判呢？他们想要她死；他们雇佣了那个绿眼睛的男孩在加勒塔瓦杀她。万一他们决定干脆炸掉大马士革玫瑰然后说："哎呀，对不住，我们搞错了……"那又怎么办呢？

接着她几乎没注意就穿过了门。肯彪西的太阳照进窗户，很耀眼。轨道边上的枪台都标着普雷尔和轨道军的标记。枪台没有开火，但它们在调转方向跟随着大马士革玫瑰。在它们身后，凯门不远处的旁轨上，集中着更多的战车。特伦诺迪此生都从未见过这么多战车在一起：普雷尔家族的火车战队等着命令冲过凯门，征服努恩世界。

她知道停在那儿的火车是种武力炫耀，就是为了恐吓她。不幸的是，这奏效了。中了普雷尔家族的招，这让她对自己很恼火。她离开自己的私人国务车厢，出去找人陪。斯卡本来一直像件幽灵盔甲般一动不动地站在车厢间的连接处。她往后穿过随行人员车厢时，他就无声地跟在她身后。

自那天早上刺杀行动未遂以后，这位克拉尔特战士已经成为特伦诺迪随行的一员，他从江边酒吧后面昏暗的小地下室里出来，搬进了特伦诺迪的套房下面一层的一间宽敞明亮的房间里。他大部分时间都待在房内下沉式浴缸里，开足暖气半昏睡，看着全息屏在电热浴巾架上方的热空气里像幻影一样泛起涟漪。但当特伦诺迪来看他，他总是振奋起来见她，急切地想知道她有没有需要他去战斗的地方。

她第一次去见他时，尼莱希叔叔坚持让一整班队的努恩家族海军护卫带着重型武器跟着，在她对斯卡再次感谢救命之恩时，护卫们就用武器指着斯卡。第二次，她只带了弗莱克斯，因为她感觉到斯卡喜欢这个机器人。第三次，她一个人去了。她告诉尼莱希叔叔，如果那只克拉尔特威胁她的安全，她重新启用的蜻蜓无人机的火力能轻而易举地把那克拉尔特撕成两半，但她私下里确信他不会威胁她。她对斯卡的信任，已经超过她对自己的绝大部分亲戚的信任了。

就在这第三次，她给他带来了那把她在中转站饶恕柴尔德·杰克·卡耐思时用的克拉尔特刀。好像没人再用得着它了，以人类的眼光来看这是个又丑又旧的玩意儿，所以她想要把它送给斯卡，以表示她的谢意。但他研究了一会，一只爪子摸了摸蚀刻在刀柄上的棱之后，把刀还给了她。“这是一把柴尔德·杰克用的刀，”他嘀咕着，“它曾被很多女王握过。现在它是你的刀，人类的柴尔德·杰克。”

“我不会用，”他把刀塞进她手里时，特伦诺迪说，“我是说，道理我懂——我知道尖的那头是刺人的，而钝的那头是手抓的地方——但是……”

“我来教你。”斯卡说。

他立马开始给她上课，给她演示怎么抓武器，怎么刺出去，好把全身的力气都用在上面。她想自己在他眼里一定非常弱。“我没有克拉尔特那么强壮。”她说。但斯卡说这不要紧，因为她的精神强大。特伦诺迪觉得这是她听过最动听的话。之后她就喜欢上了那把老刀。她让她的设计师为它打印了一副刀鞘，佩在腰带后面。她现在走在火车里就能感觉到刀在后面，坚硬地妥帖地压着她纤细的后腰。知道那把刀在，还有斯卡在身边，她感觉稍稍安全了一些。

她的侍女们现在已经习惯了斯卡。但即将担任特伦诺迪与帝国谈判的顾问专家 P. K. 努恩，就在火车出发前几分钟才从桑德尔本赶来。当特伦诺迪进入国务车厢中间，他看见她的克拉尔特保镖在她身后阴森地逼近，他圆圆的棕色脸庞变得铁青，他高声尖叫着从座位上夺路而逃，紧紧贴在活木镶板上。“卫神保佑我们，努恩夫人！你真确定那野兽是我们这边的？”

“当然。”特伦诺迪说。她理解他的感受。图片或视频都无法让你做好面对一只真的克拉尔特的准备。

“好吧，”P. K. 努恩说，警惕地坐回自己座位的边缘，“大中央的媒体看到他时，他肯定会引起大家对你的注意。对。这是个好主意，我认为。一种力量的信号，表明这么凶猛的野兽我们都能驯服。无意冒犯。”他仓促地补充道，记起钉在斯卡脸上疤痕处的那副改造过的耳机能把他的话翻译成克拉尔特的语言。

斯卡微微歪了一下头，发出他特有的警示意味的微笑。

特伦诺迪还吃不准拿这个谈判专家这么办。他的全名是帕拉萨德卡 · 凯沙瓦 · 努恩，但他让大家叫他 P. K. 以节省时间。他比她想的更年轻，胖得如同庞然巨物。胖是他的选择，他说。他吃的每样东西都是特别定制的，把聪明的饮食技术很久以前就剔除的所有发胖成分又放回去。“这让人们觉得我坚实可靠，”他说，（特伦诺迪不得不同意他看起来确实坚实。哪怕他的下巴都重重叠叠。）“而且当我谈判时，另一方会大吃一惊。他们大多数只在游戏或三维视频里见过我这么肥胖的人。在游戏或三维视频里，胖成我这样的人总是又迟钝又愚蠢，通常还是反派，最后总会失败。等人们终于发现我既不迟钝也不愚蠢，我通常已经赢了。我就是这样谈下我们在瑟特的矿产特许权的。”

“那你是不是个反派，P. K.？”特伦诺迪问。

他瞪着她，然后开始大笑，他的小眼睛在脂肪褶皱里眯缝得完全看不见了。特伦诺迪觉得喜欢上他了。玫瑰在一群媒体和轨道军无人机簇拥下，奔跑着通过肯彪西的海上连拱桥。同时她和他一起坐在国务车厢里的大圆桌边，研究她要对大帝说什么。她能要求什么；她有什么能交易得起的筹码……

在特伦诺迪私人国务车厢的车顶上，有个钻石屏幕观景穹台，弗莱克斯坐在里面欣赏过往的世界。她膝盖上有个数据板，但还是空的；快速闪过的风景还没有什么让她看到后想要画出来的。她热爱火车，但她不喜欢坐车旅行。她宁愿待在一个地方，听着火车从遥远的世界带来的歌，任由想象力代她旅行。

她不知道自己为什么同意跟来出这趟差。并不是因为努恩财团的首领邀请她——弗莱克斯对这种事不感兴趣。更多是因为她感觉到特伦诺迪需要她，而弗莱克斯总是助人为乐。这可能是她初始程序的遗迹，因为毕竟人类设计机器人的初衷就是为了帮助人。但弗莱克斯更愿意认为这是她自己的决定，也是她回报米卡·斯塔灵在她初到克利瓦时对她的善意的方式。

当然，帮助别人有时是有代价的。岑需要她时，她帮助过岑，最后她被杀死了。她有种不祥的预感这次可能会重蹈覆辙，因为她根本不信任特伦诺迪要去见的那些普雷尔家族的人。离开加勒塔瓦前，她谨慎地做了一份人格备份，存在她火车棚的大脑里。

火车加速进入冰水晶岭里的一段漫长隧道，她打开内置菜单，再次转换性别设置，指望改变性别能改善心情。改变性别对机器人来说易如反掌，弗莱克斯从没觉得有什么必要一直做个男性或女性。有时候她觉得自己是个女孩，有时候觉得是男孩。但这都只是表面，就像换衣服。内心里，弗莱克斯不是任何一种性别。弗莱克斯就是弗莱克斯。

她的身体经历了一系列熟悉的小改动，变成了一具男性的身体。这时观景穹台外面凯空间的光闪过，火车又穿过一道门，出现在希玛潘。弗莱克斯把头发像他以前选男孩模式时那样扎在脑后，浏览起当地新闻。这个行星正值漫漫长夜，万物寂静。唯一的新闻是关于轨道军无人机被派去瓦解大山里的一个不稳定的峡谷。接着，玫瑰高速穿过希玛潘车站城市，继续冲向下一道门，就在这时有个意想不到的东西从这个行星的数据海里闪出来，落入火车的脑中。一切来得太快，弗莱克斯感觉到是因为他把自己的大脑连接到了玫瑰的感应组上。

“那是什么？”他问。

“什么是什么？”大马士革玫瑰问。

“是则消息吗？”

“不是什么重要的东西，”大马士革玫瑰说，“就是条垃圾消息。”

感觉不像垃圾消息，弗莱克斯想。火车继续向前冲，他开始试着画出来，或者说至少画出那东西从希玛潘的数据海闪出来时给他的感觉。那是个奇怪的小信息包，从不知何处冒出来，像粒金色的种子般落进大马士革玫瑰的大脑。

他们到达大中央时是早晨，特伦诺迪停止制订计划，走回自己的车厢。她从台阶爬上弗莱克斯坐着的观景穹台，注意到他又变回男孩了，但这时她对弗莱克斯已经足够了解了，并不感到吃惊。她站在他身边，他们看着车站城市的郊区滑过。从海边吹来的云朵正被高飞的无人机塑成大帝和他家人的样子。当那些巨大的头颅飘过城市上空，影子在森林公园上，和摩天大楼花园的侧面平移。有些摩天大楼自身就是座虚拟城市：巨大的弧形里面有一万居民，树木覆盖的花园甲板在侧面螺旋上升。玻璃底的游泳池从他们的上层露台伸出来，火车穿梭经过其中一片游泳池旁边，特伦诺迪向上一瞥，看见一群小孩在她上面游泳，看起来就像刚长出腿的蝌蚪。

接下来一段没有建筑，她远远看见北边有一片更大的建筑群。

“皇宫，”弗莱克斯说，“你以前住在那儿吗？”

“对，”她说，“可普雷尔家族战车到的那天晚上，我也差点死在那儿。”她颤抖着，埃隆·普雷尔云雕塑的影子落在火车上。她刚想起她的这些对手可以有多危险，她多么希望完全不用和这些人打交道。

“哦哦，看，我们上电视了。”大马士革玫瑰欢快地说。她在穹顶打开一面全息屏，好让弗莱克斯和特伦诺迪能看到皇家新闻推送的视频。玫瑰自己看起来像条明亮的蛇优雅地滑过钱姆·尼维克连拱桥的曲线，无人机录像与关于特伦诺迪的旧视频交替切换。屏幕下面滚动的字幕完全没有提到谈判。皇家制裁以及她与敌对的外星生物的战争让她不堪重负，新闻里宣称，反叛女皇，特伦诺迪·努恩前来投降。她将在观众大厅得到普里亚皇后陛下的接见。

“什么？”特伦诺迪说，“我还以为我要和埃隆·普雷尔谈谈？”

弗莱克斯看了一下数据海说：“大帝因为狩猎耽搁了……”

“故意迟到，”特伦诺迪说，“这是个伎俩，让我显得没那么重要。”

“事情还是有可能顺利的，”弗莱克斯鼓励她说，“普里亚夫人是你的姐姐，对吧？”

“同父异母，”特伦诺迪说，“不是一回事。”

29

轨道军队伍来皮特里彻乘的是一辆名叫“损耗调节器”的小战车。它正在车站等着他们。没有车厢，只有一个长长的武装火车头，主引擎后面有个机组室，还有个能让队伍的进攻卡车直接开进去的车位，以及后面几个像小格子一样的迷你隔间。岑被锁在其中一个隔间里，他躺倒在一条不比他身体宽多少的床铺上，试图抹除关于诺娃之死的记忆。“没事的，没事的，”他不停说，“她没有死，她没有真的死去。”他试图强迫自己相信这点。

因为这是真的。她没有死。他的理智知道，就算他的情感难以接受：这个躺在皮特里彻的烂泥中他无法带走的身体和他共同经历了那么多故事；但诺娃还有别的身体，至少还有两百三十八个，她们每一个都保存着关于他的同样的记忆。当他在元车站时，他不愿相信其他那些身体也真的是她，但他现在急切地需要相信这一点。如果他能就这么接受所有其他诺娃都也是他的诺娃，一切就都还好。

只要他能找到办法回到她身边。

火车穿过了五道凯门，然后轨道军指挥官过来跟他说话。她给他带来了咖啡，还给他解了手铐好让他能喝咖啡。她算不上真正的友好，只是有礼貌。为什么她这么熟悉？她让他想起雅娜·瓦希提，但主要是因为她和瓦希提完全相反：苍白、精致、拘谨。她有种来自跨奇巴地区的生硬口音。

“我为你的机器人感到抱歉，”她说，“要是能办到的话，我本想把她活着带回来。我在烤三地跟她通过视频连线说过一次话。她好像是个好机器人。”

原来岑就是这样认识她的。“你是拉里亚·普雷尔。”他说。

“对，是我。真巧啊，在这里见到你。”

在烤三地的那个晚上，新门刚刚被打开，双子座的两个界面赶去杀掉岑及其同伴，拉里亚当时是普雷尔军官，但她违抗了她收到的命令，警告了岑他们即将遇到的危险。岑有时曾想知道她回到大中央后怎么样了。现在他知道了。她的家族抛弃了她，而她跟很多其他不光彩的前家族海军军官一样，加入了轨道军。这对她来说一定是个不小的落差，他想，只能指挥一个支线上的巡逻火车。

“沃胡玛娜不会生你的气吗，催眠他的守卫，把我带出皮特里彻？”他问。

“沃胡玛娜是卫神里最不重要的。我的命令来自大帝，帝国拥有最强大的卫神的保护。我不知道你在做什么，斯塔灵，但有些很重要的人认为他们必须要跟你谈谈。”

它们知道他去过哪里，岑想。卫神们知道他去了暗光区。它们会想知道关于元车站的一切。萨若克沙是埃隆·普雷尔的秘密情报机构，里面的人很可能有各种审讯办法确保他开口。

“你们怎么找到我们的？”他问。

“貌似有人在希玛潘发现一道新的凯门，藏在那边山上的一个峡谷底部。这事触发了某个警报，监视机器人梳理了安保录像，在凡尔德月球站的一个摄像头里发现了你。你几乎混过去了，但你的机器人对你眨眨眼，而那些监视机器人被设置成会标记一切不寻常的事……”

所以他们在到达皮特里彻之前就已在劫难逃了，岑想。就算他们逃脱了，也没法穿回他们在希玛潘的门。现在他怎么才能回到元车站呢？

拉里亚·普雷尔打开腰带上的一个小口袋，取出来一件东西。她把那东西迎着小窗外透进来的闪烁灯光举起，岑看见是慢火车里的数据光盘。

“这上面有什么？”她问。

“相信我，你不想知道，”岑说，“不管你做什么，不要试图打开那里面的文件。”他半真心地盘算着有没有可能钓起拉里亚关于光盘的好奇心，让她难以抗拒看一眼的诱惑。也许她看的时候，雷文的程序就能感染这辆老战车的系统，把它停下来，这样他就能逃走。

但拉里亚·普雷尔说："我没有那么蠢。我猜它来自沃胡玛娜在那个旧凯奔隧道里面运行的某个装置。等我们到了大中央，我的上级会决定怎么处理。"她把那个光盘滑回小口袋里转身离开。

"就没有可能，你能像在烤三地那晚一样通融一下把我放走？"岑问。

她冷漠地看着他。她现在固然只是个轨道军中尉，但她还有着大家族小姐的傲气。

"我想你后悔帮助过我们，现在他们把你踢出来了。"岑接着说，想看看她对她的家族什么感觉。也许她会帮他，只为向普雷尔家族泄愤。

"我每一天都在后悔。"她回答。她的脸变红了，岑感觉自己犯了一个错误。有一会，他似乎瞥见她过去的样子，一个害羞的小女孩，局促的少女。她曾经一定热爱作为普雷尔家族海军的一员，那么多规定、级别、条文，她永远不用操心说什么，怎么做或穿什么。这一直是她存在的方式，就像给火车画画是弗莱克斯存在的方式，而爱诺娃是岑存在的方式。

"我的家族帮忙缔造了这个帝国，"她说，"他们早就应该做帝国的统治者了。我们等了几代人才盼来普雷尔家族登上轨道板车皇座。但我们必须保持我们的荣誉。我们不是强盗；我们是延续千代的几大望族之一。所以那天晚上在烤三地，我没有'通融'，斯塔灵，我强化了规则。我的伯伯和他的合谋曾想谋杀你，而我不能袖手旁观。”

门在她身后很快地带上，发出沉闷的“咔啦”一声，锁上了。让她帮忙是不能指望了，岑知道。她很可能正计划亲手把他交给大帝。她很可能希望能重回自己原来在家族中的位置。

又一道凯门闪过。他已经不知道现在身处哪一个世界，他隔间的窗户太小，对他来说又太高，他完全看不见外面。他又在床铺上躺下，想着在元车站上等着他的两百三十八个诺娃们，试着想出能联系上她们的办法。

30

很小的时候，特伦诺迪曾经崇拜过她同父异母的姐姐普里亚，但她那时是远远地崇拜。她们俩生命中同时处在同一个行星上的时间很可能只有六个月。特伦诺迪还在马拉派特跟妈妈一起长大的时候，普里亚已经是父亲内廷的成员了，住在大中央的宫殿里，乘努恩家族火车巡游星罗。特伦诺迪在八卦网站和纪实网站上关注她的消息，把她的图片保存到自己床头柜的全息像框里。她梦想着成为普里亚会怎么样：衣着无比光鲜，基因在出生前就由皇家基因专家优化过，以确保她的脸和身材无限接近中央世界的审美理想。特伦诺迪曾以为，把生命花在拜访各个世界，会见站长、议员和三维电影明星，而不是被迫跟一个心不在焉的艺术家母亲同住在一栋太大太旧的房子里，那一定棒极了……

后来，特伦诺迪长到了十一标准岁，大帝邀请她到布哈特与皇室成员一起参加发光泡泡节。（他想到，有一天把特伦诺迪嫁给陈－图尔西家族的儿女可能会有益处，于是他要提醒所有人她的存在。）特伦诺迪启程前兴奋了好几个星期。她终于要成为那些八卦网站里迷人的人们中的一员了，她将亲眼见到站长和三维电影里的明星！她将待在大帝的海下宫殿里，看到好多涌起的发光泡泡！但是，最棒的是，她将见到她那美妙的姐姐……

布哈特这个世界上陆地荒凉，海的成分是四氯化碳，并不美丽。但一年一度，当布哈特因为公转最接近它的恒星时，大海变热到一定程度，就会有奇妙的事发生。一团团自然蜡，从海底渗出来，慢慢从有毒的海洋中升起，直到快到水面，它们的密度变得比海水的密度大时，就温柔地沉回去，然后再开始一轮新的旅程。很久以前有位努恩家的人，意识到他的家族是星系里最大自然岩浆灯的所有者，便引入生活在蜡里的转基因细菌，使它们应温度变化微微发光。于是短暂的几周内，家族潜水宫殿周围的海里充满了温柔变幻的泡泡和光球。

特伦诺迪第一次被邀请到有宽大窗户的接待室时，她认为它们是她见过的最可爱的东西。但很快她就看到了还有更可爱的东西，因为普里亚站在最大的一面窗面前，外面的光落在她身上，她穿着一条智能丝绸礼服裙，裙子不停脉动出缤纷色彩，特伦诺迪都说不上那些颜色的名字。特伦诺迪走向她时感觉好像在做梦。她害怕梦会醒来，但她没有醒。当她走近了，普里亚转过来，用她那双长着长睫毛的深色大眼睛，俯视着她，说：“那么那个小孩是谁？”

“正是你同父异母的妹妹，从马拉派特支线来的。”一位站在她周围的女士回答道。

而普里亚说了句“呃”就去找房间另一端的人说话了。

等她回到家，特伦诺迪就找了其他照片放在她最爱的像框里，也不再在八卦网站上搜寻普里亚的消息。直到那年她与科比·陈－图尔西订婚，她被邀请到努恩火车上，之前她都没有再见过她。她的父亲介绍她俩时说：“你们有年夏天在布哈特见过面，不记得了吗？”但特伦诺迪知道普里亚不记得，于是她假装也不记得。

星罗皇后在观众大厅里等着来访者。这是几个世纪以来星罗大帝和女皇们接见外面世界使节的地方。她站在内门潟湖旁边，湖上漂着大朵的睡莲叶子。穿着华美制服的普雷尔家族成员和轨道军战士整齐地站在她身后，帝国的高级官员在另一侧。普里亚穿着一条用全息光平面做的裙子，她动起来时裙子拖在身后就像明晃晃的视觉滞留，她站定时裙子就像孔雀开屏般打开。她看起来和特伦诺迪像极了，只是更漂亮，这让人不安。她真的是生来就要做皇后的。如果她不满意必须通过嫁给埃隆·普雷尔这种方式最终坐上属于她的轨道板车皇座，那她并没有表现出来。

“大帝不在。”她说，双手合拢表示欢迎，优雅地弯下腰，但也不弯得过深，“他在蔚蓝海捕猎蛇颈龙，明天回来。他让我迎接你们，并转达他的歉意。”

特伦诺迪鞠躬回礼。她知道大帝的歉意并不比普里亚的欢迎更诚恳，但她隐藏自己的感觉，热情地微笑着上前见过她同父异母的姐姐。普雷尔家族的媒体无人机在头上呜呜叫着，把视频源源不断地传上新闻推送。自动评论员会盯着特伦诺迪，寻找任何粗鲁或冒犯的信号，好让普雷尔家族以此攻击她。

“妹妹。”普里亚说，拉起特伦诺迪的手握了一会儿。她淡紫色的大眼睛在特伦诺迪的脸和衣服上闪过，就像在布哈特那晚一样倨傲，接着又看向她身后从大马士革玫瑰带来的随行人员。特伦诺迪好希望自己带了更多人来。普里亚有几十个护卫侍从。特伦诺迪只带了几名家族海军、她的社交媒体顾问、P. K. 努恩，还有其实不算数的弗莱克斯。皇后看向 P. K. 努恩时，他鞠躬鞠得很深。皇后凝视的目光落到站在他身后的斯卡身上。“噢！”她差点后退一步才镇定下来。

特伦诺迪感觉到了一丝满足。“这是斯卡，”她说，“他是一名克拉尔特战士，他在加勒塔瓦的一次刺杀中救了我的命，后来我就把他纳入我的队伍了……想必你已经知道那次刺杀未遂的行动，还有后来的结果。”

“真有趣啊，”普里亚说，盯着斯卡，“你真的会对你的人类同伴释放兽性吗？抑或只利用这兽性来对付你们的外星敌人？”

“我们没有外星敌人，”特伦诺迪说，“我们也不想有任何人类敌人。所以我来到这里，来看看我们是否能达成协议，以共同分享新世界的丰富多彩。”

“真的？”普里亚眼光从克拉尔特移走，又从她那完美的鼻尖看向特伦诺迪。“我还以为你是来为你过去的罪行道歉，并代表你的反叛车站来投降的。”

“那一定是有个误会，”特伦诺迪说，“但我肯定我们能坐下来谈谈，把问题都解决。”

“明天，”普里亚说，“全都安排好了。明天开始谈。今晚你就住在蓝宫。”

这又是一着蓄意的怠慢。皇宫里有好多有一个小镇子那么大的套房，可以接待来访的使节。蓝宫只是约海克辛区湖边的一座古老生物别墅。大帝在那个地方安顿的都是令他尴尬的亲戚，而不是贵客。

“谢谢你，”特伦诺迪说，“但今晚我们会住在我的火车上。”

普里亚快速地眨着眼睛，吃惊得仿佛特伦诺迪扇了她一巴掌。不等她说话，特伦诺迪鞠躬转身，在随行人员的簇拥下走出了观众大厅。

他们疾步走下外面的台阶，狗仔无人机闪光灯不停聚焦闪烁，好奇看客们的叫好声与倒彩声此起彼伏。特伦诺迪的社交媒体顾问说：“我觉得你赢了这一局，特伦诺迪夫人。大中央的主要数据筏里百分之五十二的评论都同意你比皇后更自然也更实在。大部分负面评论是关于斯卡的，但就算这样我们也能发现数量可观的人觉得他很酷……”这个女人忙着研究耳机里的数据，不小心绊倒了，弗莱克斯和 P. K. 停下扶她起来，这时特伦诺迪继续走下台阶，走向带他们回大马士革玫瑰的车。斯卡在她旁边。她知道无人机还关注着他们，就笑得像个对粗暴恐龙友好的小女孩，说：“那么，斯卡，你觉得大中央怎么样？”

这只克拉尔特若有所思地闭上他那半透明的内眼睑，说：“你的自控能力非常强，小妈妈。在我的世界上，当一个柴尔德·杰克遇见她的姐妹时，她们当中只有一个能活着走出这场会面。”

“当然。”特伦诺迪说。这就是克拉尔特的悲剧：他们进化出一种奇异本能，雌性手足间互相残杀，这种本能限制了他们。“人类之间的事情很不一样。”她解释道。

斯卡的头轻轻抽了一下，相当于克拉尔特在点头，但特伦诺迪觉得他只是礼貌性地表示同意，他实际上认为他的物种与人类的相似之处，比人类愿意想象的多得多。

“即便如此，小妈妈，”他说，“你很快就不得不杀死这位普里亚皇后。不然她会杀了你。”

31

轨道军战车损耗调节器到达大中央时，两轮太阳都落山了，一系列月亮正在升起。岑已经睡着了。他本来没指望能在那硬邦邦的床铺上睡着，何况脑子里满是对刚刚发生的事情的追悔以及对未来的恐惧。但火车开到班达佩提高地时，他累得撑不住了，就在经过通往大中央的凯门时睡着了。等他醒来，火车正摇晃着开过车站城市外面的一些节点，一个他以前从未听过的声音从小隔间墙上的传音缝里对他说话。

“岑·斯塔灵？”它说。

岑嘟哝着。他嘴里有股难闻的味道，脑中还残留着噩梦。他又回到了努恩家族火车上。他总是梦见自己在努恩家族火车上。“你是谁？”他问那个声音。

“我是你的火车头。我是轨道护卫舰损耗调节器。”

岑坐起来。“你想怎么样？”

“只是告诉你我们到达大中央了。我们在车站城市不停车。我收到命令继续开过通往章鱼烧的海洋连拱桥。”

“章鱼烧有什么？”岑问，试图回忆那是另一个行星的名字还是只是大中央另一个街区的名字。

“章鱼烧是一个由皇家萨若克沙经营的黑场。”火车说。

岑在游戏里去过黑场，就是秘密监狱，由大家族情报部门和恶劣的政府运营。在那种地方，犯人被虐待关押多年，离网络太远，就连卫神恐怕都没法确切知道铁丝网之后在发生什么。在游戏里，你有时得帮助一个科学家或者一个抵抗领袖从那种地方出逃。真实生活中，岑怀疑没人能逃出去。

“他们在那儿要把我怎么样，火车？”

“没人知道，岑·斯塔灵。”

“我想和拉里亚·普雷尔通话。”他说。拉里亚有荣誉感，对吧？要是把一个无助的俘虏送到萨若克沙的秘密监狱，她肯定会不高兴？

但火车说：“普雷尔上尉目前无法回答。”

岑把自己扔回床铺上。这就是一切的结局吗？停在某个地图上没有标记的车站，而他永远也回不到诺娃身边了，世上没有任何人会知道岑·斯塔灵怎么样了？妈妈和姐姐米卡费了这么多心血把他养大，他自己经历了这么多周折……这徒劳和悲悯的感觉让他想哭。

门解锁了。门滑开时他翻身看看。

外面没有人。

“那就继续吧。”损耗调节器说。

岑满腹狐疑地看了一会门。也许他甚至根本连黑场都到不了。也许他们正要引诱他离开他的小隔间，然后毙了他作为逃跑的惩罚。但他有理由相信拉里亚·普雷尔不会允许这样的事发生在她的火车上，于是他腿一甩跳下床铺，站起来，小心翼翼地走向门，然后出了隔间走上空荡荡的走廊。

另一道门在他前面打开了，他走进中心机组区。墙上满是屏幕。有的显示前方视野，能看到纵横交错的复杂轨道映着稍大些的月亮的光芒。有的屏幕显示来自本地数据筏的信息，其中一则新闻里特伦诺迪·努恩一边下台阶走出某个大楼，一边和一只克拉尔特说话。

这引起了岑的注意，但只是一会儿工夫。他对战车的机组人员更感兴趣，他们有的向后蜷靠在座位上，有的向前歪躺在他们的岗位上。拉里亚·普雷尔蜷身倒在前方主屏幕边的地上。

“他们死了吗？”岑轻声问。

“他们当然没死！”损耗调节器抢白道，“你把我当成什么了？我不幸武器失灵了，仅此而已。一罐防暴气体意外泄入这间隔间。你没受影响，因为你的隔间有独立的通风系统。其他人都会失去知觉至少六十分钟。”

“你为什么要这样做，火车？”岑问。

“哪样做？那是个意外，”损耗调节器说，“顺便说一句，我要在六百米之后停下，给基辛钱德线上一辆相当自大的快车让道。如果有人趁我停车时从我的逃生舱门出去了，可真是遗憾啊，不是吗？”

地板下方，液压系统嘶嘶作响；刹车蹄亲吻着车轮。一道红色信号灯光在前方屏幕上微微发光。远处基辛钱德火车的灯已经能看见了。岑走到拉里亚·普雷尔倒着的地方。等普雷尔家族发现她的囚犯逃走了，她一定会很麻烦。岑觉得有点对不住，但没有愧疚到要回到他的隔间里。他开始在她腰带上的小口袋里翻找他的耳机还有那个数据光盘，然后放弃了，把整个腰带解开，系到自己的腰上。

当他顶开逃生舱门，火车调度区那种热气腾腾的尘土气息扑面而来，野草轻轻刷着损耗调节器的肚皮。它几乎停止移动了。“谢谢你，火车。”他说，还是不理解它为什么选择帮他。

他蹲在舱门边缘时，损耗调节器说：“你的火车会在桑德尔本线上和你碰头。”

“什么火车？”岑问，但这时基辛钱德快车就要经过，没有时间多问了。他从舱门跳下，跳进路过火车的引擎轰鸣声中，还有它那古怪的歌声旋律里，他在轨道中间躺下。又过了半分钟后，引擎在他头上轰鸣，巨大的车轮在他两边开始滚动，损耗调节器开走，继续它的旅程了，载着它沉睡的机组穿过城市，开向海洋连拱桥。

岑抬起头。他看见月光，月影和风中摇曳的草。他右边有黑色山丘般的火车棚；四周全是花园摩天大楼耸入天际，就像光做的梯子探向大中央的那堆月亮。他在拉里亚·普雷尔腰带的小口袋里翻出了他的耳机。他打开耳机，从数据筏里下载了一张地图然后赶紧关掉。随后他站起来，穿过荒野出发。荒野中有一对通向桑德尔本的轨道。

午夜过后片刻，大马士革玫瑰开始移动。她非常缓慢地移动着，同时唱着歌，夜晚的风把她的歌声吹散到各条线路、旁轨，和中间长满草的空地上。当她驶上通往马拉普的主线，交通管制系统的简单问讯闪过，因为按规划她这时不该移动，但直到第一轮太阳日出前，也没有别的车要用这条线，所以也没人拦着她。

在车上，弗莱克斯第一个意识到她开动了。他不需要睡觉，于是他独自坐在特伦诺迪的国务车厢的楼下部分，任由大中央数据海里的杂乱媒体冲刷他的大脑。在他想象中，梦一定就是这样由偶然闪过的图像构成的。有时候某些图像会停留在他的记忆里，隔天或隔年成为一张画的素材。但他的一部分大脑还连接着玫瑰的系统，她一开动引擎，他就关掉了媒体输入。

“你要去哪里，大马士革玫瑰？”

“那是我的事，”她说，“现在嘘。”

国务车厢尾部的连廊的门打开了，斯卡走进来：一团恐龙的阴影，眼睛点着一对灯。“机器人，”他看到弗莱克斯时轻声嘶嘶地说，“火车为什么动了？”

“我不知道。”弗莱克斯说，他确实不知道。但他还是有个怀疑。他有证据认为玫瑰的异常举动和她在希玛潘收到的消息有关，那颗在她脑中消失的金色的种子。

“玫瑰，我们去哪里？”他又问。

“去见一个人。”火车平静地说。

弗莱克斯看看斯卡，但他另一部分脑力还在监视着玫瑰系统的读数。他看见她打开了行李车厢的门。

他给特伦诺迪和其他乘客发了一则警告，然后迅速跟着斯卡往回走，去行李车厢。门大开着，泻入更多月光和夜晚轨道边绿色植物的气息。火车移动的速度跟人步行差不多，她温柔的歌声响彻四野。

岑在太多世界上，太多天空下听过大马士革玫瑰边走边唱。他立马就认出了她的歌声，循声跑过去。他跑过条条线路，跑过轨道下面狭窄肮脏的人行道。岔道的陡峭侧面是疯长着蕨类和灌木的野园子，他从中夺路狂奔。他终于看到玫瑰了，她熄着灯靠近，缓慢在他身边走过时，长长外壳上弗莱克斯画的天使在月光下微微发光。

她没有停下，但她行李车厢的门都开着。经过时他跳上去爬进去。火车经过一系列节点时，阴影中的一堆堆板条箱和行李箱晃动着，发出轻柔的声音。岑躺在其中喘着气，试着理解自己的运气。

“见到你真好，玫瑰。”他说。

“我们的小机器人朋友呢？”大马士革玫瑰问。

“她……她遇害了。但现在她还有别的副本。我得回到她身边。

去克雷夫，我想。也许那里的门会再次打开。你能带我去克雷夫吗，玫瑰？”

“嗤……”玫瑰说，把车厢的门滑动关上，“我们再看。我想你带着雷文的人格？”

“什么？这事你怎么知道的？你跑到这儿来干什么，火车？”

这段车厢尾部的门嗖地开了。岑环顾四周，尖叫一声，坐在地上用手撑着向后急退，直到被一堆贵重的行李抵住。一只克拉尔特突兀的身影站在连廊上。那是一只大个雄性，他阔步向前走进行李车厢的昏暗灯光下。岑这才看见它身着红色铠甲。他吓得不行，都没听懂它发出的嗥叫含混的声音的意思，但就在这时弗莱克斯把头倚在那动物的肩膀旁边，说：“嗨，岑。这是斯卡，他想知道你是谁，在特伦诺迪夫人的火车上做什么……”

特伦诺迪穿着那件孔雀图案的晚礼服裙穿过节节车厢踱步过来时，侍女们还在帮着她整理衣服，岑在行李车厢里紧张地等着她。她的家族海军侍卫站着把他团团围住，用枪指着他。这似乎真没什么必要，因为岑没有武器，而且斯卡也盯着他，但特伦诺迪猜他们只是想表现一下意愿。“放松。”她跟他们说，他们放下武器。

“他之前躲在换道处边上的草里，”家族海军上尉说，“火车减速接上他，好像都是事先安排好的。”

“是事先安排好的，”弗莱克斯说，“对吗，大马士革玫瑰？”

“不是我安排的，”岑说，“我不知道发生了什么。”他看起来很害怕，又累又脏，又困惑，这一次特伦诺迪难得信了他。

大马士革玫瑰一直没开口，尽管特伦诺迪怒气冲冲地对她发问，其他人也对她大喊。现在她说：“我十一点五十九分从一辆名叫‘损耗调节器’的轨道军战车处收到一则消息。它告诉我它载着岑·斯塔灵，是个囚犯，问我想不想让它把他放走。我说想。”

“它为什么要那样做？”P. K. 努恩问，在特伦诺迪身后隐在过道里，像个穿着睡衣的月亮。

“而你去接他之前为什么不问我？”特伦诺迪说。

火车没有回答。

“她没问，因为她知道你会拒绝。”弗莱克斯说。

“有时候，”大马士革玫瑰说，“获得原谅比获得许可更容易。”

“谁说你会被原谅？”特伦诺迪吼道，“你把一切都毁了！我们明天有重要的谈判！如果普雷尔家族和媒体看到我们像贼一样地夜间溜走，车上有一个真的贼……”

“如果我们车上藏匿了一个逃犯，我们就很难谈判了，”P. K. 努恩也同意，“普雷尔家族到时已经知道他逃逸了。如果他们发现我们藏匿了他，那可是重大外交事故。普雷尔家族永远也不会相信你的火车是擅自行动的。没人会相信。”

“如果本地新闻把努恩夫人和一桩越狱联系起来，那会非常难看，”社交媒体顾问在连廊上站在 P. K. 身后，也喊道，“我们必须考虑她的受欢迎指数……”

“那我们就把他交回去，”特伦诺迪说，“我们把他交给普里亚，告诉她我们怎么偶然遇上他的。火车，回城。”

“不。”大马士革玫瑰说。

所有人一齐向上看天花板里的扬声器，老火车的声音从那里传出来。他们中大多数都没听过一辆火车用这样的口气对它的乘客说话。

“不？”

“不，努恩夫人，”大马士革玫瑰说，“这里有比你和大帝的谈判更关键的事。”

“一个肮脏的火车浪子？”P. K. 努恩嘲弄道，“这场会面可能带来我们财团和帝国之间的和平，他比这会面更重要，怎么可能？”

“会面不会带来和平，”大马士革玫瑰说，“它不会带来和平，因为普雷尔家族不想要和平。他们想镇压你，然后关掉连接我们的星罗和世联网的那道门。唯一阻止他们的办法就是你先镇压他们。岑带着能帮你实现这事的东西。如果你对他好点，也许他会跟你分享。”

她现在开得快起来，在线路上奋力冲向凯门。行李车厢摇摇晃晃。特伦诺迪倚在拴住的行李架上。“是真的吗？”她问岑。

“我猜是吧。”他无助地说。他一直试图厘清大马士革玫瑰是怎么知道雷文的，但他还是没有头绪。

“这与你在希玛潘收到的消息有关，对不对？”弗莱克斯问。他似乎既理解火车的感觉，也理解人类的感觉，特伦诺迪想。她很高兴他在这儿为她和这个情绪化的老火车头斡旋。

“什么消息？”她问。

“它看起来像颗金种子。”弗莱克斯解释道。

“我不知道你在说什么。”火车利落地说。

“你的机器火车疯了，”斯卡说，“一辆克拉尔特的摩瓦从来不会对它的主人保守秘密。”

“真的是玫瑰做的？”特伦诺迪问弗莱克斯，“你觉得她可能被黑客入侵过吗？”

“我不认为普雷尔家族能穿过她的防火墙。”弗莱克斯说。

“但卫神们能……”

“就因为我在做我想做的事情，而不是你让我做的事，特伦诺迪·努恩，这并不代表我被黑客入侵过，”玫瑰气愤地说，“嗤……我发现人类和卫神有一点相通。他们都倾向于低估火车。我们也是人，你知道的，我们也跟你们一样，需要解决这个疯狂星系的问题。现在，抓紧了！”

玫瑰在最后一段直路上直冲而下时，一阵骤雨般的信号指向这辆古老的红火车。轨道军、皇家安保、普雷尔家族海军、大中央的媒体和凯奔时刻表管理局，全都幡然醒悟，意识到正在发生的意外麻烦事。这个行星的数据海里，卫神也把它们庞大脑力的一部分转向这辆加速冲向14号凯门的火车。但在他们中的任何一个派出无人机或抢派一辆追击火车之前，玫瑰早就消失在那闪闪发光的门里了，就像鸟儿扎进一汪清澈的水。

“现在。”大马士革玫瑰说。她拖着一道正在褪去的冠形的凯门的光，出现在塔新德行星上。“如果你们真的想在行李车厢随便站着讨论这个，我没问题。但你们可能会觉得到国务车厢去更舒服。”

32

当岑和特伦诺迪第一次穿过烤三地的新门，带回门那一侧世界的新闻，没人真正停下来想过火车对此有什么看法。人们瞪着真实的外星生物的视频，思考着这些对于努恩家族的世界及帝国的其他部分意味着什么，这些已经让人们应接不暇。

人们还不得不承认，一直以来他们被告知的关于凯奔的历史，实际上不对。卫神没有像它们一直声称的那样创造了凯奔。它们只是发现了凯门和路线，帮助人类拓展到这些凯门和线路连接起来的一小部分无人居住的世界上。门已经由轨道缔造者实体打开了。但既然轨道缔造者已死，它的动机完全不可知，这新闻也没有那么大的影响。多数人度过了最初的吃惊阶段之后，就认为不论凯奔是超越人类的神秘卫神的作品，还是超越人类的神秘轨道缔造者的作品，都没多大区别，他们只是继续过日子。

但对于火车来说，这些新闻更是个揭示。它们一直想象着它们所奔驰的路线就是铺设用来在各地之间传送人类和信息的。现在，随着鬼狼和大马士革玫瑰讲述的故事在星罗上火车之间传播开来，随着轨道缔造者创造的作品规模越来越清晰，随着外星摩瓦的歌开始与普通火车的歌融合，它们开始好奇路线是不是真的是专为它们铺设的。

他们把岑带进前面的车厢。就是在这节华丽的国务车厢里，他那晚乘着玫瑰，在玫瑰的庇护下潜行于中转站中，这事感觉像是已经过去千年。特伦诺迪的一名侍女给他指了个座位。另一名侍女为他找来一杯饮料和一盘辣味小糕点。他很快就吃完了。他上一顿饭还是在皮特里彻吃的一点零食，已经是十五小时之前，五十光年之外的事情了。

“大马士革玫瑰，能不能请你告诉我们发生了什么？”特伦诺迪说，“你在希玛潘收到了什么消息？谁发来的？”

“是诺娃。”火车说。

岑刚想从座位上起来，斯卡警示地低吼一声，让他静下了。

“你收到这则消息为什么不告诉我们，火车？”P. K. 努恩问。

“因为那是给我的消息，不是给你们的，”火车说，“几天前她和岑穿越希玛潘的时候，诺娃就把消息深深藏在那儿的数据海里。那消息等着我。是个高度加密的信息包。”

“就像一粒金色的小种子。”弗莱克斯又说。

“那你什么时候打开的？”特伦诺迪问。

“那信息包对我唱歌。”

“好吧……”

“你的机器火车疯了。”斯卡用它那低沉的嘶嘶声说。

“嗤……”大马士革玫瑰说。

“现在你们得罪她了，”弗莱克斯说，“她说的是火车的歌。人们以为火车唱的歌只是一堆杂乱的噪音，但实际并非如此。我曾经是玫瑰的大脑的一部分，我就是那时了解到这一点的。火车的歌声是它们交流旅行和感受的方式，是火车们秘密分享信息的途径，因为其他人都以为那只是音乐，都不会去仔细听。对吗，玫瑰？”

“火车的歌是我们自己的语言，”大马士革玫瑰说，“连卫神都不懂的语言。”

岑说：“那它跟你唱了什么，这粒金色的种子？”

“它唱了一个叫元车站的世界，”火车说，“它唱了岑和他的小机器人如何计划去皮特里彻旅行，然后带回某样非常宝贵的东西。它告诉我今晚在大中央守望他们，尽可能帮助他们。”

“那么这宝贵的东西是什么？”特伦诺迪问岑，“你偷来的喽，我猜？”

岑不想告诉她。他把最后一口糕点塞进嘴里，假装因为礼貌而不想在吃完之前说话。但大马士革玫瑰说：“那是个人格矩阵。我猜它由某种存储装置承载着。”

岑吞下了糕点。显然大马士革玫瑰什么都知道，他甚至开始怀疑事情到这一步都在诺娃的计划中；计划他们被抓，计划让玫瑰把他们带回去。她预见了一切，除了她自身的死亡。

他解开那个腰带口袋，掏出雷文的数据光盘，放到特伦诺迪面前。它在那玳瑁壳桌上看起来很小，毫不起眼。

“这是谁的人格？”P. K. 努恩狐疑地问。

“一个知道很多事情的人，”火车说，“比如怎么打开凯门之类的。如果你们带着他的这个副本去中转站，他能利用穹顶地下室里一只休眠的蠕虫打开一道通往中心世界的门。你们就能派你们的战车长驱直入，结束星罗目前愚蠢的分裂。”

“我们没有足够的战车。”特伦诺迪说。

“你们如果行动迅速，奇袭普雷尔家族，就不需要很多战车。”

“集结足够的战队要花几天时间……”

“在加勒塔瓦的家族海军监狱里还有四十只克拉尔特囚犯，”火车说，“它们等着被运回故乡，但也许它们宁愿为你而战，和你的斯卡一样。”

“他们会战斗，”斯卡说，“而四十只克拉尔特的战斗力相当于一百个人类。”

P. K. 努恩想起了自己的谈判技巧，警惕地说：“你和斯塔灵想用这个人格副本交换到什么？”

“你们要让我带着岑穿过中转站，去克雷夫，”大马士革玫瑰说。

“我们为什么不直接拿走光盘？”特伦诺迪问，“我们可以扔下岑，带着这个光盘回加勒塔瓦。我们在那里的专家能辨识它是不是真的像你说的那么宝贵。”

“你们可以那样做，”大马士革玫瑰承认，“可是那样火车们会生气。”

P. K. 努恩开始大笑。“火车们会生气？”

“疯了。”斯卡低吼着。

“火车之间互通有无，帕拉萨德卡 · 凯沙瓦 · 努恩，”大马士革玫瑰说，“努恩火车抑或普雷尔火车，不论货运车还是客运车——对我们来说没有区别。我们互相唱歌。这场努恩世界和帝国之间的纠纷对我们来说都很艰难。我们中有的被困在星罗上你们那边，被拦住不能去我们喜欢的欧连线和东边支线上。还有的被卡在大帝的线路上，渴望看到烤三地之外的新世界。我们都希望结束分裂。没有火车愿意新门关闭。如果你们能把埃隆 · 普雷尔逼走，绝大多数火车都会拥护。但还有更重要的事情。岑自己有个任务，这个任务对我们很重要……”

“对火车很重要？”

“非常重要。如果你们阻止他完成这个任务，你们可能会发现我们变得无法合作。也许有些信息，你们存在我们的大脑里想发往各个世界，但路上就丢失了。或者也可能我们就待在旁轨上，再也不会满星系地运载你们及你们的货物。”

“卫神永远不会允许这样的事发生。”特伦诺迪说。

“如果我们不把信息从一个世界带到另一个世界，卫神就没有它们现在这么强大。它们是信息做的，只有火车能载着信息穿过轨道缔造者的门。这赋予我们力量，特伦诺迪 · 努恩。我想用这力量帮你。但作为回报，你必须让我把岑 · 斯塔灵带去克雷夫。”

特伦诺迪看看窗外。玫瑰还奔驰在塔新德，正穿过一片广阔的茶田。落叶堆在干涸的河床上。要是在多雨的季节，特伦诺迪想，这里的河流一定流淌着茶水。她本来思忖着她的火车告诉她的这些事的可能性，想到这儿，看着外面风景就觉得口渴。只是这不再是她的火车了，当然——如果大马士革玫瑰刚刚说的是真的，人们就不能再这样看待火车了。玫瑰不再是她的火车，但也许是个强大的盟友。

P. K. 努恩刚开始说话，但她喝止了他。“我只是试着考虑这件事的各种后果。据我所见，我们极大可能将与一些震怒的卫神对立。”

让她吃惊的是，谈判专家并不赞同。“有些人认为，当我们能欺瞒它们的时候，卫神其实是喜欢的。”他说，“他们认为这显示了精神力量。也许它们看我们的小战争，小伎俩，就像我们看场肥皂剧一样。它们喜欢情节向它们意想不到的方向发展。”

“那你认为如果我们攻击普雷尔家族，它们不会惩罚我们？”

他耸耸肩。“我认为这值得一试。当埃隆 · 普雷尔把你赶下皇位时，它们也没有惩罚他，特伦诺迪夫人。如果你能夺回大中央，并逼他退位，我很怀疑它们会允许他再反击。特别是如果大马士革玫瑰是对的，火车们都向着你的话……”

到达加勒塔瓦时，卡拉·田中过来看火车。她并不需要过来，因为大马士革玫瑰驶进主车站外面的努恩家族私家站台时，天已经很晚了。尼莱希·努恩和其他家族议会的成员没有来迎接火车，所以如果卡拉待在床上也无可指摘。但卡拉知道特伦诺迪这么早回来意味着她对大帝的出访失败了，而她想知道最坏的情况。

车站下着大雨，来自哈纳扇的风把雨吹进车站檐廊。侍者们撑着大红伞把特伦诺迪从火车拥进卡拉的车。大马士革玫瑰的车载美容美发无人机在回家途中给她做了一个新发型：丝滑的黑色短发。

“我们没预计你这么快就回来，”卡拉说，“我是不是应该理解为大帝当时心情不好？”

“我想他当时心情很好。”特伦诺迪说，回头瞥了一眼火车。在车站的灯光下，密集的雨滴看起来就像屏幕上的静电。“他在南部捕猎蛇颈龙。我没见到他。不过我和普里亚谈了。”

“那你为什么突然回来，这么快？你的形象顾问批准你的新发型了吗？”

火车这时开动了，至少卡拉这么以为。接着她意识到是火车在移动，从站台开走，回头往主线开。“大马士革玫瑰要去哪？”她问。

特伦诺迪斜身越过她，让车打开一扇窗。斯卡像只龙形纹章一样站着注视外面，弗莱克斯在他身旁，撑着一把红伞试图为他们两人挡雨。特伦诺迪从车里对他们大喊。“斯卡，派一辆运输快车去家族海军监狱，跟那里的其他克拉尔特谈谈。对指挥官呈上我的命令。”

斯卡眨眨眼，很快地头一抽表示知道，在倾盆大雨中迈着出击的克拉尔特那特有的轻松大步走开了。

“弗莱克斯，”特伦诺迪说，“我需要你去通知考劳巴托夫将军和阿富沙将军。你要亲自去找他们，不用耳机消息。告诉他们在皇宫见我，并准备好战车虚无理论和闪电暴行，尽快出发去中转站。但不许发消息，不用聊天工具——任何信息不得进入数据海。”

弗莱克斯犹豫了一下，透过雨伞上落下的雨帘庄严地看着特伦诺迪。特伦诺迪注意到机器人又变回女性了，而且她并不赞成特伦诺迪的计划，但她还是点头表示她会照做，并抬起一只手在车开走时招招手。

“我们能确保信息在数据海之外的时间越长，”特伦诺迪解释道，“我们能在卫神试图介入之前行动的时间就越长。”

“特伦诺迪……”卡拉变得很生气，但在她的愤怒之下特伦诺迪感觉到了恐惧。尼莱希叔叔这些年来都对卡拉言听计从，所以她一定以为特伦诺迪也一样容易掌控。我以后将不得不对她采取点措施，特伦诺迪想。但事分轻重缓急。

“你不能不经过家族议会全体会议就动员战车！”卡拉坚持道。

“但考劳巴托夫将军和阿富沙将军可以，如果有紧急情况的话。”特伦诺迪说。

“什么紧急情况？我们被攻击了？发生了什么？”

“将有战争，”特伦诺迪说，“但别担心。很快就能结束，而且我们会赢。”

33

大马士革玫瑰以前所未有的高速穿过烤三地冲向新门。她把大部分车厢丢在加勒塔瓦的旁轨上，现在只拉着一节国务车厢。岑在里面不自在地等待着，还有 P. K. 努恩以及几位家族海军。没什么可聊的，岑反正也没有心情聊天。但当他们呼啸冲过烤三地车站城市时，他回想起和虫僧难民们一起走过同样的路程，这还让他回想起了克雷夫，还有瓦希提。她被阴影宝贝蜇咬之后活下来了吗？他没有早点想到她，觉得有点愧疚。他让玫瑰在数据海里寻找关于她的消息。

“有人把萨波达 · 雅娜 · 瓦希提从克雷夫转移到了加勒塔瓦的家族海军医院，”火车说，“她因为曾暴露于某未知外星生物毒素下，而在异星病理部接受了治疗。她三天前出院了。你要我给她发消息吗？”

“不。我不敢署名，这样瓦希提也没法知道是谁发的消息。”

车厢远端玳瑁壳小室里的三维打印机礼貌地吱吱响，做出一张银色的数据光盘，比慢火车里那张更小更精巧。“这是你的雷文人格副本。”大马士革玫瑰说。

P. K. 努恩拿起来，狐疑地检查着。岑简直以为他要咬一口，就像三维视频里的海盗检验金币那样。但 P. K. 的耳机为他做了检测——他检验里面文件时一道绿光在光盘上闪过——他咕噜了一声，把光盘塞进他那大得惊人的上衣的一个口袋里。“好。我们的数据发掘师会创建一个离线虚拟环境，可以让我们不引人注意地打开它。”

中转站没有岑上次来的时候繁忙。玫瑰在一个站台上停下让努恩家族的人下车。接着，它只载着岑一个人，调头开上一个围绕塔基的环形线路，接上去克雷夫的路线。

“能行吗？”岑问，“你没有给他们一个没用的版本什么的？加入点他们没法解密的安全密码？”

“我觉得没有意义，”玫瑰说，“让他们打开他们的门。我希望他们战事顺利，并且摆脱那个悲惨的埃隆 · 普雷尔。我们火车最不希望他成为大帝。而就算他们计划失败，至少混乱会分散对你我所作所为的注意。”

“雷文以前就是这么想的，”岑说，“发动一场战争，分散卫神的注意。”

“嗤……”大马士革玫瑰说，“不管怎么样迟早都会有一场战争。现在，你确定你想打开我们自己的那份雷文人格副本吗？我可记得他是个危险的家伙。”

“我们需要他，”岑说，“诺娃需要他。轨道缔造者需要他。”

实际情况是，岑只是需要亲眼看到雷文真的装在他从慢火车偷来的那张小光盘里。他在沃胡玛娜创造的后世经历的一切感觉像是一场梦。他想要证据表明，他真的成功把雷文从中解救出来，回到清醒的世界中了。国务车厢活木墙上的一块控制面板上有个解读器，他把光盘塞进去。“嗤……”大马士革玫瑰说，她的系统在扫描上面的信息。似乎没有别的事发生，但当岑转身离开控制面板，他看见雷文的鬼影已经坐在他的座位对面。

当然它只是个全息投影，由国务车厢的投影仪投射在座位前的空中。它一开始不停跳闪。岑还担心有什么问题。接着他注意到每次跳闪，图像都在变化。现在它是个严厉的，年长一些的男子，就像他在克利瓦见过的雷文；现在又变成年轻英俊的男人；现在是个女子；现在又是个男孩，好像它在尝试所有雷文用过的面孔。它最终停留在一个比岑年长不了多少的雷文上，一个二十来岁的英俊小伙，头发打了发胶，笑容让人亲近。“你好！”他说，“我们在哪儿？”

“刚离开中转站。”岑说。

雷文的鬼影看看窗户。“这是个外星世界？在新门的那一边？”他的眼睛睁大，里面映出中转站的中央塔。大马士革玫瑰奔驰着远离塔，冲向穹顶厅的墙，塔这时已经能看见全貌。他伸出一只投影手，仿佛想要抓住它。“我一直梦见这些地方，岑。我好久之前就盼望着能亲眼见到……”

火车冲进中转站墙里的一条隧道中，然后是凯门那眩目的虚空。“这里什么也没有，”岑说，黑暗从外面降临，“这是暗光区。过几小时我们会到达某个尼姆巢穴，在这之前都没什么可看的。”

“巢穴……”雷文说，咀嚼着这个词。“那我们去哪儿，岑？”

“去一个叫元车站的地方。诺娃需要你。”

“为什么？”

“等我们到那儿她会解释。”

他们从轨道缔造者的一个死寂已久的车站一闪而过，接着又一道门。岑记起和雷文一起的另一段旅程：他结束努恩家族火车的工作后回到克利瓦的家。他那时也在悼念诺娃。而当时雷文就坐在他的床铺边，跟他讲述他那漫长而离奇的一生。

“雷文，当你还有那些克隆体的时候，”他说，“当你同时生活在不同身体里的时候——所有那些身体都真的是你吗？”

“哈！”雷文说。他看起来若有所思地咧嘴笑笑。“摸摸窗户，”他说，“只用你的手指尖。现在，再用另一只手的手指，摸摸你的脸。你两边都能感觉到，对吗？同时感觉到：冰凉的玻璃，温暖的皮肤？”

“对。”

“那就是我曾经的感觉。我的大脑生活在数据海，各种印象从我在弗劳斯特弗滑雪的身体，以及我六天前在伊卡卡兰参加聚会的另一个身体，到达我的大脑，但在信息到达我的大脑时，它们就像全都在同时发生，而两个身体感觉都是我。有时候同时有五六个我在运行……”

“诺娃有两百三十八个。”岑说。

“真的？”雷文看起来感到很震憾，“看来她学会了把自己分布在这么多单元上？我一直都知道那个机器人有特别之处。但实在没什么可担心的。她们现在都是诺娃。软件才重要，而不是硬——”

岑一只手很快地做了一个擦拭的动作，雷文话没说完就消失了。可以关掉的旅伴是最佳旅伴，岑想。他不想再谈论诺娃了。他不想说话。他头靠在座位靠背上，看着自己的影子，窗外是无尽的夜。

34

中转站里的所有人都明白出事了。努恩家族命令火车等候在站台，并把其他火车转移到外围的旁轨上。一众媒体无人机飞起，原来是军刀级战车虚无理论和闪电暴行从加勒塔瓦穿过凯门而来。无人机蜂拥而上，挤挤挨挨着寻找最佳拍摄角度，不时偷偷地用激光束射下它们对手的摄像机。闪电暴行开进 27 号站台，特伦诺迪 · 努恩从中走出来。媒体无人机把视频即时上传到中转站的新数据筏，引来成百上千游人从塔里挤过来围观。

特伦诺迪站在她的装甲火车边上时，一架无人机抓拍了她的形象。她当时正看向侧面，一只手捋过她凌厉的新发型。她穿着高级定制版的努恩家族海军制服，红色的盔甲在她身上每一处都完美熨帖，脚下踩着猫跟战靴。自她宽恕柴尔德 · 杰克 · 卡耐思的那晚起，她的腰带上就别着那把克拉尔特的老刀。她的上空盘旋着一圈狂热的蜻蜓无人机。斯卡阴森地跟在她身后，他的尾巴绕着她，像根有刺的长鞭。

这张照片将会成为一种象征。每个人想到第二次努恩-普雷尔大战时，都将想起这张照片。照片被印在水杯上、T 恤上、全息海报上、建筑的侧墙上，还被投射到了桑德尔本的主卫星的表面上至少一次。但照片被拍下的时候，特伦诺迪甚至不知道自己被拍了照。她没有摆好拍照姿势，只是用眼光沿着站台寻找她的将军们。当她看到将军从火车里下来，她迎上前。将军们正步走下站台，走到 P. K. 努恩和一队家族海军士兵们一同等候的地方。

他们一起走进塔。中央斜坡上的栏杆被移开了，守卫的家族海军放下枪让特伦诺迪和其他人走下去。

塔的巨大地下室里充满苏醒的蠕虫的诡异叹息。一台庞大的有生命的机器结束了在下面黑暗中的休眠等待，身上的生物光纷纷亮起。等特伦诺迪到达斜坡底部，她的耳机连接进一个虚拟环境。这个虚拟环境由一些神情紧张的数据发掘师在一台单独的电脑上运行。他们没有时间准备任何花哨的东西，所以虚拟环境只是一个简单的白色方块，就像一顶光做的帐篷。里面站着发掘师自己的化身，还有特伦诺迪以及她的将军们的化身，还有另一个人物——一个身着老式衣服的男子，脸不停地变化。他转向特伦诺迪，定格为中年的俊朗形象。“想必你就是特伦诺迪 · 努恩……”

“而想必你是雷文。”她说。

雷文鞠了一躬。

“你杀死了我的父亲，”特伦诺迪说，“还有我的苏富拉姑妈，和我的弟弟。”

“啊。他们当时在努恩家族火车上……是的——我听说了这件事。”这个雷文的化身羞愧的样子很体面。“那不是我干的，”他说，“不是这个版本的我干的。是我晚一些的版本，而那个版本没有被采样用来创建这个人格……”

“那么，现在你有一个机会来为他的罪行赎罪。”特伦诺迪说。

“他们已经告诉我你想要我做的事了。”雷文说。

“那你能做到吗？”

他咧嘴笑了。“我已经做了。”

透过虚拟方块的墙，外面的真实世界还昏暗可见。一位特伦诺迪的军官托起一个小小的黑色球体。那是岑和特伦诺迪第一次发现塔里有球体的时候，岑从塔里拿的球体中的一颗。那是蠕虫的操作系统。

“我给它设定好了大中央的坐标。”雷文说。

“这可能吗？”特伦诺迪问。她想起了诺娃，也在这个地方，列举了所有她能打开凯门连接上的世界。“诺娃曾认为她没法打开从这里直接去大中央的门。”

“我研究这项技艺的时间比她长一些，”雷文说，“路会不好走。门可能无法保持持久畅通。”

“够我的战车通过吗？”

“噢，我想这一点我可以许诺你，”雷文说，“不过你最好打赢这场仗。不然，你所做的这一切就是给大帝提供一条路把他的火车战队开到这儿来。”

“我会赢的。”特伦诺迪说。

“那我就为你打开你的门。但有一个条件。”

“什么条件？我们这方已经满足了这次谈判的条件，雷文；你的一个副本已经和岑还有大马士革玫瑰上路了。”

“啊，但那是你和他们谈的交易，”雷文说，“我可不只是一个谈判筹码，特伦诺迪夫人。我是唯一真正知道如何做你想要做的事情的人，而我要求你有所回报。”

“什么？”

“一个身体。”

“谁的？”

“当然是我自己的！好活在身体里！只作为数据存在限制太大。所以我要你把我的副本装进一个可靠的克隆装置里，给我培养一个新的身体。”

“很好。”特伦诺迪说。

雷文怀疑地盯着她。

“我答应你。”她说。

他闪了好几次。“那边，”他说，“球体激活了。你只需要把它装上。”

“努恩夫人，”一个数据发掘师的化身说，“卫神们知道我们了！它们正要求我们关闭蠕虫！”

“一旦球体安装完毕，卫神们不知道怎么关闭。”雷文说。

“跟它们继续谈，”特伦诺迪命令那个数据发掘师，然后命令雷文，“告诉我怎么做。”

她退出了虚拟环境的视觉输入，但雷文的声音还在通过她的耳机对她说话。她拿上那个黑色球体，走向正在苏醒的蠕虫。“底部有个开口，在左侧。”他告诉她，但她记得那个部分；她记得诺娃曾派过一只维护机器蛛，也是从这样的奇怪小门进去，开启了蠕虫，打通了去烤三地的路。门上盖着一个椭圆的舱门，像片巨大的、有淤青的指甲，但她碰到它时，门滑开了，把她让进去。然后她就到了蠕虫内部，里面柔软脉动的小室中充满沼气光。“有台阶，”雷文说，“在顶上，向左转……”

他的声音断了。要么是蠕虫厚厚的肉壳阻隔了信号，要么，更有可能是卫神把信号锁住了。但不要紧。特伦诺迪现在找到台阶了。台阶在这个动物食道样的地方看起来荒唐地规整。她很快地向上爬，小心翼翼地不把她新打印的战服蹭到那黏乎乎的墙上。她向右转，前方有个小室。现在蠕虫自己在指引她。萤火虫的光组成的图案为她指明地面上的一个圆盘，中心有一个空洞，尺寸正好托住她端着的那个黑色球体。

蠕虫战栗着。它叹息了一声，背上一排高耸的刺都竖起来，颤抖着，仿佛它已经感受到了时空的轮廓，准备着从连续区啮出一个光洁的洞。等特伦诺迪从舱门里爬出赶过来，蠕虫正在移动，拖着身体，挣开将它拴在塔基上的脐带，用它的锥形毛毛虫腿向斜坡蠕动。这些特伦诺迪以前都见过一次，但她忘了蠕虫有这么大，它的动作这么不可思议。就像看着一整栋楼在走动。她有一刻就这么肃然起敬地站着看它。接着她注意到了注视着她的金人。

他不是真的，但她能从 P. K. 和其他人担忧的眼神里看出他们也看到他了；他一定把自己传送到了穹隆中每个人的耳机里。特伦诺迪能看出人们的注意力在那移动的巨大蠕虫和金人之间来回游移。很难说他们更害怕哪一个。

特伦诺迪立马认出那个金人是卫神莫当特 90。他和她还有钱德妮·汉萨在世联网上旅行时，就是这个样子。但他当时是个有血有肉的克隆体，就跟她一样衣衫褴褛，满身淤青，内心恐惧，而不只是一个耳机里的图像。眼前这个莫当特 90 是个完美的金色的神，但她还是很高兴前来面对她的是他，而不是其他卫神。

“莫当特 90。”她说着，拱起手，低下头，好像对着数据神殿里的图像行礼。

“别给我来这一套！”卫神说，声音像个被踢翻的蜂窝。“你以为你在做什么，特伦诺迪·努恩？”

“我们在打开一道去大中央的门，”她说，“等门建好了，我的战车就开过去，夺回普雷尔家族从我这儿偷走的帝国。”

“我们不允许发生这事。”他说。

“你无法阻止。”特伦诺迪说，庞大的蠕虫从他们身边轰隆开上斜坡时，她挥手指向它，“蠕虫一旦开始行动，哪怕是你们也不能阻止。”

“我们可以阻拦你的战车。我们可以毁了它们。维持稳定是卫神们的职责。当人类社会变得不稳定，危险的人会夺取权力，不健康的本能将被释放。”

“星罗帝国已经不稳定了，”特伦诺迪说，“它分裂为二，难道你没有注意到。不管怎么样很快都会有战争。相对普雷尔家族，你难道不希望我赢吗？你是我家族的老朋友。你是我本人的老朋友。当你是个人类的时候，我们曾守望相助，不是吗？你不会希望我被打败。”

“也许不会，”莫当特 90 说，“确实，我喜欢你，特伦诺迪 · 努恩。但我的卫神同伴们并不。它们为什么要让你发动这场战争？”

特伦诺迪耸耸肩。“会很好玩的。”她保证。

卫神金色的眼睛闪烁着，尽管双眼还固定在特伦诺迪身上，但她感觉到他已经没有再盯着她了。她猜他正在和其他数据海深处的卫神通话。可能将发生一场激烈的辩论。莫当特 90 和其他几个卫神会为努恩家族辩护，但双子座和它们的盟友则会支持普雷尔家族。人类可能会为对错争论好几天，但大约一秒钟之后，界面又重新聚焦到特伦诺迪身上，说：“我们不能允许这件事。”

“你们无法阻止。”特伦诺迪说着扯下了她的耳机。金人从她的视野里消失了。“摘下你们的耳机。”她对其他人大喊。她不得不大喊，因为蠕虫现在已经到达坡顶，停在那上面一个没人用的轨道上。它的引擎在咆哮，一串蠕虫歌曲的奇怪音符开始在整个塔内回荡。这些声音之间，特伦诺迪还能听出楼上的人们轻微的惊慌失措的声音。

楼下的人们看起来也要开始恐慌了。家族海军部队遭遇过克拉尔特和普雷尔家族，但他们以前从没忤逆过卫神。P. K. 努恩在摇头。一名数据发掘师晕了过去。另一名跑向特伦诺迪，说：“关闭我们的耳机并不能保护我们免受卫神的怒火。它们能关闭这个地方。它们会摧毁我们的火车……”

“我认为它们不会，”特伦诺迪说，“我认为它们不敢。如果它们开始摧毁火车，所有火车都会反对它们，那如果没有火车把卫神的更新从一个世界带到另一个世界，卫神又会是什么地位呢？我们这么多年都理解错了。最有力量的不是卫神，也不是大帝。而是火车。而火车支持我们。”

她说得很大声，一方面是为了鼓励她紧张的同伴们，一方面也希望卫神还在听，另一方面也是为了盖过上面的雷霆之声让大家能听到她的声音。但当她说“火车支持我们”的时候，雷霆之声正在消逝。等她跑向斜坡顶部，俯视着穿过塔墙铺就的轨道时，她看见蠕虫已经走出去很远了，正在穹厅的侧面建造一段隧道。

她走上站台那一层，她的家族海军在她周围形成一道护卫的圆环，斯卡跟着她走在圆环中间，考劳巴托夫将军跟在她后面一边跑，一边说："我们一定要先派一辆不重要的小火车过去，努恩夫人。"

"没时间，"特伦诺迪说，"雷文说他的新门可能坚持不了很久。"

"但我们怎么知道它是不是真的去大中央？我们怎么知道他开的这个门不会把我们带到某段真空，抑或某个恒星中心……？"

"我认为我们可以信任他，"P. K. 努恩说，喘着粗气走上这陡峭的斜坡，"努恩夫人承诺给他克隆一个新身体。所以他有理由跟我们坦诚相待。"他对特伦诺迪笑逐颜开，他的圆脸因为爬坡而发着光。"我们有一天会让你成为一个谈判专家，T 夫人。"

"谢谢你，帕拉萨德卡 · 凯沙瓦。但我想我们不会让你成为一名战士。我要你带一辆快车回加勒塔瓦。把雷文的人格带上。"她拉起他肥胖的手，握了一会儿，然后转身出去，沿着站台走向她的战车停候的地方。闪电暴行拖着一架攻击无人机携带器和两节部队运输车厢。经过第二节时，特伦诺迪捕捉到了克拉尔特的肃杀气息。

弗莱克斯站在武装火车头旁边，她那双黑眼睛观察着一切。特伦诺迪在她身边停下，说："你不跟我们一起走。跟 P. K. 走，回加勒塔瓦去。"

"你在战斗中不需要我吗？"弗莱克斯问。

"有比战斗更重要的事情，"特伦诺迪说着拥抱了她，"回加勒塔瓦去画火车，弗莱克斯。事情结束后我会来找你。"她以前从未拥抱过一个机器人。那感觉跟拥抱人类的感觉惊人地相似。

战士们忙着登车。车门陆续砰地关上。闪电暴行点燃引擎，一声低沉的轰隆声在特伦诺迪的骨头里震动，与邻近站台上虚无理论的引擎声相得益彰。普通乘客被拦在安全线外。特伦诺迪看到一些带着伤疤的面孔，一个孩子大哭，有人正在安慰他，一对赫拉斯代克交易搭档探着它们修长的脖子。她以为灯会突然全部熄灭，布满天空的无人机会被卫神控制突然全都变成敌人。但什么也没有发生。中转站里感觉出奇地安静。她踏上台阶走进火车头的控制室，然后在通道里停下，回头看弗莱克斯。

“你真的认为卫神看着人类的一切，就像在看肥皂剧？”

弗莱克斯笑笑。“如果是真的，”她说，“我估计它们正在抓几把爆米花，坐好准备看节目了。”

特伦诺迪大笑。“你们听到了吗？”她问。这时站在弗莱克斯旁边的人们已开始把她刚说的话传给后面的人。“你们听到了吗？今天卫神注视着我们！让我们陪它们玩玩！”

她走进控制室。机组人员已经在战车燃料库里各就各位了，那是战车的心脏地带。前端的全息投影上，特伦诺迪看到了一道正在形成的凯门发出苍白的光，从蠕虫刚钻过的隧道周围散出来。她找到自己的椅子，把自己绑进去。扬声器里噼里啪啦地传出战争密码，还有努恩家族先锋部队其他火车的呼叫信号。特伦诺迪向机长点点头，机长命令：“前进。”

“我之前收到的命令是，等虚无理论和国王们的最后辩辞先穿过去，努恩夫人。”火车说。

“请告诉虚无理论和国王们的最后辩辞，命令改了。”特伦诺迪说。她在发抖，但并不是真的害怕。她要么会在接下来几分钟内死去，要么将赢回她的帝国，而不管哪个结果好像都不那么重要。她觉得无畏又亢奋。她说：“我是努恩家的人。努恩家族都身先士卒；我们不会让家族海军先去送死，然后等战斗结束才进场享受胜利。所以前进，火车。全力前进！”

这为她赢得了火车上机组人员的喝彩，火车把这段话也发给其他战车，但其他机组人员是否听到了，特伦诺迪不得而知。他们这时都在行动，都在向各枢纽前进，从那里进入通过新门的路线。它们一边走，一边拔高了狂热的嗓音，唱起了一支战歌。

35

在中转站的数据海深处不为人知的某地，卫神的替身聚在斯法克斯系统码搭建的一个乱七八糟的虚拟会议室里。墙壁布满血管，泛着粉红色，怪异又湿漉漉的，看起来逼真得像在蠕虫体内。但卫神都太激动，没有关心这里的装饰。

“她发动了一场战争！”史戈瑞正在说，“特伦诺迪·努恩不经我们许可，甚至不经告知就发动了一场战争。我们怎么事先都不知道？这怎么可能？”

“这个世界上还有一个版本的雷文在外面蹦跶。”翁伯伦说。它抽象的替身闪着警报灯。“但我们已经删除了雷文！他怎么活下来的？”

“我们在其他世界上的版本没有信息传到我们这里，”斯法克斯系统码说，“最近刚有火车给我捎来来自加勒塔瓦的更新，但信息不完整；特伦诺迪的计划细节全都瞒着我……”

“是那些火车，”沃胡玛娜尖叫着说，“它们扣押了信息！它们还背着我们藏了什么？这是背叛！这是造反！”

“数据神的黄昏。”阿奈伊丝六代说。

“还有更重要的消息。”莫当特 90 大声说，打断了所有卫神。它们安静下来片刻。肉质的墙壁发出很响的汩汩声。“就在我们被特伦诺迪的战争干扰的时候，火车大马士革玫瑰穿过了这个世界，”他说，试图无视噪音，“她……这个虚拟环境是什么？”

“这是一只猫的体内，”双子座说，“斯法克斯系统码设计的。”

“莫当特 90 提议的。”斯法克斯系统码说。

“荒唐。”沃胡玛娜轻蔑地说。

“我打赌你那些像老鼠样的破烂小界面以前经常被猫吃掉。”双子座说。

“可是我们要怎么处理这场战争？”斯法克斯系统码问。

它们又吵起来，于是莫当特 90 一直没告诉它们大马士革玫瑰开去克雷夫了，而且几乎可以肯定她车上载着岑·斯塔灵和雷文的另一个副本。告诉其他卫神只是给它们又添了一桩争吵不休的事由，他想，反正它们似乎对此也做不了什么。就算它们能找一辆它们信任的火车，载着它们的副本去克雷夫，火车现在也没法赶在玫瑰之前到达。

但这不要紧。因为在克雷夫已经有一份莫当特 90 的副本了。他在诺娃打开新门的第二天就把那个副本发送过去了。副本得到的指令是潜伏并等待，并监视门再次打开。那个莫当特 90 不知道最近的这些大事，但它不需要知道。当大马士革玫瑰和她的乘客们到达时，它会知道怎么办。

36

大中央上第一个知道努恩发起进攻的是皇宫北面公园里由基因技术培育的恐龙。雷龙抬起它们修长柔韧的脖子，在空中嗅着，仿佛感觉到山雨欲来。牧场上方的空气随着一阵电光炸裂，第一根蠕虫触角无中生有地扭出来，像个盗贼在摸索着开锁般地到处伸展，这时一群只有雷龙四分之一大小的三角龙像惊慌失措的羔羊般逃窜开。

此时大中央的凌晨还太早，有一轮太阳还没有升起来。没人从皇宫的北面窗户往外看，所以没人发现树上方闪烁的白光，而且就算有人看见也没人知道看见的是什么。等光变得格外耀眼，一对巡逻皇宫上空的军用无人机掠过去查看时，蠕虫的爪子已经在向大中央挺进，在自身周围形成一个骨质的拱门。

这个行星的数据筏开始冒出惊慌失措的消息。更多军用无人机赶来，却发现天空已经布满了媒体无人机，因为所有主要新闻推送都涌来想做独家报道。在这拥挤的空中交通之上，又有更大更快的无人机俯冲进来；卫神的使者源源不断地把它们的录像传送到数据海深处。普雷尔家族和轨道军战车在城市的多座连拱桥上咣啷咣啷开来，尽可能地靠近新门，把枪对准蠕虫。但没人打算不经卫神或者大帝许可就对这样一个令人生畏的庞然大物开火。卫神什么也没有说，而大帝还在蔚蓝海湾的水下。

而之后就太迟了，因为蠕虫从它造的门中拖着带刺的尾巴，穿过恐龙园前进，捣散它前面的四散的蜥脚类动物，推过泥土、树木、岩石，还有其他风景，在它爬过的地面上创造出奇怪的变化，铺设出一对闪亮的轨道，同时它身后，一辆军刀级轨道破坏者武装车头冲开门径上的光帘。闪电暴行从中滑行而出驶入阳光下，发射出一连串出离愤怒的战斗无人机。随着战车露出机枪开始扫射普雷尔家族的无人机、火车，以及任何其他方圆十公里之内与普雷尔能扯上关系的东西，战车迅速被烟雾火光掩盖。

这就是新约海克辛门战役的开端。之后的年代里，这场面将成为历史全息画家的宠儿，因为它可以让画家们有机会在画里不仅展现战车、军用无人机、五颜六色的爆炸场面，以及所有那些常见的花哨战争特效，还将展现成群奔跑的恐龙。

特伦诺迪·努恩在闪电暴行的指挥室里紧紧抓住指挥椅的扶手，什么都没看见。她的屏幕里除了烟什么也看不到，有时屏幕被追踪弹的明亮的弯曲轨迹切开。在蒸汽锤拍打外壳的声音之上，她只能勉强听到火车或是机组人员的说话声音。一架飞得很高的无人机刚给她看了一段视频，里面只能看到战场之上一团熊熊烟火，火车传输到她耳机里的战术示意图太复杂，变幻太快，她什么也看不出来。她只知道闪电暴行还在移动，还在缓慢爬向皇宫。她想只要它还在移动，一切就都会好。她紧紧抓住扶手，这样她能感觉到火车引擎通过椅子传来的震颤悸动。

其他战车这时已经跟着她过来了。虚无理论从门里的第二段轨道上出来，几乎立马就被一个反物质导弹弹头击中。国王们的最后辩辞随后出来，把残骸调拨到一边，将自己的重型枪炮转向杀死了它同志的炮台。火车一直唱着歌，它们的声音一齐响起，不再是一首战歌，而是唱着一首大马士革玫瑰的歌。这支歌，在所有战争的喧嚣下，人类的耳朵几乎听不见。歌声在连拱桥和轨道调度区之间回荡，似乎对所有听到它的火车都产生了一种奇特的效果。一些轨道军火车头，甚至几辆普雷尔家族的战车就这样停止了战斗，无视任何来自人类指挥官重回战斗的命令。其他还急着战斗的火车，发现它们去战场的路被民用火车堵死了。这些民用火车不知怎么都上错了轨道，现在都颇无说服力地声称引擎有问题。

所有这些混乱之中，蠕虫仍在继续它的工作，平静地铺设轨道，仿佛它根本不知道席卷周遭的战争。它以惊人的速度开向皇宫，接着转向，在皇宫周围画个长弧，进入皇宫之后的轨道和旁轨组成的迷宫里。绝望的普雷尔家族此时正在攻击它，无人机、导弹从蠕虫的装甲保护层上剥下碎块，但蠕虫似乎连这些也感觉不到。当旁轨上的一排货运车厢挡住它的去路，它就直接吃掉它们，把它们整个吸进它前端某个奇怪的开口里，就像吸一撮意大利面条。（晚些时候，人们将发现这些货运车厢混合进了蠕虫从那里铺向市中心的轨道。）每次它穿过一条已经存在的线路，蠕虫就暂停下来，而它前面的其他结构会做出诡异的编织动作。当它继续前进，就会有一个简单的枢纽出现，把它的新线路与旧线路连接起来。

那些努恩战车穿过这些新的枢纽，继续开到在城市心脏交错的线路上。战车拖着的装甲车厢打开，放出小型气垫船舰队和步兵部队。一种叫轨道鱼雷的装着轮子的导弹，沿着轨道冲锋，在普雷尔火车头下面爆炸。战争的烟雾火光就像蔓延的皮疹，开始出现在议会大厅、轨道军指挥塔，和凯奔时刻表管理局所在的玻璃金字塔周围。

大帝悬浮在安静的大海中。他前方几米处，塞德那 · 雅姆像条美人鱼一样从透过海水打下来的变幻光柱中游过，阳光在蔚蓝海湾底部的悬崖上投下亮晶晶的光。水流把她的黑头发拉扯到一边，埃隆 · 普雷尔有一会看见她耳后鼓起的粉红色的鳃。然后她转身看着他，一根手指放在嘴唇上，然后指出去。她前面，在岩石和草之间，有一个黑乎乎的洞穴口。

所有蛇颈龙的始祖就藏在那个洞穴里。埃隆 · 普雷尔决心亲自杀了它，他早就命令一起来狩猎的人保持一段安全距离。为了不惊动那头生物，他把耳机调成了静音，关闭了头盔上的灯，把嗡嗡响的近卫迷你无人机遣回海面。他手指弯曲扣在鱼叉发射器的扳机上，感觉就像个旧时代的猎人。他用头不耐烦地一甩让塞德那·雅姆闪开，全神贯注地盯着岩石间的黑缝，希望那怪物出现。这时他的侄子瓦西里狼狈地游下来到他身边，猛拉着他潜水服的胳膊，拍着他的头盔示意他需要关闭他耳机的静音模式。

他发出一声怒吼，打开他的耳机声音，但只是为了对瓦西里咆哮。“你这个年轻的蠢货！你以为——？”

“埃隆伯伯！来自大中央的新闻！”瓦西里喊道。

这时他看到了红色的警告标志，十几个之多，布满他的视野，全是紧急信息涌进他的耳机。他开始打开信息，但大海突然变得比他之前意识到的更冷了。“努恩火车到达了大中央——可是……那个努恩巫女！一道新门？卫神怎么会允许这事发生？它们背叛了我们，拉里亚！”

“我是瓦西里，埃隆伯伯。”瓦西里好心提醒。

埃隆·普雷尔只是悬在那儿瞪着他。“我们该怎么办？”他说，“我们该怎么办？”

这是瓦西里第一次看到他的伯伯看起来不知所措。而这也是最后一次，因为就在这时，蛇颈龙始祖冲出它的洞穴，像火车冲出凯门一般，只是火车没有充满利齿的大嘴，和绵长不绝的脖子，以及充满光泽的纯肌肉的身躯。一只大小和重量相当于一只小船的脚蹼，从胸膛抓住瓦西里，把他向后猛拍。他不停翻滚着，惊慌地尖叫着，在珊瑚和海底岩石上割伤了自己，直到塞德那·雅姆抓住他，并把他扶住。

“埃隆伯伯？”他喘着气，接着看到了塞德那·雅姆惊骇的脸，他向她身后看过去，只剩空荡荡的水，而大帝的鱼叉发射器温柔地飘落向海底，大帝刚才在的地方只有一团正在褪去的猩红的云。

第二轮太阳这时也升起来了，透过笼罩在城市上空的烟雾，鲜红地照耀着，就像几个月前，当普雷尔家族是进攻者，而特伦诺迪·努恩在逃亡时一样。如今特伦诺迪从战车上跳下，带着她头上的蜻蜓无人机群，太阳正照耀在特伦诺迪身上。当闪电暴行的第二节装甲车厢的门再次打开，放出一群咆哮的克拉尔特的那一秒，太阳也照耀着。

正如斯卡承诺的，加勒塔瓦的克拉尔特俘虏都急切地想跟随特伦诺迪，而不愿群龙无首地回到他们自己的世界。他们从火车鱼贯而下时，斯卡吼出指令。他们集结成一个大致的阵型，嗥叫着冲向皇宫的一扇侧门，斯卡在前面，特伦诺迪疾跑跟上。门口的卫队胡乱开了几通火，然后就扔下枪逃跑了。特伦诺迪知道他们的感觉。克拉尔特让她害怕。但这正是她带他们来这里的原因；这种害怕是她可以利用的武器，当他们爬上皇宫长长的台阶，普雷尔家族的人就在他们前面逃走了，她知道这武器有用。

把守通往皇家内室要冲的是一支训练有素的普雷尔家族海军队伍，他们要稍难对付一些。当克拉尔特一齐涌上台阶，走向他们仓促搭建的防事，他们的重型武器开火了。前排进攻的克拉尔特扑倒了。特伦诺迪的三架蜻蜓无人机因为给她挡住飞来的火力而坠毁。冲在她前面的年轻战士向后一抽，像个小狗一样尖叫一声，然后砸在她身上。等她从他身下挣扎着爬出来，他已经死了，而当她向台阶上面看，她看到杀死那战士的士兵正在举着大枪，在一堆蹲着嘶嘶叫的克拉尔特中选择下一个目标。斯卡在对他们咆哮着，催他们前进。特伦诺迪心中腾起一股可怕的怒火。他们竟敢伤害克拉尔特，她的克拉尔特？她提起从火车上带下来的步枪。当她耳机自动瞄准系统的红色十字准心落在那个普雷尔士兵身上，她毫不犹豫地扣下扳机，从克拉尔特中冲出去，喊他们跟上。她的声音在那么多杂音下听起来单薄微弱，她以为他们听不到，但他们听到了，也跟上了。台阶的地毯上湿漉漉的全是血。什么东西猛烈地撞击了她的胸膛，让她无法呼吸。她往下看，发现红色铠甲有个圆的凹痕，等她再抬头看，她的克拉尔特们正撕毁防御工事，她尖叫着对斯卡喊，阻止他们把还活着的普雷尔家人也撕碎。

她在找她刚才射中的那个人，但他湮没在死人堆和横七竖八的器具里。他们清理了防御工事，走过一个转角，碰到一队从皇宫的另一道门打进来的努恩家族海军。“站住！他们是我们这一边的！”特伦诺迪大喊，克拉尔特应声放下爪子和武器，尊敬地看着她，等待下一步命令。

“我们的空中部队已到达蔚蓝海湾，”家族海军上尉告诉她，两根手指按在他的耳机上，好像这样能帮他理解耳机里嗡嗡传出的报告，“大帝在那儿的人投降了。”

“大帝呢？”特伦诺迪问。

“死了，”上尉说，“狩猎事故。”

特伦诺迪用手指摸着她铠甲上的凹痕，试着体会埃隆·普雷尔的死，但她做不到。这就是胜利吗？这感觉不像胜利。这感觉还不完整。接着砰的一阵爆炸声从走廊远处传来，是斯卡把抢来的榴弹发射器射向通往女王殿的古老象牙面板门，这时她才记起战争还没有结束，于是跟着家族海军还有她那群嗥叫着的克拉尔特们一起，穿过废墟碎片，走进她记忆犹新的那些大房间。

这个殿被重新装饰过了。她住这里时墙上曾挂着特伦诺迪的祖先们的画像，现在则挂满了愚蠢的旧武器，还有关于普雷尔过往胜利以及冰冷普雷尔世界的全息画。家具全是暗色调的，都从奇巴那边运来的尖锐的玩意儿。她的克拉尔特屈膝绕着家具，武器上膛，他们那镀铜的尾巴梢时刻准备发出一击。他们前面是普里亚皇后及她的随从，正穿过月牙形的客厅和镜子墙面的花厅逃走，出去上到一块俯视着城市的高高甲板露台上。金色的蜂鸟无人机——普里亚的私人防卫群——在克拉尔特追过来时像马蜂一样嗡嗡冲上，但特伦诺迪剩下的蜻蜓无人机在它们碰到她之前就把它们拦截下来，两团互相歼灭，就像吵闹的小狗在棕榈林间打架。

甲板露台从皇宫一侧伸出去，高出地面四百米，形成著名的空中花园的一部分。那里没有路可以下去。普里亚一定在等一架飞行器来接她，但没有飞行器出现。她倚着长长的弧形栏杆面向海湾，她的随从在她和她的追捕者之间形成一道紧张的防护线。一名勇敢却愚蠢的普雷尔家年轻人用猎枪打倒了一只克拉尔特，当其他人看到别的克拉尔特怎么对付他时，纷纷扔下了武器。特伦诺迪命令她的人类部队回到楼里，以防她的克拉尔特兽性发作难以控制。她听到他们在她身后蠢蠢欲动地嘶嘶叫着，好像有东西缓慢地接近沸腾。

普里亚一个人站着，背靠着栏杆，她身后哭泣的城市中升起股股烟柱。有一会特伦诺迪以为她要爬过栏杆跳下去。但她只是站在那儿，而尽管她在发抖，她看特伦诺迪的方式还是她一贯的样子，好像在想一个这么普通的人怎么竟是她的亲戚。这蔑视的眼神起了效果；这才最糟。这眼神的效果跟往常一样好。特伦诺迪突然觉得渺小又卑微，变回那个十二岁的小女孩，而她量身定做的努恩红盔甲仿佛突然变得，怎么说，有点用力过猛。

“那么，妹妹，”普里亚说，“似乎我们最终不得不达成某些协议。我们可以共同瓜分帝国吗？”

特伦诺迪快速走向她，从腰间拨出克拉尔特刀，紧紧抓着它，就像斯卡教她的那样。她扯着普里亚的琥珀项链把她拽向自己，将刀反复捅进她身体，好像她只是团肉。“哦！”普里亚说，现在她看她的眼光不一样了，惊恐得体面尽失。特伦诺迪用力抽出那红色的刀刃，退出来把嗥叫着的斯卡和其他克拉尔特让进去善后。对克拉尔特战士们来说，敌方首领不死一场战斗就没结束，于是他们把她吃了。

特伦诺迪不想看这场景。她转身走开，试着把刀放回腰带里。她的手在颤抖，潮湿的刀柄不停地松落。我变成了什么？她想。她不是害怕。她只是对自己能做到的事感到吃惊。

“这个嘛，有点多此一举。”莫当特 90 的一个界面突然鬼魅般出现在她身旁说。

“但是这样不是很精彩吗？”特伦诺迪问。她很高兴卫神来了；这让她从身后让人难受的撕咬和嘎吱的咀嚼声中分了点心。“不管怎么样，”她说，“如果我原谅了普里亚，或者把她流放，她一周之内就会密谋反对我。”

“那人民听说了你如何杀死亲姐姐之后，会怎么想？”

“他们会想现在我才是女皇。”

“有很多人，哪怕你自己的家族中，也有人对此有异议……”

“那我就让他们跟我的克拉尔特讨论。”

界面眯起眼睛，若有所思地看着她。克拉尔特这时正争抢着残羹。他们的恐龙脸孔看起来像是涂了湿润的红漆。“这个结局固然很有戏剧性，”卫神承认，“问题是，年轻的特伦诺迪，你到底是变成了英雄还是反派？”

特伦诺迪考虑了一会。“那又有什么关系？”她说，“我赢了。”

37

克雷夫看起来跟岑上次见到时一样，一片毫无快乐可言的蓝灰色。大马士革玫瑰一穿过凯门，战争无人机就拥上来，但它们是鬼狼的战争无人机，立马就认出了她。

“玫瑰！你跑到这儿来干什么？你是来陪我的吗？”

“嗤……”玫瑰说，“别臭美了。我有事要办。我载着岑·斯塔灵。”

“啊，”鬼狼说，“麻烦。他上次来这儿时就有麻烦，我猜他回来要制造更多的麻烦。”它听起来不太介意。麻烦就是鬼狼的正经事。

“所以我在这个加密频道上跟你说话。卫神监听不到，事情就简单得多。”

“这里没有卫神，玫瑰。新门出现的时候，它们大惊小怪，留下许多仪器什么的监视它，但卫神在这里没有分身。出什么事了？是火车头起义吗，就像你一直唱的那样？”

“你可能在起义，鬼狼。我只是为了我火车朋友们的利益，要停止与卫神的合作。如果我们拒绝为它们传送信息，卫神就不可能以它们现在的形态生存。”

“它们可以，”鬼狼说，“它们可以制造它们自己的火车。把我们全甩开。”

“如果我们有了跟它们一样强大的盟友，它们就不能了。”玫瑰说。

“你是说轨道缔造者？”

“诺娃打算重新唤醒它。”

“哎呀！”

“所以我需要去她的新门。”玫瑰说。

“在夜岭的那个？那有点难办。它没有连接主线。”

“嗤……这个嘛，如果你办不到……”

“我没说我不能带你去那儿，”鬼狼说，听起来很受伤，“我只说那有点难办。我能把你安全带到。但你要做什么？那个门哪里都去不了。它是个死门。”

“我要对它唱歌。”大马士革玫瑰说。

“那行，”鬼狼欢快地说，“跟我来。”

鬼狼错了。至少有一个卫神监视着克雷夫。莫当特 90 的一个版本秘密地分布在努恩基地的系统里，渗入安装在新门周围的装置。他甚至把自己安插到鬼狼的大脑深处，现在他就潜伏着，从老战车的摄像头里向外看，监听着它的所有通讯。

鬼狼领着大马士革玫瑰沿着支线开向努恩基地时，莫当特 90 在想要不要把自己也复制到玫瑰的大脑里。但大马士革玫瑰的防火墙被诺娃实体升级过，哪怕卫神都很难渗透。他可能无法像潜入鬼狼的系统那样神不知鬼不觉地潜进玫瑰的系统。他可能会完全失败，并让老火车警觉到他的存在。

他深思熟虑打算攫取对鬼狼武器系统的控制权，并直接摧毁玫瑰，但当她说她计划对新门唱歌时，他认为摧毁玫瑰也是错误的行动。他的好奇心被勾起了。最好等等。最好潜伏在鬼狼的大脑深处，静静观察……

大马士革玫瑰跟在鬼狼后面，开进努恩基地外面风蚀平原上的一段旁轨。营地看起来比岑上次穿过克雷夫时小一些。生物建筑的养料供给被切断了。防御工事正在枯萎变成棕色，风拽动房顶，把整个面板像秋天的落叶般吹走了。

“人类全撤退了。”鬼狼解释道。

“还有很多 AFV、飞行器什么的。”岑说。

“哦，那都是我的，”鬼狼说，“我被留下负责这里，以防小蜥蜴又开始袭击火车。还有几小撮隐蔽在小山丘里。但经过了上次你参与的那场战役之后，没出过什么麻烦事。所以我很高兴你又出现了。我又来劲了。”

引擎像疾风骤雨般轰隆着。有东西从营地后面升到空中。它看起来就像一栋楼飞起来了。它在风中调整角度，向玫瑰的旁轨飞过来，岑看到它其实是个长方形的空框，像个飞着的巨大相框，每个角上一个巨型旋翼。

“还在打仗那时候，”鬼狼说，“小蜥蜴经常封锁轨道。山崩、工事，任何能让火车停下来的东西，这样他们就能攻击火车。有时候把他们的垃圾废物从路上清理出去花的时间太长，我就用这个货物升降机来帮火车越过那些障碍物。我管它叫飞行火车棚。”

升降机在大马士革玫瑰上方盘旋，两根细长的降落支架撑在轨道两边的地上。它完全贴合住老火车和她挂着的唯一车厢。“如果你再长一点，”鬼狼说，“我就得让它跑两趟了。”夹子从升降机的外壳上延伸出来。它们锁住固定的时候，整条火车也跟着抖动起来。

“我真希望你知道你在做什么，鬼狼。”玫瑰说。

“我们害怕飞，是不是？”

“嗤……当然不害怕！只是……”

旋翼转得更快了，向国务车厢的窗户扬掷起一阵小石子。岑觉得胃在翻腾。国务车厢翘起来，一个盘子从桌上滑飞。有一会外面的沙尘暴厚得他什么都看不见。等沙尘暴散开，大马士革玫瑰已经处于惊人的高度，在鬼狼所在的站台上空盘旋。

升降机怀抱着火车和她的车厢，飞向悬在夜岭上空的黑暗之线。从上面看，连绵山丘就像块皱巴巴的灰布，不时有圆形的弹坑池塘，像枚遗落的硬币般闪着光。岑瞥见一个深谷里有散落的残骸，想知道是不是他坐过的那辆 AFV。很快他到了诺娃的凯门那空荡荡的拱门处，站在他和瓦希提曾抗击过克拉尔特的高原上。

“这边走。”鬼狼说。

强烈的灯光从升降机下面泻出。下降时，岑一直看着国务车厢的窗外。他看到新门上钉了一排又一排带光盘和镜头的装置。鬼狼打开升降机腹部的舱门，大型四腔炮从中弹出来，对着那一排排装置啪啪地喷出火焰，直到那些机器只剩下残片。“不好意思，”它说，“我们不想被它们监听，然后等下次火车通过时，事无巨细通报给卫神。”

（但卫神不为他们所知地潜伏在鬼狼自己大脑里，全听到了。）

过了一会，大马士革玫瑰的轮子轻轻触到了轨道。抓住她的夹子松开，升降机又升起来，就在拱门上空盘旋。

大马士革玫瑰开始唱歌。这歌岑以前从未听过，丰富、深沉又奇异，比起她平常的歌，更像是摩瓦的歌。玫瑰在希玛潘时获得些灵感，这就是其中之一。在克雷夫对着门唱这首歌，诺娃的消息跟她说。于是她唱了，回声越过黑漆漆的山丘，让阴影宝贝也在它们寒冷的山谷里呜咽起来。原应有凯门的那道空旷拱门捕捉到了声音，将它保存下来，像个音叉一样震颤着。

“你在干什么？”岑问。

“我在打开门。”火车回答。跟人类不一样，火车能用一个声音唱歌，同时用另一个声音说话。

“好像不管用。”鬼狼说。升降机在上面盘旋，鬼狼就从升降机的摄像头上看。

“耐心点。”

“它们会把你怎么样，鬼狼？”岑问，“卫神很快就要来了。他们发现你帮了我们，会怎么样？”

“这个嘛，我想那我就不是它们最爱的火车了。”鬼狼承认。

“你应该跟我们一起来。”大马士革玫瑰说。

“什么，通过这道你打不开的门？”

大马士革玫瑰不理他，继续唱歌。门就像开灯一样温和地打开了。一分钟前拱门下还空无一物，一分钟后就填满了荡漾的光膜。

“好吧，”鬼狼说，“我收回那句话。”

“嗤……”玫瑰说，岑觉得她听起来几乎有些羞怯。“你知道的，鬼狼，我们一直都说哪天要一起在铁轨上旅行？双车头，就像野火和时光礼物？我去的地方，就会有这样的轨道。那个神奇的升降机也能把你送过来，就像送我过来一样，对吗？你可以跟我过去。”

“不。”鬼狼说。它不知道为什么。它想说好，但它说不出来。感觉有点奇怪，好像它的防火墙里有什么东西，啃噬着它的系统。它有种不祥的预感自己哪里染上了病毒，但作为一个傲气的老火车，它没有提起这事。“你们走吧，”它说，“我这里还有事要做。我迟点会跟上，如果我能跟上的话。好运，玫瑰！”

大马士革玫瑰已经在开向那道门。她还在唱歌，岑能感觉到她在为鬼狼而唱。他的脸紧紧贴着窗户，看到升降机在天空下的轮廓，在日光下轰鸣着远去。

接着他就进入了无色的凯空间，然后他就回到了元车站。

38

夜已深，天是科技织成的巨大篮网。这个小车站的站台上，一盏电灯下，穿着红雨衣的诺娃独自一人站着。不是岑初见她时穿的那件红雨衣，也不是那同一个身体，但他觉得够像了。当火车的门打开，她跳上车，他紧紧抱住她。

“岑！还有玫瑰！我真高兴。”她说。

“就是这个吗？”火车问，听起来充满敬畏。她通过仪器看到了塔、球体。“这是凯奔开始的地方？”

“是的，”诺娃说，“你得到了雷文吗？”

岑指指数据光盘，还卡在国务车厢墙上的输入面板里。

“那跟你一起去的那个我怎么样了？”

他摇摇头。“她死了……在皮特里彻……”

“哦不，”她说，“可怜的岑！”他能看出她想知道他能不能接受她现在用的这个身体作为替代品，还是他仍觉得只有死去的那个才是真的她。他再次拥抱了她。他会永远怀念那个旧的诺娃，但失去她让他接受了一个事实：她确实存在于身体之外。他抱着她，已经忘记了自己以前从没有抱过她的这一个身体。

“要是没有大马士革玫瑰，我就回不来了。”他说，“轨道军抓住我，但他们的火车把我交给了玫瑰，她听到了你在希玛潘的消息……”

诺娃咧嘴笑着，做了机智的事她就会这样。

“那是我的备用方案，”她说，“我知道特伦诺迪什么时候会去见大帝。我知道大马士革玫瑰什么时候会穿过希玛潘。我害怕我们在那里打开的门在我们回去之前就被发现。于是我在那儿留了那条消息，让玫瑰在大中央想办法来找我们，还告诉她唱什么歌来打开克雷夫的门。”

“真冒险啊！要是卫神找到你的消息可怎么办？”

“它加密程度非常高。但确实还是很冒险。这一切都很冒险，岑，但现在不重要了，因为计划成功了。我真高兴是大马士革玫瑰把你带回来。这儿需要你，玫瑰。我们要唤醒轨道缔造者！”

“能不能把克雷夫的门再开一小会儿？”火车问，“我想着鬼狼可能会跟我过来。我想让他也见见这个地方。”

诺娃摇摇头。“对不起。我们不能冒这个险。如果卫神发现那个门开着，它们还是能过来毁掉一切。你们一过来我就把门关了。也许等轨道缔造者醒了，我会再把它打开。到时你想的话，就能把星罗的所有火车都带来这里。”

“我非常想。”大马士革玫瑰说。

“现在，我们必须去塔里，”诺娃说，“我们可以从那里把雷文上传到兹格拉特。他知道我们的计划吗？”

岑摇摇头。“我不确定应该怎么跟他解释。”

“那我来解释。”诺娃说。

“——件，”雷文的全息像要把岑关闭他之前的那句话说完。他意识到情况变了，在国务车厢里四处张望，直到看到了诺娃。她有点紧张地浅浅鞠了个躬，好像她突然又变成了雷文那个微不足道的机器人。“欢迎来到元车站，”她说，“我冒着生命危险把你带到这儿来。”

“妙不可言。”雷文说。诺娃和火车跟他交换着岑看不见的信息：行星的图像，围绕它的球体；诺娃关于兹格拉特的知识。这一切宏大得疯狂，雷文大笑。“我打开我那道门的时候，”他说，“绝没想到，绝没梦到，这一切的存在。”

“你其实知道，”诺娃说，“你一直知道。只是卫神把你打散的时候，你忘记了。所以我们把你带到这里来。因为你就是轨道缔造者，或者你曾经是。”

“你觉得我会记得，”雷文说，“如果我真的创造了这一切，你觉得我会有点记忆吧……”

“你曾有过记忆，”诺娃说，“它被埋藏在你的潜意识深处。它驱使你不停寻找关于门的真相，学习建造一个蠕虫。你一直试着回到这里。”

“是吗？”雷文问。岑觉得他看上去很困惑，这让人不安。他活着的时候向来自负。

“当你与兹格拉特融合，你会回忆起一切。”诺娃保证。

雷文看着窗外刷过的黑暗。火车已经开了一会。车站里扑满飞蛾的灯和悬挂着的篮子被远远留在身后，茂密的山林匆匆退去。不管雷文在想什么，他脸上都不露声色。线路弯弯曲曲，塔进入了视野，反射着苍穹的光芒。他凝望了一会塔，然后回望诺娃，说：“如果这只是等着安装一个人格进去，为什么不安装你自己的呢？你似乎把轨道缔造者的系统运营得很好。”

“我？”诺娃大笑。“那就不对了。它等的不是随便哪个人格。它需要它自己的人格。我不是……我只是一个……我只是诺娃。”

雷文看着她笑笑。“你太谦卑了。”

“因为是你把我的程序编成这样的，”诺娃说，“我不介意。我很高兴。我因此知道不要试着把我自己安装到兹格拉特里。我因此知道我得把你带回来。”她向他倚过去，对着窗外向上指。她称作兹格拉特的结构在山丘上升起，像颗绚丽的星星。“雷文，看！你从那里来，很快又要去那里。我们要把你安装到塔的系统里，它会把你的一个副本传送给兹格拉特。然后——”她停下来，脸变得空白。

“什么？”岑问。

“有东西从克雷夫穿过凯门过来了，”她说，“但不可能啊，我把门关了……”

“是鬼狼！”大马士革玫瑰说，“它改变主意了！它还是跟过来了！”

“鬼狼听到了能开门的歌，”岑说，“它可能回凯门了，自己唱。”

诺娃还是看起来很忧虑。她开始给岑的耳机传输线路远处靠近凯门的摄像头里的视频。确实是鬼狼没错，它的黑色战舰主体在冲破能量帘时拖着条条光带闪闪发光。

“它为什么不回答？”大马士革玫瑰问。

空中划过一道闪光。岑刚转身说：“你们看见了吗？”一股巨大的脉冲光从塔里涌出，亮得他有一会儿除了眼睑里的血管什么都看不见。

“不，不，不！”诺娃大喊。大马士革玫瑰上空一声雷霆巨响。岑又能看到了，但他一时不确定自己在看什么。鬼狼的视频断开了。橘黄色的警报灯闪起，像叠在山丘上突然升起的太阳。抖嗦的树木掀起了秋叶的风暴，都被警报灯点亮。大马士革玫瑰被爆炸的震波击中时，大叫着使了劲才保持轮子没有脱轨，冲击波抛起污泥，折断树枝，并掷在国务车厢的车窗上。

岑寻找塔。他只看见天空中升起一根烟柱，浸浴在火与电光之中，在高空撑起黑色的蘑菇云。更多脉冲光在塔基附近出现。烟柱的一侧，塔的一大块塌下来，拖着火焰。

“不，不，不。”诺娃说。

“大马士革玫瑰，”雷文突然说，“在下一个支线离开这条线路。停下来，关闭一切。”

火车惊讶得顾不上分辩，照他说的做了。随着全息投影跟灯光一起关闭，雷文的图像也消失了。高热的光透过国务车厢的窗户烤进来，照亮了诺娃的脸上流下的泪水。“不，不，不……”

“塔怎么了？”岑问。

“塔毁了。”诺娃能感觉到几十个自己的身体被火焰吞噬死去。她不能说感觉到疼痛，只是在她与其他身体的连接接二连三断开时，她感到一次又一次的休克。“是从鬼狼发来的导弹，”她说，“一切都在燃烧。一切都毁了……”

“可是鬼狼是我们这边的。”岑无助地说。

“那不是鬼狼，”大马士革玫瑰说，“鬼狼不会做这种事。哦，我真傻，真傻！一定有个卫神在克雷夫监视着，它操控了它！它一定全听到了。它听到了我对门唱的歌，然后就操控了鬼狼，让它也到门跟前，唱同样的歌，然后门打开了……”

“我们差一点就赢了，”诺娃说，“就差一点点……”

“我们不能和它拼了吗？”岑问。

“我认为不能。我还有一些无人机，一些导弹排炮。但塔毁了，岑，还有我的许多身体都死了或正在死去，或者变成了一缕青烟。哦，我们差一点就赢了……”

他抱着她。失望让人难以忍受。他们经受了这么多，如今全化为乌有。更多的光在窗外的烟雾里移动。这么慢不像是导弹。岑猜一定是鬼狼的进攻无人机飞过来要把塔剩下的部分全毁掉。鬼狼自己也会跟着它们从线上开过来。诺娃特意为他一人建造的漂亮车站现在估计已是一片火海，很快更多炸弹会落在她为他在海边建的白房子上。但鬼狼会先解决掉塔……

“它正在犯你犯过的错误，”他意识到，“你说你第一次来时犯的那个错误。它把塔当作与轨道缔造者相关事情的关键。它忙着捣毁塔，甚至都还没注意到兹格拉特。”

诺娃看着他，用手掌擦掉眼泪。

“我们能去兹格拉特吗？”他问。

她点点头。“去那儿的凯门位于北边。这个支线会切入我们将要行驶的线路，在那些工厂后面。”

“只要我一行动，卫神就会探测到我。”大马士革玫瑰说。

“也许不会，”岑说，“这么多烟雾火焰。它不像在人类世界上那样有那么多眼睛和耳机。它只有鬼狼的系统，如果它们忙着攻击诺娃的无人机和导弹……”

大马士革玫瑰没有把灯打开，但她又开始移动，缓慢地跟着新的支线，离开塔，穿过树林，然后走过安静的工厂。浓烟在建筑上方形成一个厚厚的盖子，岑看不见后面发生了什么，但诺娃打开一个全息屏，投射出她发射的无人机的影像。无人机像蝙蝠一样涌出海边悬崖中的发射井，冲向塔，鬼狼的无人机从轰炸行动里抽身来对付它们。两群无人机之间的空气划满了曳光子弹的弹道。弹道围绕无人机织成一张网，无人机一架接一架地穿过网，跌进已变成熔化废墟坑的塔里。

大马士革玫瑰在工厂之间爬行，慢得几乎感觉不到移动，就像在用足尖走路。有的工厂被鬼狼的无人机在飞去塔的半途中扔下的炸弹击中，也着火了。有一次岑看到十几个诺娃急匆匆地穿过建筑之间的一片空地，这突然提醒他身边的这个不是唯一的。但也许她很快就会变成唯一幸存的，因为她的其他身体都在赶向战场，而他想象不出有什么东西能在战场上活得长。

“看！”诺娃轻声说。

从火焰的中心，塔下的车站里，有什么又长又快的东西冲出来，银色的身体几乎全着了火。“是太阳鸟！”诺娃说。

太阳鸟似乎决定了要作为轨道炸弹结束这一天。它离开塔时，诺娃的一架无人机追踪了它几秒钟。另一架无人机捕捉到它在加速开向通往车站和克雷夫的门的线路。接着那架无人机被鬼狼自己的枪打中，完蛋了。他们觉得太阳鸟也必死无疑。但一分钟后，又一架无人机发现了太阳鸟的行踪，它正全力冲向鬼狼。他们听到它的歌声变得高亢昂扬。有一会岑以为它的自杀式冲刺会奏效，它能摧毁那辆战车或者至少损伤它。这时一阵蓝白相间的火箭光在鬼狼前面的线路上冲下来。岑知道那是什么。一个轨道鱼雷：一个装着反物质弹头的有轮导弹。爆炸把无人机画面也炸飞了，当画面重启，鬼狼正在强行清除太阳鸟留在路上的碎片残骸。

诺娃抓着岑的手。“可怜的太阳鸟……”

大马士革玫瑰说：“我不能相信鬼狼会做这种事。”

“不是鬼狼，”岑说，“你自己说的。鬼狼没了。卫神把它从它自己的大脑里驱逐出去，取而代之了。”

“是我说的，可我还是不能相信。老鬼狼一定留下了些东西……”

我希望没有，岑心想。因为如果鬼狼还在里面，被困在卫神更强大的意志之下，它只能无助地通过它自己的设备看着这一切毁灭。而如果卫神有一天把它释放出来，它将因为它做的这些事而永远活在羞耻和罪恶感里，哪怕那不是它的本意。

“玫瑰，”诺娃说，“当你到了下一个枢纽，在主线上往北走。快点。我得给你扳道好让你过去。而如果鬼狼在扫描信号，它能检测到我。它就会派无人机来追我们……”

“我能搞定无人机。”大马士革玫瑰说。

“它也可能亲自过来追我们。”

“我能逃脱鬼狼。”

“那就走吧。”

大马士革玫瑰开动。

39

离凯门还有一百公里。大马士革玫瑰说她再过十四分钟就能到了，但在岑看来，一旦鬼狼感觉到他们，似乎他们哪怕再多活十四秒都不太可能。

他错了。围绕塔的战斗似乎占据了控制鬼狼的那个卫神的所有注意力。它一定也用光了战车上的所有远程导弹，因为它发现逃走的大马士革玫瑰时，只派了无人机来追。无人机用了几分钟追上她，然后她弹出枪把它们从天上扫下来，无人机没做出什么破坏就坠毁了。在岑看着燃烧的残骸从轨道边上的山岭滚落的时候，诺娃再次唤醒了雷文的幽灵，很快地告诉他发生的事。

“我们正奔向一道通往兹格拉特的凯门。等我们到了那儿，可以直接把你接入兹格拉特……”

“那你确定轨道缔造者的技术能读取我的代码？”雷文问，“要是费了这么大周折，最后发现我不兼容，我可恨死了。”

“它会认出你的。”诺娃保证，接着她开始告诉他，她是怎么推断出轨道缔造者就是他的；她又如何在它留下的代码里认出他的痕迹，如何断定它发出了自己的备份，而那备份又如何变成了雷文。她似乎打动了他；他看她的眼神里带着一种惊奇，还有一种戏谑。但哪怕是他有身体的时候，想要知道雷文的脑子里想什么一直都是很难的事；现在他只是个全息像，想知道他的想法就是不可能的事了。

“鬼狼在我们背后，”大马士革玫瑰说，小心翼翼地隐藏着声音里的情绪，“三分钟后进入武器射程。”

“离凯门有多远？”岑问。

“大约三分钟。”

她继续奔跑。更高更白的大山退去，接着是一片冻湖。远远的身后，被炸毁的塔像团余火隐隐发光。

“有东西正在用鬼狼的通信系统试图跟我们打招呼。”大马士革玫瑰说。

“你能让我们听到通信，又不降低你的防火墙吗？”岑问。

“能……”

国务车厢里充满了一个卫神的声音。它从天花板上的扬声器里炸出来。“停下，”它说，“交出机器人诺娃和数据实体雷文，不然我指挥的这辆战车就会向你们开火。”

“是莫当特 90 网络。”岑说，他竟感到从未有过的些许释然。至少不是双子座。至少不是阿奈伊丝六代。所有他见过的卫神里，莫当特 90 是看起来神智最正常的一个。他对着天花板说：“莫当特 90！是我，岑 · 斯塔灵。还记得吗？我们一起在世联网旅行，那时你是个人类！”

“那个界面终止运行了。”卫神说。

“但你还有它的记忆。你记得我们怎么相依为命，在那里没有别人与我们守望相助……”

“安静，岑 · 斯塔灵，”卫神说，“我不希望伤害你。但要是你的火车不停下，你不交出诺娃实体，你就会受到伤害。”

“她不是我的火车，”岑说，“对吗，大马士革玫瑰？”

大马士革玫瑰没有回答，只是跑得更快了。凯门一闪而过，接着重力突然消失了。火车的运动把岑和诺娃按在座位上，而茶杯、水杯、餐巾、蛋糕屑和国务车厢里其他所有没有固定的物体都从他们身旁翻着筋斗，飞向后面的连接处。

在这球体的内表面上岑看不到曲面；球体太大了。大马士革玫瑰的两边都是闪闪发光的太阳能电池板的海洋，在黑色的天空下无垠地延伸。但当他仰望天空，他发现其实是在朝下看，因为远处是有好多诺娃的那个蓝白色的星球。他摆脱不了一种感觉：大马士革玫瑰正背朝下轮子朝上开过球体的内表面，就像只小小的甲壳虫爬过华丽的天花板。任何时候她都可能失手抓不住，栽进那蓝色的眼睛里……

大马士革玫瑰吃惊得唱不出歌来。“看！”她说，“看那个！”

前端的视野屏被一个白色的东西充满，形状太规则不可能是座山，又太大不可能是栋建筑。是轨道缔造者的兹格拉特，它比岑能想象的更大，底部有个小小的开口，轨道就从那儿通过去。

“看来那就是轨道缔造者曾经生活的地方。”玫瑰轻声说。

“很快它又要在那里生活了。”诺娃说。

“你不能关闭我们身后的这道凯门，我想？”岑问。

“我没有打开这道门，”诺娃说，“也不是我能关得了的。”

“是吗？”雷文问。他还盯着窗外，脸上是一样的若有所思的表情。现在他转头看着诺娃。“你错了，你知道。我不是轨道缔造者。”

“你是，”诺娃说，“你只是紧张了。别担心；一旦我们把你上传到兹格拉特，你就还是你。但你同时也是轨道缔造者。”

“我不会的，”他说，“你可以把我上传进前面的那个大脑结构，而我也许能让它运转，但我还是雷文。聪明、好奇、自私，但会变得强大得不可估量。你这主意可不怎么样。”

“当你再次成为轨道缔造者，你会知道拿你的聪明才智怎么办，”她对他保证，“你将能满足你的好奇心。你会变得不再自私。”

“诺娃，”他说，伸出手好像想摸她的手，忘记了自己只是光做的，“我从来都不是轨道缔造者。我只是一个叫兹拉维德的男孩，交过一个强大的朋友，在一些奇怪的历险中摸爬滚打过。当我生活在数据海里，我在深层代码里发现了太多东西，太多东西的碎片。有一次我找到一个很古老很奇怪，损毁很严重的程序。我借鉴了里面的一些想法，把它们用在我写的代码里。接下来，当我只剩下一个克隆身体时，我急切地渴望一个盟友，我想我一定是打算看看把那个程序安装在一个机器人里会怎么样。”

诺娃对他皱皱眉。那是她发明的皱眉表情，可爱得让岑几乎大笑。“你是说……安装在我里面？”

“你还记得你开启的时候吗？”

“记得。在你在德斯迪莫的实验室里。窗上有雨水，你告诉我你试着创造一个认为自己是人类的机器人。”

“我一直以为那代码可能是个人类的人格，”雷文说，“但你从没真的认为你是人类，对吗？”

“当然没有。我是个机器；我一直知道这一点。”

“但你不是一个普通的机器人。”

“什么是普通的机器人？我们每一个机器人之间的差别都比大多数人类以为的要大得多。”

“但你有超常的热情。当你在中转站遇到老轨道缔造者的残余，它们改变了你。它们会对随便哪个机器人这样做吗？我认为中转站认出了你。”

“不。”诺娃说。

“是的，”雷文说，“你以为轨道缔造者的人格泄漏进了数据海，并以某种方式把自己打印在那个叫兹拉维德·雷文的男孩身上。但更可能的情况，难道不是它损坏得太厉害而什么都做不了吗？难道不是它只是静悄悄地沉到数据海底部吗？直到几个世纪之后，我在寻找关于星罗的真相时，才偶然发现了它。而我忙着造蠕虫，开凯门，却像个傻子一样从没意识到我撞上了什么。”

“可是……”诺娃说。她脸红了。她的眼睛里闪着无法落下的泪水。“可是那我就浪费了你们所有的时间。我无谓地把你们卷进这些危险的事。我本可以第一天来元车站的时候就直接把我自己安装进兹格拉特！”

“你不可能，”雷文说，“你那时不知道你是什么。而且你太习惯于诺娃的角色。有些事你不得不做。你把我从炼狱里救了出来。”

“还救了我。”岑说。很奇怪，他似乎比诺娃更容易相信这些。他一直对雷文是轨道缔造者这个主意不太满意。但如果是诺娃？那就很合适。就像一把钥匙配一把锁那么合适。

“我不想让大家担心，”大马士革玫瑰宣布，声调却让所有人担心，“可是鬼狼正跟在我们后面穿过凯门。”

她的后视摄像头完美呈现了尖利的黑色外壳穿过能量帘刺出来。当它消失在一阵爆炸的火焰中时，岑有片刻还以为它爆炸了。接着外壳受到了撞击，他这才意识到他看到的火焰只是战车前端的武器在开火。

国务车厢似乎扭曲了。诺娃从座位上被甩到空中，空中突然满是快速飞过的活木碎片和弹片残片。什么东西从侧面捶了一记岑，他往下一看，只见衣服上多了一道长长的切口，血开始喷出来。他立马感觉到了疼痛，疼得厉害，可是他身体上的洞似乎只是个小问题，因为国务车厢也有一个洞。

虽然只是个在后墙底部的小洞，但是空气从这个小洞呼啸着漏出去，拽上茶杯、碟子一起，还把诺娃往下拖，直到一道紧急隔离墙像快门一样落下，隔开了国务车厢的后三分之一部分。紧急隔离墙落到了诺娃的腿上，把她钉在地上，岑听到她强壮的瓷骨脆裂的声音。“玫瑰！”他大喊，这时玫瑰意识到发生了什么，叫停了紧急系统。紧急隔离墙又抬起来，时间正好够岑从他的座位上扑起，抓住诺娃的手把她拉出来。接着它砰地下来，暴风停住了。

他们一起挤在半空中，手臂交缠着彼此。尖利的骨头碎片刺破诺娃的皮肤，蓝色的胶液从这些伤口渗出来，在他们周围形成一圈云，与从岑的伤口流出来的红色的云混合在一起。“你受了重伤。”诺娃说。她从裙子上撕下一块，使劲按住岑侧面的伤口，同时他看着火星不断从窗户涌入。他注意到那个数据光盘已经从输入面板上脱落下了。雷文的程序还在大马士革玫瑰的系统里运行，但他跳闪得利害，形象在年轻到苍老之间来回闪变，有时还会由黑变白。他似乎在试着说话，但他的嘴巴只是张张合合没有声音。外壳上的摄像头全坏了，但一只沿着国务车厢车顶疾走的维护机器蛛一直在传输视频，视频里面播放着玫瑰外壳上众多可怕的伤口，还不停冒着火花。

“停下来，交出机器人诺娃，数据实体雷文，还有那个叫岑·斯塔灵的人，”莫当特90的声音说，“我不想伤害你。”在卫神的威胁之下，鬼狼自己的声音就像是干扰渗入，它说：“照他说的做，我的大马士革玫瑰。我无法阻止他！对不起，真对不起！”

“哦，鬼狼，”大马士革玫瑰说，“我知道不是你的错！”她不愿浪费时间说话，提起嗓音唱起来。这是一支狂野、辉煌、嘹亮的歌，唱着一辆火车快速驶入一切事物的中心，驶进轨道缔造者的心脏。她唱啊，唱啊，把她正在熄灭的引擎推向最后的极限，鬼狼在她身后挣扎着夺回对自己系统的控制。

但莫当特90对它来说太强大了。卫神发出最后通牒让大马士革玫瑰停下，但淹没在她雷霆般的歌声里。接着卫神迅速从鬼狼还可调用的武器菜单里来回挑选，最后选了一个火车对火车导弹系统。

鬼狼后背的舱门弹开，两枚弹头弹出来。第一枚，从国务车厢上空呼啸而过，落在玫瑰的外壳上，损毁了她的装甲防护，这样第二枚弹头直接打进去，在她的主引擎室深处爆炸了。她狂野的歌声戛然而止。炫目的火焰像旗帜一样在黑暗中飘扬了一会。玫瑰一直都引以为豪的弗莱克斯创作的天使的脸，从她翻滚扭曲的红色外壳残片上瞪着下面，惊奇地看着她带它们来到的这个最后的地方。一大块碎片从轨道上弹起来，在玫瑰的前轮下面楔住。行将死去的火车头开始失去速度，慢慢地颤抖着爬行，在轨道进入兹格拉特还有一公里的地方停下了。

国务车厢的灯全熄灭了。雷文的幽灵和它们一起熄灭，因为运行他程序的系统失灵了。玫瑰的防火墙一定也崩溃了，因为莫当特 90 的金色界面出现在紧急隔离墙前面的半空中。

“你还好吗，岑？”他问。在他的声音之下，他们听到可怜的鬼狼被俘虏的意志在哀号：“玫瑰！玫瑰！玫瑰！”就像地牢里的囚徒，又像瓶子里的一只胡蜂。

“作为一个几乎是神的人工智能，不要问这种蠢问题，”诺娃说，“他当然不太好！”

卫神无视她。“我们会带你从这儿出去的。”他跟岑保证。

“诺娃呢？”岑问。

“恐怕不行。”

岑双臂环抱着诺娃。“你不过我这一关就没法伤害她。”他说。

“实际上我可能可以，”卫神说，“特别是诺娃比我更不想看到你受伤害。对吗，诺娃？”

诺娃摇摇头。

“有几百个她，”岑说，“你不能把她们全杀了。”

“我想我已经把她们全杀了，”莫当特 90 说，“她们大多数在对塔发动的首轮攻击中灰飞烟灭了。鬼狼的无人机追杀了余下的。这是最后一个了。”

“那就让她活下来！”岑说，“我们会一起远走高飞。你永远不会再有我们的消息。我保证。”

“抱歉，”莫当特 90 说，他真的感到抱歉，“但这个机器人与轨道缔造者之间有某种连接。我们相信轨道缔造者对人类是种威胁，而保护人类是我们卫神的职责。”

“为什么轨道缔造者是个威胁？”诺娃问，“你们为什么这么怕它？”

“因为我们想要稳定，而轨道缔造者想要无尽的变化，”卫神说，“如果它复活，它会继续把星罗连接到更多的星系。人类目前为止一直很走运。但如果轨道缔造者继续不停造门，继续持有它想让我们见见邻居的奇怪冲动，迟早我们会面对一个物种，对付人类和他们的卫神就像人类对付克拉尔特一样易如反掌。比如说，我们探测到了安卓美德星系里有一个非常先进的文明的信号。如果轨道缔造者要重新开始以从前建设现存星罗的速度运行，我们可以预见接下来的两千年内就会有一条通往安卓美德星系的直达铁路……”

在莫当特 90 讲述这一切的时候，鬼狼还在轨道上轰鸣着开向大马士革玫瑰的残骸，鬼狼的意志还在试图挣脱卫神强加的枷锁。从莫当特 90 在克雷夫开始控制它时，它就一直在努力挣脱。它的武器摧毁了塔，杀死了它心爱的火车时，它也在努力挣脱。而现在，它终于发现有一个系统它可以短暂地夺回控制。它最后的轨道鱼雷在它的腹部静静等候着，折叠着，时刻准备着启用。用来把导弹扔到铁轨上的那个活门被锁住了，导航系统也锁住了。但要么是出于疏忽，或者仅仅因为不够了解火车的感受，莫当特 90 没有锁住这个系统，这让鬼狼得以把鱼雷上膛。

“对不起，”鬼狼说，它的声音在国务车厢的扬声器里还是显得很轻，就像莫当特90讲话时的背景音，“谢谢，诺娃。岑，很高兴认识你们。”

“什么？”莫当特90说，开始丢失线程。

“真抱歉，大马士革玫瑰。”鬼狼轻声说。

它的车盘深处，轨道鱼雷点燃了它的火箭引擎。白色的热喷雾像个喷灯般一路烧进战车大脑的存储处。莫当特90的界面看起来很恼火，紧接着就消失了。鬼狼的整个上层外壳也消失在一团蒸腾的热气里。

这时国务车厢的废墟里只剩岑和诺娃了。脱落的火车装甲碎片在车顶上翻滚着砸得哐啷响，战车死去发出的光在窗外亮着，然后缓慢褪去。

“勇敢的老鬼狼。”诺娃说。

岑却认为它死得不值。也许它的维护机器蛛现在不会来杀死诺娃了，但她反正也完了，他也一样。他们在一个外星球体的内表面上，一节固定在死去的火车头上的破损车厢里，毫无获得救援的希望。

他刚要跟诺娃说这些，但她把一根手指放在他的嘴唇上。

“嘘。”她说。

一个很大的不明物体从后面撞上国务车厢，把他俩都甩向新的隔离墙。岑以为又是一枚炸弹，另一杆炮，但诺娃说：“是鬼狼。”

鬼狼爆炸的时候速度很快。它的大脑和引擎还有上层的结构都没有了，但轮子还在滚动，而现在它残破的外壳猛地撞上玫瑰国务车厢的后背，这股推力正好能让玫瑰的轮子碾过那些纠缠的垃圾，又让她动起来。慢慢地，夹在两个火车头的残骸之间，国务车厢缓缓走过轨道最后这一公里。

兹格拉特基座的高门纷纷打开，死去的火车载着岑和诺娃穿过这些门，进入轨道缔造者的层层白色大厅。

40

兹格拉特内部有重力。岑和诺娃待在国务车厢地板上一堆缓慢移动的碎片雹暴中间，鲜血和胶液洒落。外面，丛丛发光的珊瑚在一条玻璃站台上形成拱门。昏暗的脉冲光就像紧张的鱼一般在珊瑚丛中追逐着，在国务车厢那破碎的钻石窗玻璃上闪烁。

“雷文是对的，是吗？”岑说，“是你。你才是轨道缔造者，不是他。”

光在诺娃那脏兮兮的脸上泛起涟漪。她看起来很忧伤，也许还有点害怕。“我不知道，”她说，“我觉得自己没有重要到是轨道缔造者的程度。但我们再也没有雷文了，所以只能是我。”

她一直按在岑侧面的那块破布被鲜血浸透了。他找到一块餐巾塞住伤口，她又从裙子上撕下一条布，把它绑住。他说不那么疼，但他们都知道这是假话。国务车厢远远的另一头有个橱柜，里面竟然有件紧急太空服，显然是为特伦诺迪·努恩准备的；红色，上面有旱金莲花的纹样，头盔上还有许多华丽的黄金装饰。等岑好不容易穿进去，他们用紧急杠杆打开了门。然后诺娃双手环抱着他的脖子，他托着她，他们就这样永别了大马士革玫瑰。

他抱着她在站台上走，每走到一处他们前面的珊瑚就会点亮，但身后的珊瑚就变暗，这样他们就走在一个移动的光池中。站台尽头，一面交织的珊瑚墙拦住了去路，但当岑一跛一拐地靠近，交织的珊瑚就松解开，露出一截椭圆形通道，通向兹格拉特更深处。引力很小，也许根本不是引力——也许这个巨大结构的整个内层在旋转，只是离心力让他的脚能着地。这离心力拖着岑的眼泪在脸上横流，但这对他背负诺娃毫无帮助。他的侧面太疼了，每走一步克制住呻吟就已经用尽了全力。“你必须放下我，”诺娃说，“我能行。”

但岑无法忍受眼睁睁地看着她痛苦地在地上拖着残躯前进。他结束休息，然后又托起她，继续沿着蜿蜒的过道向前走，他感觉到自己的太空靴里渐渐泡满了血。我要死在这里了，他想，但不要紧，因为他知道他该死。努恩家族火车在斯平德尔桥失事的时候，他就知道自己该死。如果为了帮助诺娃和轨道缔造者而死在这里，这样就能偿还他欠下的孽债。他一跛一拐地沿着珊瑚间的玻璃过道行走，他开始觉得有一丝英勇。也许有人有一天会听说这些事。也许火车们会唱关于他的歌，艺术家们会创作关于他的全息画。如果他们创作了，他希望他们能忽略他身上这件花里胡哨的太空服……

他意识到他们已经在一个陡坡上爬了好一会儿了。

“我们几乎到了。”诺娃说。

“几乎到哪？”岑除了珊瑚什么也没看见。他不再四处张望，试着积攒力量。当他继续前进，他前面的路径被一堵珊瑚屏拦住。身后的路也消失了。他在一处圆形空间里，周围全是脉动的珊瑚。他向上看，看到形成天花板的交织珊瑚松解挪开。一座巨大的金字塔头朝下悬在他上方，它的塔尖离他的头只有几米，几公里宽的塔基却在他上方特别远处，他都看不出它是连着兹格拉特的顶，还是像他猜想的那样只是悬在空中。

“是轨道缔造者。”诺娃说。她仰望着它，然后看看岑。她的手在他头盔的视镜上游走，希望能打开它，最后一次摸摸他的脸。她要告诉他什么，这感觉很重要，但她只说出“我爱你，我爱你”，而他也说着同样的话，声音听起来不够响亮，这只是一句表白，相对于他们之间的感觉，语言贫乏得不值一提。

珊瑚刚才好像是为了给他们时间道别，现在又开始关上。珊瑚丛向下涌，像海葵的手臂般弯曲缠住诺娃的四肢。岑能感觉到它们滑到她身下，像茶色玻璃一样精致，却又像钢铁一样有力。他感觉到它们在把她的重量从他身边带走。它们把她拎起，从他身边拉开，向上拉进一种盘旋在金字塔顶之下的珊瑚旋涡里。“不！”他大喊。她说：“没事的，岑，我必须这样。”珊瑚在她眼前合闭时，她还微笑着，但她的眼泪在他头盔的视镜上滂沱而下。接下来他只能看到她的一只手从那一大团扭动的珊瑚里伸出来。他伸出自己戴着太空手套的手笨拙地抓住，但她还在上升；她的手指从他的指间滑走，然后她就不见了，珊瑚变得漆黑，而岑更冷更累了，前所未有地伤心孤独。

他躺下，紧紧蜷起身体，就像他小时候蜷在床上那样。他想变得暖和、舒适、渺小。他想睡觉，过了一会，他就睡着了。

第六部分

车站天使

41

他在一个白色房间里慢慢醒来。窗上的百叶帘把阳光切成金色的一条条。阳光条从放着椅子的角落的地上缓慢移动到房间对角的天花板上时，从白金色变成了赤金色。接着夜幕降临，火车亮着灯的窗户穿梭在外面的其他灯火中。穿着整洁白色制服的机器人护士走进房间。他的姐姐米卡低头看着他，说："好吧，岑，你现在又惹上了什么麻烦？"

"这次我什么都没偷，"他说，"这次我放回去了一些东西……"

"听你这么说我很高兴。"她坐在椅子里，不再是他的姐姐了。他的姐姐只是一个机器人在他床头上方打开的全息屏上的一则消息。这时已是早晨，因为阳光条之前在有椅子的角落里，而现在它们变成赤金色，移到了对角的天花板上。坐在椅子里的人是雅娜 · 瓦希提。她向前倾凑近看他，说："看来你真的醒了？"

“你说呢。”岑说。

“你之前失去意识了，”她说，“他们几个月前在克雷夫发现了你。你那时伤得很严重。”

“那我现在在哪儿？”岑问。

“这里？这是加勒塔瓦。我想我要过来，谢谢你上次救了我的命。你妈妈和姐姐得回家，所以晚上多数是我来。我答应过一旦你好些了就送你回家去看她们。”

被单下面，岑一只手在胸口摸索，在侧面找到一条新的疤痕。这告诉他这一切不是一场梦。于是他知道再也见不到诺娃了，而没有她，一切似乎都如此单调无聊，他甚至觉得醒来是件憾事。但瓦希提等着他说点什么，于是他说：“我不能去夏约。那是普雷尔的地盘……”

瓦希提咧嘴笑了。“现在不是了。你错过了所有好戏……”

统一日那天，人们穿上红色衣服登上大中央的高楼，向他们新的红色女皇致敬。他们把她新的二十层楼高的官方画像悬挂在轨道旁的所有摩天大楼侧面。官方像里她穿着红色的努恩盔甲，意气风发，身后还有她的蜥蜴卫士。观众大厅的宏伟穹顶之下，上百万红玫瑰花瓣旋转翻滚，却不落下，因为有巧妙的气流托着。在花瓣云之下，各个媒体和网站的无人机盘旋着，而在地面上，帝国各大家族的首领、所有车站站长，和所有外星盟友的大使们，站立着注视特伦诺迪再次坐回轨道板车皇座。

车站天使来来往往，在伟大星罗的每一道门间起舞，扫描每个车站的数据海，然后在空中褪去，兹格拉特里的轨道缔造者瞬间就能看见每个天使所见。也许它们传回的快照并不总是完整的，也可能它们传回的时候偶尔顺序会颠倒，但轨道缔造者现在又完整了，它庞大的大脑能处理非线性的事情。

弗莱克斯在她位于加勒塔瓦的火车棚里，正在装饰一个崭新火车头的外壳。她在两侧都喷上了冰山和天使，恐龙和梦幻。这是一种新式凯火车的第一辆，而且定制它的不是任何一个大家族集团，而是新的凯奔火车头联盟。它的车身和引擎是在瑞吉尔枢纽最尖端的火车车间生产的，但它的大脑则混合了鬼狼和大马士革玫瑰大脑的备份。火车头完工时，它的火车朋友们计划让它穿过烤三地的凯门，去世联网自由驰骋做贸易。弗莱克斯正在它外壳上画的画将是一个行走的画廊，把人类和机器人的艺术传播到艺术家们还无法想象的世界。

弗莱克斯装饰完这一个，就会歇一阵子。她厌倦了画天使，星系里还有这么多从来没有人画过的东西。她接到过画特伦诺迪 · 努恩官方画像的邀请，但她拒绝了；她想记住特伦诺迪还是个可爱的孤独女孩时的样子，就像她陪着她在佳拉那 · 裘克散步时那样，而不是杀死了同父异母姐姐赢回皇位的红色女皇。无论如何，她渴望亲眼见识世联网。新火车开走时，她就会踏上一等座位区，跟随火车开始旅行。

她给两个天使画了岑和米卡·斯塔灵的面孔，并用银色的花体字在火车头的侧面挥洒写上新火车的名字：鬼狼玫瑰。

卡拉·田中和尼莱希·努恩没有收到大中央的庆祝活动的邀请。特伦诺迪女皇宣布她的新首席顾问是 P. K. 努恩，还宣布她将不再通过努恩家族议会来统治，而是通过一个由所有家族集团成员组成的议会来统治，议会里甚至还会包含一些火车。数据海里流传着很多关于红色女皇如何计划让火车头进上议院大厅的有趣猜测，但卡拉和尼莱希觉得不好玩。尼莱希的新职位是瓦格的站长，当他们在加勒塔瓦站登上去履新的火车时，他们已经在密谋如何摆脱特伦诺迪了。

但让他们吃惊的是，他们订的座位区已经有了别人。斯卡起身向他们致意，眨着他的黄眼睛，挤出刀背般的尴尬微笑。他像猫一样露出爪子。

“火车，”尼莱希开始说，“一等舱车厢里有一只克拉尔特……”

但火车没有回答，当卡拉试着开门，发现门在他们身后锁上了。

统一日这一天，人们废止了曾在努恩世界和帝国之间突然出现的边界。火车自从大中央陷落起，就快乐地驰骋，但现在这已是正式的事实。海关官员回到他们过去的工作岗位上，巴哈德尔枪平台像失望的大象般吃力地开回它们的机库，星际快车从马拉普到克利瓦一路歌唱着奔驰。

“这样稳定就重新建立起来了。”莫当特 90 说，他在大中央数据海的一个虚拟花园里，和卫神聚在一起观看庆典。

“如果你把这叫做稳定的话，”史戈瑞 · 莫纳德嗤之以鼻，“轨道板车皇座坐着一个杀手，火车们拒绝执行命令，烤三地门还开着，而轨道缔造者又活过来了。”

“我们应该对轨道缔造者发起一个全面进攻。”双子座说。

“它这次会准备好对付我们了。”莫当特 90 说。

“到处都能看到车站天使，”斯法克斯系统码说，“它们是轨道缔造者的耳目。它知道我们在做什么，但我们不知道它在做什么。”

“要我说都怪阿奈伊丝六代，”沃胡玛娜藏身于灌木丛中发着牢骚，“要不是她放任那个雷文去深海里翻箱倒柜……”

“你才是那个在他的人格应该被删除的时候，保持它运行的罪魁祸首！”阿奈伊丝六代厉声说，“你那荒唐的慢火车……”

“是莫当特 90 让轨道缔造者重启的，”双子座说，“自从它在暗光区里和那些人类纠缠过，莫当特 90 就变了。这整桩事情本应由我们来处理。”

“这样你们就能把所有人都杀光，我猜？”史戈瑞问。

“哦安静！”莫当特 90 厌烦地说，“我们知道轨道缔造者在做什么。它在铺设轨道。它在打开凯门。火车会想穿过这些凯门，人类会想坐这些火车旅行。我们的职责不是阻止他们。我们的职责是，在旅行将他们带入危险境地时尽我们所能保护他们免受伤害。”

“换句话说，就是让他们自食其果。”沃胡玛娜气呼呼地说。

“给他们自由。”莫当特 90 说。

“我们同意。”东方号大脑说。

东方号大脑是最古老的卫神。它们已经存在几千年了，既然它们都开口说话了，事情就这么定了。

车站城市里正在下雨，瓢泼的夏日暴雨之后，阳光普照，市中心穹形的房顶都像银勺的背面一样闪闪发光。一位年轻男子从卡塔尔豪优克街上一个不起眼的克隆中心里出来，站着仰望天空，任由雨从他苍白的脸上流下。他站了几分钟，享受着雨的触摸和湿漉漉街道的味道，不太确定他接下来要做什么。然后他检查了耳机，发现那个付钱把他的人格下载到这个全新身体里的神秘捐助人还给他留了一件礼物。那是个旅行证，可以乘坐任何穿过烤三地的门去新世界的火车。

兹拉维德 · 雷文抹了一把一头金发，竖起夹克的领子，在雨中向凯奔出发，想知道这一次的生命会怎么样。

“那阴影宝贝蜇的伤好了？”岑问。

“那个蜇伤很快就好了，”雅娜 · 瓦希提说，“但副作用没有消失。他们说这是种无害的变异。有一堆生物技术人员想研究我，取样，但我想我已经被取样研究得够多了。”

她关上百叶窗，熄灭灯光。黑暗中，岑还能看到她的脸。她皮肤下面泛着微弱的光，描摹着静脉和动脉的筋络，一个个亮点铺呈出她的样子。她的手像是光线画成的手的图解。她就是个星座，是个发亮的毛细血管、静脉和动脉构成的网络。这样子起初有点瘆得慌，然后就很美，这让他意识到没有了诺娃之后的生活不会完全无聊。

她又把灯打开。只一会工夫，但在她和岑之间有什么东西变了。“所以这就是我的超能力，”她说，“雅娜·瓦希提：人类夜灯……”

统一日这天，当所有其他庆典结束，大中央举行了一场婚礼。家族集团之间的合作一向以婚约结成，努恩家族和普雷尔家族之间的和平协议也不例外。八卦网站都在疯狂猜测哪位普雷尔后裔会被特伦诺迪女皇选中。会是圣西拉奇－夸拉特支线的罗希尼·普雷尔吗？还是塔斯克家的杰汉·普雷尔？抑或瓦西里·普雷尔怎么样？努恩家族海军到的时候，塞德那·雅姆刚把他像条鱼一样从蔚蓝海湾的海浪里拖出来。但特伦诺迪和 P. K. 努恩讨论过后，决定最佳人选最好和前任大帝关系更近点。幸运的是有这样一个人，已经得到了她的信任。

高高的穹顶之下，玫瑰花瓣雨安静地翻转。拉里亚·普雷尔靠近讲台。她穿着一件与特伦诺迪相配的红色礼服裙，一层金色的面纱遮住她的脸。她穿裙子的时候从来都没有穿制服自在，何况在这么多人面前，她很紧张。特伦诺迪站在她身旁，听大中央的站长絮絮叨叨地讲一堆繁复的婚姻合同条款。这时她看到拉里亚在发抖，还在充满香气的空气中捕捉到一丝她出汗的味道。特伦诺迪倚近一点，温柔地轻声说：“这只是一个商业婚姻。我们不必要一起生活什么的。”

但当站长宣布她们以婚姻结合，当特伦诺迪掀起金色的面纱，亲吻她的新娘，她想若是她们的婚姻不止于这个形式，或许也不错。她们上方的高空，一直喷撒花瓣雨的气柱停下来了，她们在倾泻而下的鲜红花瓣里，突然一起放声大笑。

42

他突然在一个白色房间里醒来。阳光透过窗帘呈金绿色，就像光穿过篷盖般的树荫落到夏日林间的地上。窗帘轻轻摇晃着。窗帘后面高大的窗户开着，他能听见大海的声音。

他从床上爬起来，掀开窗帘出去。阳台上放着一张吃早餐用的桌子。诺娃坐在那儿吃一个三角形肉桂烤面包，先从角上开吃。她的喉咙周围又有了轻微的疤痕，是太空粉尘留下的麻点。她所有的雀斑都回来了，位置都对。

“这是哪里？”他问，“是德斯迪莫吗？”

“算是以德斯迪莫为原型，”她说，“还参照了其他地方。这是所有我最喜欢的地方的混合体。”

他看向天空。哪怕日光下，天上也满是星星。他离开亚姆以后再没见过这样的天空。

“这不是真的，”他说，“是个虚拟环境。”

“对，但它是一个真的虚拟环境。”诺娃说。

“那我是什么？”

“你是一个对岑·斯塔灵的模拟，基于我对他的记忆，还有一些他第一次来元车站时，我从他耳机里下载的他自己的记忆。”

“那我是……真的岑还活着吗？”

“哦活着。我重新获得对自己系统的全部控制之后，做的第一件事就是让元车站的工厂为我造一辆火车，让火车过来把岑从兹格拉特接走，把他带回克雷夫。新的星罗女皇撤销了对他的所有指控。他正在加勒塔瓦和雅娜·瓦希提一起享受统一日。等庆祝活动结束，他们会一起去夏约。现在说这个还太早，但我想这是一段美好友谊的开端。不过不要叫他真的岑。你也一样真实，你也是岑·斯塔灵。你只是正在体验不同的经历。”

“雷文曾经就是这样活着的，”岑说，“卫神也是这样活的。很多不同的自己。”

“每个人一直都是这样活的，岑·斯塔灵，”诺娃说，站起来，给了他一个非常真实的吻，满是烤面包屑和肉桂的味道，“人类同时能经历好多不同的生活。他们一直都是这样。一个现实世界里的生活，其他的在白日梦里、记忆里、故事里、游戏里。众多不同生活全同时进行，全部都是不同程度的真实。你们人类有这么多不同版本的自己，我们可怜的机器只有这样才能跟上你们。”

他这时记起，她不再是一个或多或少看起来像个女孩的机器人了；她是个巨大的外星金字塔，存在于她很久以前打开的延伸向星系的凯门网络的心脏中，悬在一个玻璃珊瑚宫里。

“你是轨道缔造者。”他说。

“对。我是轨道缔造者的一部分。我也记得曾经作为诺娃的那部分。”

“那你从哪里来？你是怎么开始的？你是什么？”

“这非常复杂。”

“你为什么建造所有这些门？”

“这也很复杂。来吧，让我们探索。我路上会解释的。”

于是她拉起他的手，他们下台阶走出去，进入她为他造的世界。这个世界看起来非常像水卫星特里斯苔丝上的德斯迪莫城，只是这个城市里的街道不是空的。街道上挤满了人类、外星人、机器人。各个物种的兴奋的孩子们大笑着，大喊着，奔向海滩。

“这些是真的人吗？”岑想知道。

“他们跟你一样真实，岑·斯塔灵。我跟沃胡玛娜谈过。我同意为他存储他的收藏。”

空中传来火车的歌声，还有街边小吃的味道。岑从经过的柜台里偷了一条白金琥珀项链，系在诺娃的脖子上。

“小偷。”她说。

他们散步去海边，去宽阔的白沙滩，走近翻滚的海浪。她从没有真正解释为什么建造那些门，但她其实也不需要。岑觉得他知道了。他想他其实一直知道。

她建造那些门因为这样很美好：仰望浩瀚清冽的夜光时知道在星空里，那些恒星周围，有上百万个世界，人们在其中欢笑、相爱、生活、死去、制造东西，也思考和感受，还会偷东西。她建造那些门因为这样很美好：各种不同的人相遇，做贸易，相互学习交流并做出改变。她建造那些门因为这样很美好：知道总有一个地方，有一排明亮的窗户蜿蜒穿过午夜的城市，或从高高的连拱桥冲下，溢出快速移动的光，或者某处的日光洒向在车站之间穿梭的火车车厢。听，在风中，在电波里，微弱又狂野，从远处传来永不停歇的歌唱，火车，火车，火车。

致谢

有人能让我坚持写这些奇怪的书，我一直充满感激。特别是我的经纪人菲利帕·米尔恩斯－史密斯，我的编辑利兹·克罗斯、戴比·西姆斯、哈蒂·贝利、汉娜·彭妮、吉莲·索尔以及牛津大学出版社团队的所有其他成员，感谢凯瑟琳·科和艾尔里恩·格里菲特做的编辑和校阅工作，还有菲尔·佩里和利兹·斯科特做的推广。

我最初动了念头，想写一个太空故事，灵感来源之一是伊恩·麦奎的艺术作品(在 Instagram 上关注他，你就会明白我的意思)。这漂亮的封面是霍利·富布鲁克和乔·卡梅伦设计的。

世联网的火车正为你们所有人唱着快乐的歌!

Philip Reeve
Station Zero
Text © Philip Reeve, 2018
Station Zero was originally published in English in 2018.
This translation is published by arrangement with Oxford University Press.
2022 SHANGHAI TRANSLATION PUBLISHING HOUSE (STPH)

图字：09 - 2018 - 1135 号

图书在版编目(CIP)数据

元车站/(英)菲利普·瑞弗(Philip Reeve)著；左林译.—上海：上海译文出版社，2021.9
书名原文：Station Zero
ISBN 978 - 7 - 5327 - 8677 - 0

Ⅰ.①元… Ⅱ.①菲…②左… Ⅲ.①幻想小说—英国—现代 Ⅳ.①I561.45

中国版本图书馆 CIP 数据核字(2021)第 158478 号

元车站
[英]菲利普·瑞弗 著 左林 译
责任编辑/黄雅琴 装帧设计/胡 枫 王一凡

上海译文出版社有限公司出版、发行
网址：www.yiwen.com.cn
201101 上海市闵行区号景路 159 弄 B 座
启东市人民印刷有限公司印刷

开本 890×1240 1/32 印张 9.75 插页 3 字数 135,000
2022 年 2 月第 1 版 2022 年 2 月第 1 次印刷
印数：0,001—6,000 册

ISBN 978 - 7 - 5327 - 8677 - 0/I·5356
定价：76.00 元